WARRIORS

貓戰士

部族誕生

五部曲之III

最初戰役

The First Battle

艾琳・杭特 (Erin Hunter) 著
謝雅文 譯

晨星出版

特別感謝凱特・卡里

給我的兒子——賈許（謝謝你泡的茶）

雲點—黑色長毛公貓，白色耳朵，白色胸毛，還有兩隻白色腳爪

寒鴉哭—年輕的黑色公貓，藍色眼睛

鷹衝—橘色母虎斑貓

風奔—瘦長結實的棕色母貓，黃色眼睛

金雀毛—精瘦的灰色公虎斑貓

龜尾—玳瑁色母貓，綠色眼睛

冰霜—純白色公貓，藍色眼睛

（小貓）

閃電尾—黑色公貓

橡毛—紅棕色母貓

雷霆—薑黃色公貓，琥珀色眼睛，白色大腳爪

梟眼—灰色公貓

礫心—公虎斑貓，胸前有白色斑點

麻雀毛—玳瑁色母貓

惡棍貓

荊棘—毛髮豐厚的短毛灰色母貓，淡藍色眼睛

露珠—毛髮髒亂、滿身疥癬的公貓

河波—銀色長毛公貓

陣營成員

清天的營地

首領—清天—淺灰色公貓，藍色眼睛

落羽—年輕的白色母貓

葉青—黑白色公貓

花瓣—體型嬌小的黃色母虎斑貓，綠色眼睛

快水—灰白色母貓

杉毬果—玳瑁色公貓

蕁麻—灰色公貓

（小貓）

白樺—褐白相間公貓

赤楊—灰白相間母貓

高影的營地

首領—高影—毛髮豐厚的黑色母貓，綠色眼睛

灰翅—毛色光亮的暗灰色公貓，金色眼睛

鋸峰—體型較小的灰色公虎斑貓，藍色眼睛

斑皮—體型嬌小的玳瑁色母貓，金色眼睛

雨掃花—棕色母虎斑貓，藍色眼睛

碎冰—灰白色公貓，綠色眼睛

獵場
轟雷路
清天營地

新狩
高岩山
轟雷路
高影營地
四喬木
瀑布
河流

序章

流水瀑布般湧洩向洞口彼端，一隻灰色公貓望著它奔流而逝。湍流蓋過風聲，將另一頭尖突的山峰變得柔和，最後在遙遠底部的虹光浪花中隱沒。

貓群在他身後移動，在洞穴斑駁的光亮下不過是一片暗影。灰色公貓的眼底寫滿嚮往，他耳朵往後轉，聆聽貓兒們的低語。

「我窩裡有石頭！」一名長老扯開沙啞的嗓門，急躁地說。「窩裡總是有石頭。」

「我去撿出來。」一雙小腳掌又蹦又跳地越過洞穴。

「松鴉霜，回來。」貓后焦慮地呼喚。「岩石太利，會刮傷你的肉掌。」

「反正遲早都要鍛鍊的。」長老嘀咕道。

灰色公貓轉身，豎起他光亮的毛皮。

「霧水，嘗嘗看。」年邁的薑黃色公貓用鼻子把一隻沒肉的老鼠拱到毛皮無光的母貓面前。

霧水的窩位於微凹的洞穴地面，她從窩裡凝視獵物。「給年輕一輩吃吧。」她下巴指向正在長老窩撿砂礫的松鴉霜。

「妳說什麼都得吃東西。」獅吼堅持己見。

「這是最後僅存的獵物了。」母貓表示反對。

「但狩獵隊就快回來啦，也許他們會找到更多食物。」一隻在洞口跟白色母貓交談的褐色公貓高聲說。

灰貓開心地豎直耳朵。「扭枝！雪兔！」他走向那兩隻貓，只見四隻小貓疾速橫越他面前的小徑，驚訝地以後腿直立。

「不許打鬧！」他們的母親在後頭追趕。

露葉。灰色公貓對貓后眨眨眼。**妳把小貓平安拉拔大了！我真替妳高興**。呼嚕聲在他喉嚨蟄伏片刻，然後歸於平靜。「倘若月影留下來看他的小貓，說不定現在還活著。」他咕噥道。

「灰翅？」

粗啞的嗓音引得他轉頭，有隻高齡的母貓從洞穴底部的陰影走了出來。

「尖石巫師！」灰翅連忙奔向她。「妳看得見我？」

「這是當然，」她伸長口鼻問候他。「我們在做同一個夢。」

他與她磨蹭鼻頭，對方的鼻子出奇地冰。他住在高地無數個月，早就忘了山區一年四季都是那麼刺骨寒冷。

他環顧洞穴四周的族貓老夥伴。「他們看不看得見我們？」

「我們可以從夢境望穿現實，」尖石巫師對他說。「但他們無法從現實窺視夢境。」

灰翅眨眨眼。「我究竟是在夢裡，還是在高地的窩裡做夢？」

「都是，」尖石巫師興味盎然，雙眼炯炯有神，一度看起來跟小貓的雙眸一樣明亮。「眼前最要緊的是夢境。」

灰翅一瞧見長了斑點的灰色母貓，全身變得僵直。「靜雨，」他認出母親在寢室裡蜷著，胸口不禁一繃。她柔和的雙眼朦朧，望著在穴壁輕舞蕩漾的光。「她沒事吧？」他問尖石巫師。

「她沒事。」尖石巫師向他擔保。

「但願我能讓她知道我們熬過了這趟旅程，清天安好——鋸峰雖然負傷，但沒有大礙。我們踏上旅程，她擔心得要命——雖然她親口說了出走是正確的抉擇。」

「我會轉告她的。」尖石巫師向他保證。

灰翅把她的話當耳邊風。**鋸峰和清天都安好**，當他意會到這話只有一半是事實，悲傷便如冰柱刺進他的心。他該不該坦承鋸峰現在不良於行，從樹上跌下來，把後腿摔斷了？**我發誓會保護他的**。

而清天呢？灰翅的這個同胞兄弟雖平安無事，卻性格大變，讓靜雨幾乎認不得她的大兒子。他們找到夢寐以求的豐饒土地，但貓群翻山越嶺，一到溫暖的原野和森林這片新家園，就撕破臉分家，清天和不少老族貓占據林地。手足為了捍衛自己那份豐碩的獵物而翻臉，這些告白哪怕只是對自己說，灰翅都覺得心痛。

恥辱使灰翅的毛皮都熱了起來，**我辜負了他們——也辜負了母親**。

他感覺尖石巫師正試著引起他的注意，但他就是無法與她對視。

「灰翅，這不是你的錯。」她把口鼻轉向那群骨瘦如柴的族貓。「糧食少，貓兒懂得分享，」她用鼻子輕觸他的肩膀。「糧食多，貓兒變得貪婪。」

灰翅猛一抬頭，她是否猜到他在想什麼？清天曾是他最好的兄弟，如今卻如仇敵相互較勁。

「我年歲高，所以看得多，」尖石巫師歪著腦袋。「必須在此提醒你，貪婪只是序曲，」她眼色轉暗。「戰爭即將爆發。」

灰翅嚥下一口口水。「跟清天開戰？」

「不要害怕。」尖石巫師安撫他。

灰翅抬頭，「我不害怕！」但他心跳加速，**我怎能和同胞哥哥開戰？**

「別忘了那些愛戴你、信任你的族貓，」尖石巫師呢喃。「你跟清天雖已分家，但鋸峰仍跟你站在同一陣線。」

一想起弟弟的勇氣和忠誠，灰翅的胸膛便洋溢著一股暖流。

「龜尾呢？」尖石巫師好奇地睜圓雙眼。「她還好嗎？」

「她很快樂。」深情的呼嚕聲差點令灰翅講不下去。

「你終於體認到她愛的力量，」尖石巫師雙眼發光。「我替你高興。」

灰翅挪移腳掌。他可以想像自己走進夢鄉的此時此刻，龜尾正在他身旁睡覺。礫心、梟眼、麻雀毛蜷在她的腹部，這幾隻雖然還是小貓，但也日漸長大，儘管他們是寵物貓的後代，他卻將他們視如己出，小貓們也如龜尾那樣敬愛他。

他心如刀割，雖然明明知道他們在遙遠的高地上緊挨著彼此，他卻心繫每一隻貓。

怎麼會這樣？腦袋開始混沌不清之際，他將思緒拉回洞穴，**眼前最要緊的是夢境。**

他惆悵地面向尖石巫師，只見她目不轉睛地凝視著瀑布，微弱的月光在她臉上映著斑影。

她閉上眼。「你為什麼而來？」

是我選擇進入這場夢境的嗎？灰翅感到不安在毛皮底下顫動，有什麼東西將他引入深沉的回憶，但原因為何？突如其來的內疚將他腹部挖空。打從抵達高地起，族貓就已見識無數死亡，他出於本能地想起阿狐，不禁全身僵直，為了爭奪邊界，他失手把那隻惡棍貓給殺了。「我們帶來死亡。」

「你們帶來改變。」尖石巫師安撫他。

「難道所有的改變都是浴血而生嗎？」**我只求朋友平安罷了。**

「我們都是浴血而生，」尖石巫師呢喃道。「但那只是序幕，不是結局。」

序幕？莫非之後還有更多殺戮？

洞口捲起一陣迷霧，吞噬了部族，也將尖石巫師籠罩，最後再也看不見了。

「尖石巫師！」濃霧淹沒他的叫聲。「別走！」哀傷使他束緊喉嚨，他不想再次失去這位老友。

「灰翅，我對你有信心，」尖石巫師的聲音在迷濛的煙霧中迴蕩。「始終不渝。」

霧氣填滿灰翅的雙眼，堵塞他的喉頭。他掙扎著想呼吸，奈何霧氣灌入胸腔，他頭昏腦脹，最後只能讓黑暗將他吞沒。

第一章

清天瞇起雙眼，他能看見雷霆鮮亮的薑黃色毛皮在蕨類植物間穿梭。他的兒子爬坡上高地，和冰霜一同離開森林。

他大概心意已決，清天努力忽視啃噬胃部的懊悔。他頭頂有陣微風吹過樹葉，和煦的陽光將他的毛皮照得斑駁，他身後多節瘤的老樹吱嘎作響。他腳掌周圍堆聚厚厚的枯葉，霉味四起。這裡是他的領土，假如雷霆不想待，那大可離開。冰霜是非走不可，但雷霆是自己選擇離開。冰霜有傷在身——而且是治不好、可能惡化的傷。傷口遭感染的貓不能待在營地，他身子虛，只會成為部族的累贅。**這點難道雷霆不能理解？**他一邊暗忖，一邊喪氣地抓耙土地。為什麼理解他想法的貓這麼少？他只不過想保護森林的族貓——打從在這裡安身立命起，他就一心捍衛這個初衷。他一片好意，在親生兒子眼中卻禽獸不如。**這樣的話，他也非走不可了。**

我的威信不容許任何貓破壞——假如清天不斷這樣自我催眠，或許胃痛能漸漸消失……

部族！這個詞宛若畫眉的叫聲劃過清天心頭。這是他第一次把在森林裡落腳的貓想成一個部族。**不！**他猛然將這個念頭拋諸腦後。**我們不是部族！**森林裡的貓在連月享用豐碩的獵物後，皮毛比選擇留在山區營養不良的可憐貓兒更光亮，身材也更豐腴。只要頭子領導有方，他們便能在蒼茂的林間壯大，能比任何一隻高山貓還要強健，再也不須嘗到飢寒的滋味。

清天一甩尾，轉身穿過樹林。

一縷白毛在他的眼角閃現，落羽正在森林邊緣的長草間潛行。

清天一想起落羽在雷霆離別時講的話，就氣得豎起脊柱的皮毛。**我真想與你同行。**雷霆試圖說服這隻白色母貓和他一同遠走他鄉，而她竟然有所動搖。

清天亮出利爪。「落羽！」

她猛一抬頭。「清天？」她一臉詫異。

「我有話要跟妳說。」

她在草叢中對他眨了眨眼。「說什麼？」

清天瞇起眼睛，她還不曉得他偷聽到他們的對話嗎？「我看見妳跟雷霆和冰霜道別。」

「是嗎？」她語氣故作無辜，只是頸部那圈毛微微蓬起，出賣了她。

「妳過來，」他對她繃著一張臉。「好嗎？」

「我只是祝他們旅途順利，沒說別的。」她穿過長草走向他。

「雷霆要妳跟他一起走。」他責難地盯著她。

她從草上縱身一躍，落在鋪滿落葉，距離一尾遠的地面。「但我拒絕了。」

「妳說妳真想與他同行。」他繞著她打轉，氣得尾巴都在抽搐。

她則一副理直氣壯的模樣。「我決定留下來啦！」她目光變得銳利。「這關你什麼事？本姑娘想上哪兒去就上哪兒去。」

清天對她齜牙咧嘴，笨貓一隻！難道她不曉得自己多需要他的保護和領導？「妳現在是我部族的一分子了，假如我對妳的忠心有所懷疑，那妳最好離開，永遠別再回來。」

「部族？」落羽訝異地瞪大眼。「我們又稱不上部族。一半的族貓留在山區，和我們踏上旅程的族貓也有一半在高地落腳，況且也沒尖石巫師帶領我們。」

怒火在清天的毛皮下灼燒，雖然這是她不小心脫口而出的話，但一定要這樣羞辱他嗎？「好，我們稱不上部族，」他回嗆道。「我們比部族更了不起。你們有了我，哪還需要尖石巫師？」他甩了一下尾巴。「帶領族貓的是我，建立營地的是我，劃定邊界的也是我，妳應該心懷感激才對。因為有我，妳再也不必挨餓受凍。」

「因為有你？」落羽嗤之以鼻。「說得好像是你帶大夥兒來這兒的！難道你忘了我們是一起從山區啟程的嗎？是誰救了快水，免得她被淹死？是我！是誰救了鋸峰，不讓老鷹啄食？是灰翅。我們守護彼此，沒有哪隻貓特別了不起——只有尖石巫師例外。她能和祖靈交流，比你睿智多了！」

怒氣在清天胃裡翻湧。「看看這片富饒之境！」他將尾巴掃向樹林。小鳥在枝頭吟唱，獵物在樹根間竄逃。「如果她真有那麼睿智，為什麼要留在山區挨餓？」

落羽將口鼻往前湊。「她是為了照顧族貓！」

「我做的一切不也是照顧族貓？」他忿忿不平。**落羽怎麼這麼不知感恩？**「要不是我，妳哪能平安溫飽？」

落羽眉頭一皺。「填滿我們肚子的是這片森林。」

「那是誰擔保森林屬於我們，異族不得靠近？」清天將口鼻猛然轉向標記樹林邊緣的邊界。

「你心裡只有邊界，」落羽數落他。「只要一逮到機會就往外擴張版圖。這世上不是只有領土值得關心！」

「是嗎？」清天惡言相向。「只要有流浪貓路過，妳就要把吃的分給他們？」

「森林裡獵物多的是，分一點又何妨！」

「現在我們有小貓嗷嗷待哺！妳有把白樺跟赤楊放在眼裡嗎？」清天不敢相信她竟然這麼短視近利。「之後會有更多更多的小貓！妳想要他們跟翩鳥一樣挨餓嗎？」當妹妹餓死山區的景象浮現腦海，他不禁悲從中來。內疚使他的回憶變得不堪。**要是我狩獵得再勤快點，她是不是就不會死了？**「我再也不願見到有小貓挨餓。」

「我又何嘗不是？」落羽嘶聲說。「少假裝你是為了我們才擴張版圖，你只是貪婪罷了！」

怒氣在他耳裡咆哮，清天敏捷如蛇，伸出利爪往她口鼻一耙。

落羽身子一側，腳掌在落葉上連跑帶滑。她死命盯著他，彷彿他不再熟悉。

他齜牙咧嘴。「我做的一切都是為了族貓好。」他吼道。

落羽往後退，鮮血從鼻頭湧出。「隨你說吧。」她嘶啞地咆哮。

「對不起，我傷了妳，」清天說：「但等天氣一冷、營地有小貓誕生，妳就會明白

我早就預見的事實：質疑我忠誠的貓會害大家陷入險境。」

他尾巴一甩，轉身走向森林深處。

✦✦✦

縱使那場大火後已過了幾個月，他倆默默穿行林間時，微風依舊將燒焦的木頭味飄送過來。他們抵達營地後，清天爬上向一邊傾斜的陡坡，目送落羽穿過林間空地，溜到橡木盤結的樹根。她孤伶伶地縮在那裡，伸舌頭舔口鼻部的抓傷。快水趕到她身邊，兩隻母貓擠成一團，交頭接耳，竊竊私語。

清天挪移腳掌的重心。她們是不是在說他閒話？落羽是不是在抱怨他把她抓傷？他還在盤算要不要打斷她倆的交談，因為他不希望貓兒在他背後說長道短。但話說回來，要是對落羽的牢騷小題大作，可能會使情況更糟糕。他不安地豎起皮毛，依舊不發一語。

他的目光掃向杉毬果和蕁麻。這兩隻年輕的公貓才剛加入森林貓的陣營，他們的忠誠度仍和枯葉一般脆弱。他們說服雷霆去質問清天，為什麼要擴大營地的版圖。他喉頭發出低吼，他要他們更加效忠，還要他們見識什麼是膽量！勇敢的貓不會要別的貓當傳聲筒。

他抬頭挺胸跳下斜坡，走進泥土空地的中央。

黑白相交的公貓葉青在岩石山腳下一塊突出的光滑石頭下清洗肚子，他抬頭尋找清天的目光。「雷霆真的走了嗎？」

「他走了。」清天輕甩尾巴，他不想緬懷過去，真正要緊的是未來。「大夥兒集合，我有話要宣布。」他環視森林貓。

快水踱步而來，落羽也跟在後頭，蕁麻和杉毬果繞著他，但保持一尾的距離。葉青甩甩毛，走到蕁麻身邊，和這隻年輕的惡棍貓互換眼神。

一張黃臉從開枝散葉、低矮的紫杉樹下向外凝望。「在開會嗎？」

清天用尾巴向她示意。「是的，花瓣。請加入我們。」

金毛母貓從深綠枝葉悄然步出的同時，兩隻小貓凝視她離去的身影，圓滾滾的眼睛閃閃發光。

「白樺，別擔心。」花瓣轉頭安撫這隻小公貓，並向在他身旁蜷著的姊姊點了個頭。「赤楊，別亂動，把白樺看緊了。」

她輕掃尾端，將他們掃回樹蔭下，再橫越林間空地。

「怎麼了？」她在落羽身旁止步。

清天幾乎聽不見她說的話。他眼裡只有從紫杉樹往外望的白樺和赤楊。他們並不是花瓣的親生骨肉，是生母死後被她領養的。

在我殺死他們的生母之後。

這句話不請自來地在他腦海響起，內疚好似小蟲在他毛皮下蠕動。他喉頭發出低嗚。**不！是她先攻擊我們的！我只是保護族貓罷了。**

她也只是在保護她的小貓。

他對迴蕩耳畔的指責充耳不聞，設法穩住陣腳，可是腳掌卻在顫抖。**倘若想幫助族貓度過寒季，我就必須堅忍不拔。**森林依舊枝繁葉茂，溫暖的季節正逐漸轉熱，但好花不常開，要不了多久森林就會天寒地凍，獵物會躲起來，飢餓會像無情的狐狸如影隨行，和山區的情況如出一轍。

「清天？」

花瓣的聲音將他從沉思中喚回，他尾巴一甩、躍過葉青，跳上岩石。

族貓全面向他。

「雷霆和冰霜走了，不回來了。」

杉毬果和蕁麻互瞄彼此一眼。

「這座森林容不下有二心的貓。」他往落羽那頭死命一瞪。

她挺直腰桿。「我很忠——」

他打斷她的話。

「落羽考慮跟他們一塊兒走。」

「這念頭只閃過一秒！」落羽抗議。

他很樂見她碧綠的大眼閃現內疚，並神色焦慮地環顧貓群。清天希望他們都能在她的眼眸同樣看見內疚，這樣他們便會明白他將做什麼。「閃過一秒也是罪過，」他咆哮道。「倘若要挺過寒季，我們現在就必須建立牢不可破的邊界和赤誠無比的忠心。」他昂首闊步地走到岩石邊怒視落羽。「時局艱難，妳要給我相信妳的理由。」

快水揚起口鼻。「你還是小貓的時候就認識落羽了，」她喊道。「當然信得過她。」

葉青的目光移向落羽。「那我們其他不在山區出生的呢？信得過她嗎？」

清天熱切地掃視群貓的面孔，**其他貓是否也有葉青的疑慮？**

「當然！」快水怒視葉青。

花瓣瞇起雙眼。「清天說得有理，」她呢喃道。「時局艱難，我們必須要有辦法相互依賴。假如想過落魄潦倒的生活，我們早就當惡棍貓去了。但是我們選擇加入清天，就是因為相信他能帶給大家更好的生活。」

「完全正確！」清天志得意滿地揚起尾巴。「花瓣，很高興妳懂我的苦心。我只是想為大家謀最大的福祉。忠誠將為我們帶來力量，使我們相信彼此、常保平安。」他目光飄回落羽身上。「這也是為什麼她必須接受懲罰。」

落羽雪白的毛沿著脊柱豎起。「懲罰？」她氣若游絲地說。

清天環顧族貓。「倘若她流露任何不忠的跡象，你們必須立刻向我回報，立刻回報！」他等了等，直到花瓣點頭，葉青眨眼同意。

杉毬果和蕁麻不安地挪移腳爪。

「立刻回報！」清天齜牙咧嘴。

他倆連忙點頭。

「快水？」清天怒視這隻灰白相間的母貓。

「我不需要打她的小報告，」她回瞪他。「落羽絕對不是叛徒。」

他瞇起雙眼。「任誰都能對落羽發號施令，只要你想，任誰都能奪走她的獵物。在她重獲我們的信任之前，她的地位比蛇還低。」

落羽的雙眸閃著傷心的微光，但她不再回嘴，而快水則湊到她朋友身邊。

清天輕甩尾巴。「不過，我們還有更重要的事要協商。」他俯視杉毬果和蕁麻。「有幾隻貓質疑我擴張版圖的決定，」他看見蕁麻出於防禦地亮出利爪，族貓聽見他的警告了，他心滿意足，語調轉為柔和。「我要請你們安心，」他安撫道。「這是為了你們好。難道你們不明白嗎？」他下巴往營地裡的茂林一點。焦黑的樹幹處處可見。「大火將我族大部分的領土都摧毀了，森林需要時間復原，獵物也需要時間回籠。在一切恢復原貌之前，我們需要更多的土地來狩獵。既然雷霆和冰霜走了，族裡又有小貓嗷嗷待哺……」他瞥向紫杉樹，白樺已從樹蔭下爬出來，昂首盯著他瞧，赤楊一口咬住他的尾巴，試圖把他拖回樹枝底下。清天繼續往下說。「我們要盡量征服領土。」

葉青眉頭一皺。「征服領土是一回事，」他喊道。「重點是要怎麼守成？」

清天縮緊腳爪。「我們要巡邏邊界，只要有貓越界，就絕不留情。」

「就算灰翅也一樣？」快水輕輕點了個頭。「他是你弟欸。」

怒濤在清天的胃裡翻攪。「他攻擊我！還指控我謀殺寵物貓阿班！」他氣得豎直毛皮。「我欽！謀殺寵物貓的凶手？」他尾巴朝白樺和赤楊那頭輕掃。「我只救貓，不殺貓。」他緊咬這個話題不放，貓兒們來不及提醒他，這些小貓的母親是怎麼死的。「現在是黑暗時期，寒冷的季節又尚未來臨，我們必須同心協力，打造一個固若金湯的安全家園！」

「同心協力！同心協力！」花瓣熱血沸騰地呼喊。

「同心協力！」葉青也齊聲說。

杉毬果和那隻灰色的貓也加入了。「同心協力！」

清天意氣風發，聽族貓喊口號表示支持，就連快水和落羽也同聲呼喊，但卻戒慎恐懼地盯著他們的新同伴。**那又怎樣？**他知道在族貓間建立忠誠和信任需要花時間，但付出終將有收穫，等到明年春暖花開，森林將是屬於他們的，他們也將溫飽平安。**我們一定要壯大起來**，清天昂起下巴。「讓我們展開培訓，練到所向披靡！」

「培訓？」葉青凝視身邊陷入沉默的貓。

「我們要持續操練，練到比其他惡棍貓或高地貓更強！」亢奮的浪潮如野火在清天體內流竄，他思緒疾轉。**只要互相交流技能與專長，我們就能捍衛領土**。「蕁麻！」清天從岩石一躍而下，繞著這隻灰色公貓打轉。「我要你跟杉毬果對打。」他踱步走向蕁麻，輕推他的雜斑灰毛肩膀。「快上！」清天催促道。「開打！」

「我不想打傷朋友！」蕁麻提出異議。

「那就不要亮出利爪，」清天對他說。「我只是要你秀幾招格鬥技巧，」他對葉青和花瓣點點頭。「我們當觀眾，」他甩尾示意快水和落羽靠近。「我們可以邊看邊學，然後展示我們會的招數。」

葉青點了點頭。「清天，這真是好主意。我敢說他們有我們不會的招數。」

花瓣屈身向前。「我也有他們能仿效的招數。」

「下一個換妳上場，」清天向她保證，族貓如此熱切地相互切磋，看得他情緒高昂。他向杉毬果眨眨眼。「準備好了嗎？」

杉毬果點了個頭，他琥珀色的雙眼炯炯有神。「準備好了。」

「我也是。」蕁麻尾巴一甩，擺出蹲伏的架勢。

杉毬果瞇眼面對他的同伴。

清天踱步穿越林間空地，把葉青、花瓣、落羽和快水往後推，為兩隻年輕的公貓清出一個寬廣的圓形場地。

「我們可以看嗎？」白樺使勁掙扎，因為赤楊的牙齒仍緊咬他不放。

「可以，」清天溺愛地喵道。「愈早學愈好。」

快水賞他一個白眼，但他視而不見，希望等她見到小貓們成為驍勇善戰的戰士，就會改變主意。

他退到一旁，白樺和赤楊向前衝，在花瓣身旁止步打滑。

杉毬果一面凝視蕁麻，一面甩尾掃著身後的土壤。

蕁麻瞇起眼，毛皮底下的肌肉抽搐。

杉毬果縱身一躍。

蕁麻用後腿直立，和他在半空中交鋒。兩隻貓的身體互撞聲響徹營地。

他倆落地，蕁麻落在杉毬果身上高舉前爪，往朋友的肩膀猛耙。

杉毬果猛地喘氣，他翻過身伸出後腿，往再次用後腿站立並打算攻擊他的蕁麻一踢，結果踢中蕁麻的下巴，將他往後踹飛。

花瓣趕忙閃開。

赤楊和白樺目瞪口呆地望著這隻大公貓飛來。

「快躲！」花瓣下令。

他們驚聲尖叫，如鼠輩竄逃，在蕁麻重跌於他們身旁土地的前一秒閃開。

「杉毬果，把他幹掉！」清天煽動他。

杉毬果早已起身，兩眼燃燒著怒火。他顯然沒料到蕁麻的出手會那麼狠。他嘶叫一聲，撲向同伴。

蕁麻慌亂地起身，但為時已晚。

杉毬果迎面重擊，將他擊倒在地。

蕁麻嚎叫一聲，像隻毛毛蟲蜷著身體，在杉毬果這隻雜色斑點公貓直立之際，抓住他的後腳。他緊咬杉毬果的腿，再使勁拽，直到對手蹣跚不穩地跌落在地。「沒有誰可以把我幹掉！」蕁麻嘶聲一叫，便齜牙咧嘴往杉毬果的喉頭撲。

「到此為止！」清天衝向前，一把拎起蕁麻的頸背，把他往回拖。「不要打傷彼此。」

「他剛想打傷我。」蕁麻怒視杉毬果。

杉毬果也不甘示弱地回瞪。「我只是自衛！」

「你們兩個都很有一套，」清天讚賞道。如此激烈的交鋒令他看得滿意。倘若和同伴交手都這麼狠，那跟敵方宣戰豈不更拚命？「蕁麻，你真機靈，」他讚許地對這隻灰色公貓點頭。「杉毬果沒料到你會抓他後腿。」他轉身面向杉毬果。「你在空中的身手真矯健，一定要教教大家你是怎麼轉身的。」

「關鍵在尾巴。」杉毬果對他說。

葉青好奇地歪著腦袋。「怎麼說？」

「我教你，」杉毬果往地上一蹲。「躍起的時候，扭動始於尾尖。如果尾巴甩得對，就恰好能改變你的重心。」他縱身一躍，旋即轉身、劃過天際，然後優雅落地。

蕁麻傾身向前，好奇心取代了怒氣。「我不知道你會這招。」

「你也試試。」杉毬果殷切地鼓勵他。

清天坐下，同伴之間的過節已被淡忘，他們現在只對精進格鬥有興趣。

他心滿意足，連毛皮都溫熱起來。他們這群貓技藝超群，**只要加以培訓，他們就能蛻變為致命武器。**

第二章

「我們要與他正面交鋒、準備開戰。」

灰翅望著風奔在林間空地踱步，她的褐色毛皮不安地隨風飄蕩。

她一邊說，一邊甩尾。「只要我們一表明立場，他馬上就會明白。」

打從加入他們，這隻惡棍貓就長了不少肉。**源源不絕的獵物肯定對她有幫助**。灰翅瞄了其他高地貓一眼，他們全都來到如今成為營地的沙坑聚會。鋸峰蜷在龜尾身邊，渾圓的雙眼寫滿擔憂。金雀毛瞇著眼四處打量，碎冰和寒鴉哭豎直耳朵坐著，彷彿在聆聽金雀花彼端有什麼風吹草動。鷹衝在他倆中間坐立難安，她橘色的毛皮反照落日餘暉。遠處的夕陽落至高地頂端，將石楠染成一片金黃。

灰翅挫折地閉上眼。「假如我們挑起戰爭，天曉得要怎麼收尾。」他的腳爪重如石頭。

高影輕吼一聲，豎起頸背的毛。「風奔說得對，如果我們現在表明立場，攻打我們的事他就會三思。」

「他不會攻打我們的！」灰翅不願相信清天會傷害他的親手足。**他是我哥！我們從小一塊兒長大的**。

「到底有什麼好爭的？」雨掃花高聲說。「誰稀罕清天那座笨森林啊！他也不想占據高地吧，是他自己要住在樹林的。」

她站在低垂的黑莓灌木下，灌木呈拱型沿著洞穴一端的盡頭蔓生，垂蕩的末梢黃花正好落在她的褐毛上。儘管拱型枝葉下風聲呼嘯，灰翅仍依稀聽見她身後傳來龜尾的小貓在樹蔭下玩耍的聲音。

花瓣窸窣作響，麻雀毛跌跌撞撞地出來。「這回換我當老鼠了。」她對同胞手足喊道，礫心和梟眼也從灌木底下竄出來撲向她。

「不公平。」被他們壓在身子下的麻雀毛勉強脫身，站在林邊空地邊緣，大口呼出的氣讓她玳瑁色的毛飄動。「你們要給我時間躲呀。」

梟眼坐了下來。「我們為什麼不能玩『小鳥跳』？」

礫心用他虎斑色的褐爪揉鼻子。「灌木底下哪有地方玩小鳥跳的遊戲啊？」

「我們可以在這裡玩啊。」梟眼一邊提議，一邊用下巴指向那片沙地。

灰翅瞥了一眼這隻灰色小公貓。「別礙事，」他下令。「等我們講完話再玩。」

麻雀毛的雙眸興奮地發光。「那我們回黑莓灌木下，看能往樹枝爬多高。」她鑽入灌木隱身，不久後黑莓灌木便開始晃動，因為她正在攀爬植物纖細的莖。

「小心點啊！」龜尾準備穿越林間空地，她擔心地瞪圓雙眼，望著親生骨肉隱沒在纏結的枝葉中。

灰翅溫柔地將她攔下。「他們的爪子夠利，爬樹不成問題。」他向她保證。礫心、麻雀毛和梟眼雖然還小，但已跟小兔子一般強健。承載他們重量的灌木不斷搖晃，使長滿花的莖在雨掃花的脊柱上震顫。

這隻母貓避開垂擺的植物。「怎麼還有閒工夫想打仗的事？」她苦惱地說。「我們還有小貓要養，應該忙著狩獵，而不是爭奪邊界。」

鋸峰一瘸一拐地走向前，那條從樹上摔落而受傷的後腿，擦過他行經的沙地。

「如果清天想要浪費時間劃立邊界，就隨他去好了。」

金雀毛眉頭一皺，前額的毛隨之起伏。「問題是為了劃立邊界，他還大開殺戒。」

灰翅一聽就有火氣，拿他的老友開刀。「這我們無從證實。」

龜尾的耳朵攤平。「他殺了阿班。」

「還有迷霧！」碎冰扯開嗓門，他灰白相間的毛皮在波動。

灰翅不安地挪動腳爪。「又沒貓親眼看見他殺害迷霧。」

「我們發現她屍首的時候，在她身上聞到清天的味道。」金雀毛瞄了風奔一眼，要她背書，她倆是在外出狩獵時發現那隻惡棍貓的屍體。

風奔凝重地點了個頭。「沒錯。」

「可是他還收留迷霧生的小貓，」灰翅懷抱希望地論述。「凶手怎會展現這種大愛？」

龜尾發出嘶聲。「他是心裡有愧！」

風奔瞇起雙眼。「如果沒殺害小貓的母親，他也不用非得收留他們。」

灰翅的思緒開始飛轉。清天怎麼可能是手刃同類的凶手？他凝視這群高地貓，他們的眼中閃爍怒火，其中龜尾的怒氣最令他擔憂。**可不能為清天的事吵到拆夥啊**。他對雲點眨眨眼，縱使指責的聲浪在林間空地漫天飛舞，這隻公貓卻顯得泰然自若，他目光冷靜，一身黑毛平整。

「你覺得呢？」灰翅求助於他，雲點十分睿智，懂得拿藥草治傷病，或許也知道該怎麼治癒高地貓之間的裂痕。

「我覺得獵物堆裡沒獵物了。」他下巴朝平面岩石探出林間空地邊緣的那端點頭，在那旁邊是片空蕩蕩的泥土地。高地貓把抓來的獵物存放在那個蔭涼處，所以食物不致因曝曬在正午的豔陽下而腐爛。「小貓很快就會肚子餓了，我們也不例外。」他掃視其他貓兒。「肚子一餓，脾氣自然好不起來。」

灰翅感謝這隻公貓以常識化解紛爭，填飽肚子，大夥兒自然心平氣和。「寒鴉哭，」他對這隻年輕的黑色公貓點頭示意。「可不可以請你和碎冰還有金雀毛外出狩獵？」

「狩獵？」麻雀毛正手忙腳亂地從灌木的莖葉往下爬。「用餐時間到了嗎？」

她把頭探出垂盪的枝葉，龜尾也走向她。「親愛的，馬上就好。碎冰正要去狩獵。」

灰翅滿懷希望地望著綠眼公貓。「好嗎？」

碎冰點點頭。

「我跟他們一起去。」鷹衝宣布。

寒鴉哭已朝通往高地邊的石楠缺口前進，她趕緊在後頭追趕。金雀毛尾隨在後，碎冰則殿後。

風奔繞著灰翅踱步。「我們還沒決定該拿清天怎麼辦。」

灰翅有股無名火，風奔才剛加入他們的陣營，她算哪根蔥，非要決定該拿一路和他們千里迢迢下山的貓怎麼辦？

龜尾把麻雀毛趕回灌木叢下，轉身面向灰翅。「你有什麼打算？」

高影走近，和灰翅保持一個口鼻的距離。「你也同意該有誰挺身而出，在傷害造成以前阻止清天。」

灰翅眨眨眼，他曾為了阿班負傷而死一事找清天對質，之後又向高影徵詢意見。他深信高影自有一套，這隻堅強的黑色母貓帶領大家下山，胸有成竹地引導族貓安全抵達新家園。他們抵達高地後，她卻漸失信心，令灰翅煩躁不安。他幾乎不敢相信她請他繼任為首領，不過，打從弟弟月影死了之後，她似乎又恢復原有的活力。灰翅面對反目成仇的清天，不知該如何是好，一度提議將首領的位子讓回給她，但遭到她的婉拒。但是他們同意合作，並在風奔的協助下——灰翅怎麼也想不到惡棍貓竟能如此英勇睿智——攜手共度難關。

他肩膀一僵。「假如清天在重新劃立邊界，我們必須知道他接下來要往哪兒擴張版圖。」

高影歪著腦袋。「要怎麼知道？」

風奔的耳朵抽動。「派間諜深入敵營。」

「太危險了。」灰翅伸爪子在沙地畫個圓弧。

風奔和高影往後跳，給他空間，龜尾流露好奇的目光，繞著這個大圓繞。

「這裡是森林的盡頭，」灰翅講解道。他用爪子再畫一條線，在圓弧外形成隆起物。「妳們是在這裡發現迷霧的吧？」他指向新畫的線，接著又畫一個隆起物。「在這裡發現阿班。」

高影點點頭，這兩個隆起物看起來像貓耳朵。

「這塊地——」灰翅拖著腳走過隆起物中間的地，爪子一刷，往外畫出一個更大的圓弧。「這一區很可能是他的下個目標。」

風奔聽了眼睛一亮。「最後他會把邊界延伸到高地的斜坡邊。」

灰翅點點頭。「假如他鐵了心要占領更多領土，便可能不斷故技重施，直到——」灰翅又從新畫的圓弧上勾勒兩個隆起物，然後穿過中間的土地，「攻到這裡——」

「打雷！」雨掃花喵地一聲打斷他。

灰翅瞄向林間空地的另一頭。這隻母貓的鼻頭抬得老高。「打雷？」他眉頭一皺。「妳聞得到雨味？」

雲點向前站，聞了聞空氣，「她是對的。」

「不是雨！是雷霆[1]！」雨掃花奔向石楠缺口，向外凝視。

然後她往後一跳，因為鷹衝咻地一聲穿進來，琥珀色的雙眼散發喜悅的光芒。

灰翅一見著她，不明所以又不禁皺眉。「不是要去狩獵嗎？」但當他瞥見她身後熟悉的毛皮便打住不說。

「雷霆！」他一認出這隻年輕的公貓，喜悅彷彿在毛皮中奔騰。雷霆的腳爪在孩提時期看似巨大，但現在好像也不怎麼大。「你長大了！」他肩膀變寬，肌肉在他橘白相間的毛皮下起伏。

自從他的母親和同胞手足被殺之後，鷹衝就一直在高地貓的營地撫養他。後來他離開，投奔父親在森林的陣營，灰翅對他縱使萬般想念，卻也理解這隻青年貓告別的原因。他奔向前迎接，好奇地抽動耳朵。「你怎麼又跑回高地了？」

雷霆緊張兮兮地環顧營地。「希望你不介意我這麼冒失地跑來。」

灰翅放慢腳步，雷霆沒有回答他的問題，他的毛皮散發著陌生的森林氣息。疑慮似針，扎得他腳爪隱隱作痛。雷霆為什麼會在這個節骨眼出現——阿班屍骨未寒，自己又剛跟清天翻臉，他哥是不是派這隻年輕的公貓當間諜？

鷹衝挺起胸膛。「他這叫回家。」她嗓音沙啞地說。

站在石楠缺口邊的雨掃花身子一僵。「他是誰？」

一隻白色公貓跟在雷霆身後一瘸一拐地走進營地。

灰翅瞇起眼睛。

「他是冰霜，」鷹衝打開話閘子就停不下來。「被清天掃地出門。雷霆跟他一起走，我們發現他們從邊界長途跋涉而來。」她雙眼發光，目不轉睛地凝視雷霆，把他當自己生的小貓般疼愛。

雷霆則凝視灰翅，他目光銳利，眼底寫滿擔憂。「冰霜需要幫忙，我們走投無路了。」

原來他們是因此來這裡的！灰翅的毛皮隨之平順，雷霆是基於情義相救。

鷹衝繼續往下說。「寒鴉哭和其他成員繼續狩獵，但我想盡快帶雷霆回家。」她焦慮地甩一下尾巴，並壓低嗓音。「被放逐的貓不該獨自在高地遊蕩，更何況冰霜又受傷了，清天眼裡容不下無法跟團體分工合作的貓。」

雲點走來，不斷抽動鼻子，繞著這隻白色公貓打轉。

冰霜豎起毛皮往後退。

「不要緊的，」雲點心不在焉地呢喃，雙眸在冰霜的皮毛上搜找。「我只是在檢查你傷得有多重。」

「腿燒傷了。」冰霜咕噥道，他一動不動，戒慎恐懼地看雲點在他周圍踱步。

「雷霆！」

冰霜大驚，猛一轉身，因為黑莓灌木叢傳來興奮的叫聲，小腳爪輕踩多沙的林間空地，小貓們跑來迎接他們的老友。

灰翅嗖地一聲揮著尾巴。「等等，」他對小貓們說。「等一下再迎接他。」

「你的傷口都爛了。」雲點皺著鼻頭聞冰霜的後腿。

---

① 雷霆的英文名為 Thunder，亦有打雷之意。

「所以才這麼痛嗎？」冰霜痛得臉部扭曲。

「對。」雲點蹲下來聞他原本應該覆著皮毛的大腿，那兒有一大塊開放性的傷口，腫脹的紅肉流出黃色的膿汁。

「被火紋身的傷好不了。」雷霆解釋。

「跟我來。」雲點向冰霜點頭示意，領他走向金雀花叢。金雀花的枝葉伸出林間空地，雲點用鼻頭將冰霜輕輕推進底下的空間。

灰翅看見白色公貓往灌木陰影頹然一坐，如釋重負的他，臉部表情也變得柔和。

「我去抓藥草幫他止痛。」雲點鑽出金雀花叢，朝石楠缺口小跑步。

「雷霆，究竟怎麼了？」灰翅往年輕公貓那頭湊。「清天為什麼要趕你走？」

雷霆不安地挪移腳爪。

灰翅這才赫然發現雨掃花在他的耳畔呼吸，鷹衝朝雷霆那頭緊靠，高影和風奔也抽動耳朵，步步逼近。龜尾和他保持一尾遠的距離，小貓們則在她身旁排排站，焦急難耐、坐立難安。

「可以跟他打招呼了嗎？」麻雀毛懇求道。

灰翅直視雷霆的眼睛，只見哀傷讓他琥珀色的雙眸黯淡下來。這隻年輕公貓跟他父親究竟發生了什麼事？「跟我來。」他將雷霆輕輕推過石楠缺口，然後穿越被夕陽染成一片金黃的平滑青草。他坐下的當兒發現雷霆回眸一望，與龜尾互換眼色。他倆溫暖的目光令他感動，他愛這兩隻貓，也為他們喜歡彼此而開心。「你回來我很高興。」他高聲叫道。

雷霆深情地用鼻頭蹭他肩膀。「很高興見到你。」他開始繞著灰翅轉。

灰翅抽動耳朵，他得知道雷霆為什麼這麼緊張。「鷹衝說清天把你攆走了。」

雷霆止步。「被他攆走的是冰霜，不是我，」他咕噥道。「我是自願離開的。」

「你自願離開父親？」**可是當初你明明滿心期待加入他的陣營呀！**

雷霆咆哮。「我沒有父親！」

灰翅倒抽一口氣。「清天出事了嗎？」他哥哥是不是受傷了，或者更糟……

「不，他好得很。」雷霆怒瞪自己腳爪。

「那為什麼——」

「他要我把冰霜隨便帶到什麼地方，放他孤伶伶地自生自滅！」雷霆猛一抬頭直視灰翅。「森林裡沒有一隻貓不怕他的，只要跟他作對，他絕不手下留情。我跟他唱反調，森林自然沒有我的容身之處。」

雷霆義憤填膺的反應令灰翅引以為傲，只是哀傷在他的胃裡拉扯。難道清天非要把愛他的貓都逼走不可？他想起最近和哥哥為了阿班的死大吵一架——只要跟他作對，他絕不手下留情——或許雷霆知道她是被清天害死的，這可能是他離開的原因之一。

「他有沒有提到哪隻寵物貓死了？」灰翅大膽提問。

「沒有，」雷霆瞇起眼睛。「怎麼這麼問？」

「我們在清天新劃的邊界發現一具貓屍，」灰翅向他解釋。「死的貓叫阿班，是龜尾從前住兩腳獸家裡時交的朋友。清天承認他跟那隻貓打過架，但跟我說殺死她的凶手是狐狸。」

雷霆的雙眸閃現微光。「清天昨天返回營地的時候，身上確實捎來狐狸的騷味，」他坦承道。「我今早也跟狐狸交過手。」

希望宛若小鳥在灰翅的胸口振翼翱翔。「所以凶手可能是狐狸囉？」

雷霆身子一僵。「什麼意思？你覺得是清天下的毒手？」

灰翅迎上他的目光。「那你是怎麼想的？」

他倆目光緊鎖對方，剎那也宛若永恆。灰翅感覺他的心臟躍上喉嚨怦怦跳，倘若連清天的親生兒子都覺得他可能是凶手……灰翅不敢再往下想了。

「他氣炸了，」雷霆對這個問題避而不答。「他打定主意要盡可能地攻占領土。彷彿還住在深山似地，他懼怕即將到來的寒季，而恐懼能逼出任何動物最陰暗的一面。」

雷霆展現的成熟令灰翅刮目相看。這隻貓雖然年輕，卻有雙能明確鎖定危機的鷹眼。他開始踱步，腳爪冒出緊張的能量。「我不願見到森林貓和高地貓自相殘殺，而且是為了爭地盤這麼無關緊要的事，」他尾巴掃向那片連綿不絕的高地。「這片土地遠比我們需要的大。」

「前提是老貓死得和小貓出生得一樣快，」雷霆的嗓音變得冷酷。「要是我們的成員日漸壯大呢？領土是不是也要向外擴張？」

灰翅耳朵往下垂。「所以你贊成清天囉？」

切。」

「才不是呢！」雷霆咆哮。「但我們必須捍衛既有的邊界，否則清天會奪走一

戰爭即將爆發。尖石巫師的預言在灰翅耳裡迴蕩，他絕不能讓預言成真，但恐慌在他胸口蔓延。「如果我能跟清天談談，那該有多好，」他嘀咕。「我們可以打開天窗說亮話，可以協定邊界，可以和平共處。」

「那去找他談吧，」雷霆澄澈的琥珀色雙眸如落至高地頂端的夕陽發光。「只有你的話他聽得進去。」

灰翅眨眨眼，雷霆比任何一隻高地貓更能摸透他父親的脾氣，假如他認為會談足以弭平雙方的歧異，那麼或許真能露出和平的一線曙光。「你認同嗎？」

「認同。」

「那就這麼辦！」

雷霆轉身走向營地。「可不可以讓冰霜留下來？」他回頭喊道。

灰翅趕上他的步伐。「我沒辦法對負傷的貓見死不救。」

「你跟清天截然不同。」雷霆咕噥道。

✦✦✦

他們走進營地時，貓兒紛紛轉頭，眼底寫滿好奇，一直在林間空地跑來跑去的小貓

也停下來轉身。

「去幫自己弄個窩吧。」灰翅對雷霆說。

「可以跟他打招呼了嗎？」梟眼喊道。

「可以。」灰翅點頭說。

雷霆步向石楠旁長草抽芽滋長的營地邊緣，小貓們在他身後急追。

「你回來啦！」麻雀毛尖叫道。

「要在這裡住下來嗎？」梟眼興奮地問。

「永遠不走了？」礫心再補一句。

灰翅迎上高影的目光。「我有話要跟妳說。」

龜尾目光銳利，目送高影走去跟灰翅碰頭。

他對此視而不見，只把焦點放在高影身上。「我想找清天協商，看雙方能否不動干戈，心平氣和地劃定邊界。」

高影緊張地抽動耳朵。「單獨會面？安全嗎？」

灰翅有所遲疑，難道清天真的會傷害他嗎？

高影頭一低。「以防萬一，還是帶貓同行吧。」

她提議的同時，石楠彼端傳來腳爪的步行聲。是寒鴉哭、碎冰和金雀毛回來了，他們三隻都叼著獵物。寒鴉哭將一隻死兔子扔在平面岩石旁。碎冰把田鳧一動也不動的屍體擱在牠旁邊。金雀毛將樹鼩叼到風奔那兒，放在她腳爪邊，她用口鼻輕碰他的臉頰，然後嗅了嗅獵物。

怪不得她長肉了。灰翅跳上那塊平面岩石。「我有話要說。」他喊道。

小貓們從雷霆身邊狂奔而來，龜尾轉身面向他們，輕扭一下鼻頭，把他們趕回去。

「我們為什麼不能聽？」梟眼埋怨道。

「沒能力為自己獵食，就還不到聽成年貓講話的年紀。」龜尾尖刻地說。

麻雀毛抬起下巴。「我昨天捕到一隻蝴蝶。」

龜尾鍾愛有加地望著女兒。「親愛的，我知道。但是先帶梟眼和礫心回灌木底下吧。到那邊玩，別礙事。」

麻雀毛臉色一沉，大步離開。礫心和梟眼拖著沉重的步伐隨她走開。

灰翅目送小貓消失在蔓生的枝葉下，與此同時，金雀毛湊近風奔身旁。寒鴉哭坐下，將他黑色的長尾刷地收在腳爪上。雷霆從他揉好的青草小窩走來，鷹衝在碎冰身旁安坐，高影和雨掃花則在多沙的林間空地那頭看守，鋸峰也在他倆身邊。

雲點步入營地，嘴裡啣著一串綠葉。

灰翅對他點頭致意，等他把樹葉擱在金雀花旁，入座開會。然後他開始說話。「迷霧剛死沒多久，阿班也跟著走了，搞得大家惶惶不安。」

龜尾喉頭發出隆隆聲。

灰翅銳利的目光一掃，她立刻靜了下來。「清天每天都在移動邊界，所以沒有貓知道他會在哪裡狩獵或遊蕩。」他搶在貓群高聲斥責前繼續往下講。「我決定找他談談，假如我能知道他在想什麼、要什麼，或許雙方就能井水不犯河水地和平共處。」**或許下回見到森林貓，你們也能收起利爪。**他焦慮地環視高地貓，他是否能澆息眾貓由憤怒積累而成的復仇心？

金雀毛哼了一聲。「我們本來就與世無爭，是清天挑起紛爭的。」

「以後我們也會過與世無爭的生活，」灰翅承諾道。「前提是我要跟他把話說清楚講明白。」他頓了一下，環顧四方。「誰要與我同行？」

「我！」寒鴉哭跨步向前。

金雀毛抬起尾巴。「還有我。」

雲點穿過眾貓身旁，昂首看灰翅。「還是先緩一下好。」他輕聲說。

「先緩一下？」碎冰猛一轉頭，注視這隻黑毛公貓。

「我們昨天才指控清天是謀殺犯，」雲點說之以理。「他肯定還在氣頭上，最好等他氣消再質問他。」

「我沒打算質問他，」灰翅解釋。「只是想找他聊聊。」

雷霆摩肩擦身穿過高影和雨掃花之間。「雲點說得對，清天會把它視為挑釁，」他提出警告。「我父親脾氣暴躁，我想跟他講理，但他聽不進去，還是等他氣消了比較好。」眼底一閃而逝的哀痛出賣了他。

憐憫在灰翅的心中氾濫，**他今天失去了父親**，「好吧，」灰翅同意。「有意和我一同前往清天營地的，請在兩天後的黎明來岩石這裡跟我報到。」

風奔吹鼓一身貓毛。「不見不散。」

灰翅從岩石躍至龜尾身旁，眾貓也開始交頭接耳。

「你真的認為會談有用？」她的眼神寫滿懷疑。

灰翅步向他和龜尾鋪窩睡覺的幽暗隧道口。「龜尾，我總得試試看啊，」他嘆息道。「他再怎麼說都是我哥。」

她沒答話，沉默似乎比發聲反對更像是種懲罰。「我去叫小貓回來。」最後她喵了一聲。

「龜尾，我……」他話才剛出口。

「總不能讓他們出事吧！」她嗆了一句，打斷他的話。

他目送她踱步離開，接著爬進他們的窩。夜幕將他周圍的營地籠罩，金雀毛和鋸峰正在撕狩獵隊捕回來的獵物，把肉片分給每一隻貓。

鋸峰叼著兔子的腿穿過林間空地。「你一定餓了吧。」他將兔肉擱在灰翅的窩旁。暖呼呼的兔肉味撲鼻而來。「還好。」灰翅心裡七上八下。他望向鋸峰身後的雷霆，只見他在咬營地外牆的石楠小枝，把它們鋪進新窩。他回來了灰翅很欣慰。雷霆窩在那個窟窿彷彿天經地義。

不。

他將這思緒拋諸腦後，**他不是我的親生骨肉，我無權將他占為己有**。但是清天任他離家出走兩次，跟這種殘忍到把親生兒子逼走的貓講理講得清嗎？

鋸峰循著他的目光望去。「他回來了，你開不開心？」

灰翅點點頭。「當然。」

「清天大概非要把血親都攆光才高興。」鋸峰咕噥道。

灰翅的胃繃得更緊了。

小腳爪輕輕穿過林間空地，是小貓要奔回窩睡覺了。

「今晚我要在最靠近灰翅的地方睡！」麻雀毛先跳進窩裡。

灰翅感到滿腔喜悅。儘管這幾隻小貓跟雷霆一樣都不是他的親生骨肉，他們卻把他當父親一般看待。

梟眼在兔後腿肉旁駐足，朝它嗅了嗅。

「餓不餓？」鋸峰一邊問一邊輕推灰色小貓的臉頰。

「餓！」梟眼扯下一小塊兔肉。

鋸峰離開的同時，龜尾停在窩邊。「礫心，你餓不餓？」她歪著腦袋看礫心嚴肅地抬起頭對她眨眼。

「有點餓。」

她屈身彎過梟眼，把兔後腿肉勾過來，撕成小碎片給小貓分食。

麻雀毛滿足地高聲叫，一邊緊挨著灰翅一邊咀嚼。

灰翅用尾巴圈著她往後拽，留位子給龜尾。

龜尾躍進窩裡，背對他僵直地坐著，看梟眼和礫心吃肉。

灰翅凝視她的背影。「別生氣嘛。」他輕聲說。

「生氣？」麻雀毛瞄了母親一眼。「氣什麼？」

龜尾屈身一挨，用口鼻蹭麻雀毛的耳朵。「沒事，別擔心。」她在石楠窩裡繞圈，於灰翅身旁坐下。直到她在他懷裡歇息，溫暖的毛挨著他的脅腹，他才放寬心。等梟眼和礫心用完餐，她便示意要他們回窩裡。「你們兩個快回來。」

他們七手八腳地進來，擠到灰翅和龜尾中間。

「哎喲！」麻雀毛蠕動身體。「你踩到我尾巴了啦。」

「妳自己才該把尾巴收好！」梟眼回嘴。

「好了，別吵，」龜尾輕聲責罵。「該睡覺了。」

小貓們漸漸靜了下來。灰翅望穿暗夜，看高地貓一隻隻步進窩裡，在林間空地周圍安歇，最後靜得像是陰影下的石像。

龜尾緩緩閉眼，漸漸沉入夢鄉。

此時灰翅頓覺疲累。他要和清天談什麼呢？萬一談不好撕破臉怎麼辦？疲憊拉扯他的腳爪，他閉上眼，思緒旋呀繞地捲進睡夢當中。

「不要！不要！不可以！求求你！」礫心微弱的哭聲把他驚醒。這隻小貓在睡夢中掙扎，伸腳踢他的同胞手足，眼睛閉著，顯然在做夢。

「沒事了。」灰翅向前挨，用鼻子蹭他痙攣的脅腹。「只是做夢罷了。」他不希望礫心把其他貓也吵醒。

礫心眨眨眼醒來，驚懼地盯著灰翅，活像他是隻跑來窩裡的獾。

「你很安全。」灰翅用尾巴輕撫小貓的脊椎。

礫心寒毛豎直，挺直腰桿坐起。「好多血！」他喘息道。「好多！血親不該自相殘殺！」

「什麼意思？」灰翅一口氣差點出不來。

礫心茫然地對他眨眼。「兄弟不能自相殘殺。」他半睡半醒地呢喃。

他完全清醒了嗎？灰翅用鼻頭碰小貓耳朵。

礫心縮了一下。

他怎麼這麼怕？他說的兄弟又是指誰？他曾猜過礫心具有尖石巫師的預言能力，他不只一次活靈活現地描述夢境內容，而且雲點採藥治病的技能他全學會了，好像生來就要行醫似的。這場惡夢是否有所隱喻？灰翅憶起尖石巫師在他夢裡說過的話，**戰爭即將爆發。**

可是礫心渾身直打哆嗦，他實在不忍叫他回憶夢境。灰翅將心頭陰暗的想法硬是推開，一手緊摟小貓，把他貼在脅腹。「不會有事的。」他做出承諾，他順著礫心的毛皮長長地舔了幾下安撫他，最後小貓的眼皮終於撐不住了。

「夢裡最可怕的是，」礫心呼吸放緩，呢喃著說。「你不在了。」

「噓。」灰翅胃一繃。

「龜尾也不在了，我們孤伶伶的，只剩我和麻雀毛還有梟眼。我們孤伶伶的。」

「只是做夢罷了，」灰翅向他保證。**但願只是做夢！**他伸長尾巴，把三隻小貓統統圈住，龜尾在他身旁輕聲呼吸，讓他聽了心疼，**龜尾也不在了。**「什麼都無法將我們拆散。」他對礫心低語，試著忽略胸口重如石塊的恐懼感。**我一定要讓清天明白，千辛萬苦才走到這一步，我們禁不起打仗！**

第三章

在昇起的旭日照耀下，雷霆瞇著眼步回營區。他夜裡時睡時醒，索性在天亮以前外出狩獵。他的新窩感覺起來很陌生，石楠樹枝很扎身體，高地和森林的氣息在他的夢境繚繞揮之不去。一想起父親，他的心也隱隱作痛。

他身子拂過營區外牆，穿過林間空地。一隻老鼠在他嘴裡垂盪，牠暖暖的麝香聞得他肚子咕嚕叫個不停。從前他以為自己在森林狩獵比較得心應手，現在才明白他有多懷念遼闊的空間和風吹進尾巴的感覺，或許清天的領土終究不是他的歸屬。

其他貓兒都離開窩了，雨掃花忙著把陳腐的石楠從窩裡往外拽，斑皮在整理獵物堆，扔掉腐臭的獵物。寒鴉哭則坐在附近，清洗鷹衝耳裡的花粉。高影正從雲點領冰霜進入的金雀花窩鑽出來，鋸峰在長草邊揉去眼中的睡意。

雷霆眨眨眼，橡毛和閃電尾上哪兒去了？他的胃感到刺痛，他懷念那些從小一起長大的貓，滿心期待要和他們敘舊。灰翅把他們帶來高地生活沒多久，鷹衝就視如己出地撫育他們。他們小時候同睡一個窩，也一道玩耍。昨天他太過恍惚，滿腦子都是清天，剛回高地貓的營區也令他侷促不安，無心找這些老同伴。他在其他貓裡瞥見橡毛和閃電尾，但還沒準備好跟他們交談。況且他們也沒主動靠近他呀，是不是怕他變了呢？他甩開一身毛，急著要向他們證明他仍是從前和他倆一同在林間空地周圍打滾的那隻貓。

雷霆掃視林間空地，對上鋸峰的目光。他是不是想和他分食這隻老鼠？但鋸峰的目光馬上往下垂，雷霆覺得腳爪像有針在扎。寒鴉哭正盯著他瞧，雷霆滿懷期望地回望他，可是這隻公貓卻掉頭避開。

雷霆心神不寧地往金雀花窩走，嘴裡叼著的這隻老鼠，或許冰霜會領情吧。他鑽進低矮的樹枝下，任枝葉刮擦他的脊柱。

窩裡少了日照很陰涼，沙地上挖了一個凹洞，裡面鋪了苔蘚，冰霜就躺在裡面。「雷霆。」這隻白色公貓見到他似乎很開心。

雷霆在他窩邊駐足，將老鼠扔在一旁。「給你的。」

「謝謝。」冰霜感激地叫道。

雷霆伸腳將老鼠挪近點。「你好嗎？」

「他發燒了。」

雲點出聲，把他嚇了一跳。在貓窩深處的陰影下，很難看見這隻黑色公貓，但他一開口，雷霆就認出他的白色耳朵、胸脯和腳爪。

雷霆對雲點眨眨眼，雙眸逐漸適應幽暗。「他的傷治得好嗎？」

「我敷膏藥了，」雲點步上前，嗅了嗅冰霜的後腿。「最後應該會見效。只是傷口放著不管太久都化膿了，感染得很嚴重，應該早點治療的。」

冰霜瞪圓的雙眼寫滿擔憂，雷霆盯著雲點不放，他是不是在指責他或清天？

「森林裡不來這套。」他侷促不安，含糊地說。

「看得出來。」雲點將注意力轉回冰霜身上。「要耐著性子，」他安撫那隻負傷的貓。「我稍早敷的膏藥應該產生藥效了，我也請橡毛打獵時多帶點藥草回來。」

「我不會有事的，對不對？」冰霜嗓音顫抖地說。

雲點將苔蘚往他身子周圍推攏。「你會好好的，只是你從森林千里迢迢地來，把身子累垮了，需要休息一下。」

外頭傳來小腳爪走過泥土地的聲音，接著金雀花的枝葉開始震顫。「橡毛採的是什麼藥草？」礫心踱步而入。

「金盞花和酸模。」雲點對小貓說。

「要不要讓他服用琉璃苣？」礫心問道。「幫他退燒？」

小貓對藥草瞭若指掌，令雷霆佩服不已。藥草的名字他幾乎一個也認不得，也不曉得哪些可以治感染，礫心什麼時候學了這麼多？

「要，只是高地的琉璃苣不多，那是在森林生長的一種藥草，但這個節骨眼我又不能上那兒去採藥。」雲點對冰霜點了個頭。「森林貓也採藥療傷嗎？」

冰霜眉頭一皺。「我們不採藥，只打獵。」

雲點眨眨眼。「那受傷怎麼辦？」

「自己想辦法康復，不然清天會把我們驅逐出境，」冰霜憤恨地咕噥。「他的興趣是擴張版圖，不是保護為他外出狩獵、賣命戰鬥的貓。」他瞄了雷霆一眼。

雷霆身子一僵。那是責難的眼神嗎？我又不是我父親！「你們大概很忙吧，」他趕忙對雲點說。「那我先告辭了。」他退出金雀花叢，對礫心好奇的目光視而不見。

到了花叢外，只見龜尾在隧道口旁做日光浴，梟眼則在她身上爬，開心地喵喵叫。

風奔和金雀毛懶洋洋地躺在岩石旁，共享一隻歌鶇。

雷霆走過他們身邊，心裡還在盤算要不要打招呼，再往他們那頭瞥了一眼，發現風奔一見著他就不喵喵叫了。他喉頭一縮，嚥下傷痛深呼吸。**我會證明自己給他們看。不讓清天傷害他們，不讓他們受任何危險。**

「麻雀毛，打得好呀！」

鋸峰興致盎然的叫聲將他從思緒中抽離。

這隻瘸腿的公貓正擺尾鼓勵麻雀毛。「再出招！」

只見一隻屍骨未寒的死兔子倒在林間空地，麻雀毛蜷在一隻獾的距離外，不斷輕彈她的短尾。她瞇著眼，目不轉睛地盯著獵物。

梟眼在鋸峰身邊觀望。「下一輪可不可以換我？」

「可以。」鋸峰雙眸炯炯有神。

雷霆踱步靠近。**他在教小貓狩獵的招數嗎？**

麻雀毛嘶聲一叫往前衝，縱身一躍，落在兔屍上，小爪子深深插進兔毛，牙齒往牠鬆軟無力的脖子狠咬，一面咆哮，一面試圖甩動兔肉。

「瞄得真準！」鋸峰興致高昂地說。「或許攻擊對象可以換成我。妳必須做好準備，面對會回擊的仇敵。」

雷霆頸背的毛猛一豎直。**他居然在教小貓格鬥！**「你在幹麼？」他大步走向鋸峰。

鋸峰皮毛倒豎，目光倏地掃向雷霆。「什麼意思？」

「為什麼要教小貓格鬥？不是說好避免跟清天開戰嗎？」

梟眼看看鋸峰再看看雷霆，大惑不解地眨眨眼。「哪裡錯了嗎？」

鋸峰對小貓的發問置之不理。「雷霆，這與你無關！」

雷霆爪子一縮。「我住過森林，也住過高地，這當然關我的事，我不願見到兩方打起來。」

麻雀毛從兔子的屍首跳下來。「但我們說什麼也得學呀。」

雷霆臉一轉面向她。「妳還小，學什麼打仗！」

她睜大眼往後退。

「別拿小貓出氣。」鋸峰一瘸一拐地走過他身邊，挺身站在麻雀毛面前。

雷霆硬是把氣到一身要豎直的毛壓下來。「這不是拿小貓出氣，」他輕聲咆哮。「我只是認為你不該為可能永遠不會爆發的戰爭培訓小貓。」

鋸峰瞥了小貓一眼。「去找礫心。」他下令。「跟他玩去，我跟雷霆要聊天。」

梟眼眉頭一皺。「你們是想吵架吧。」

「不要為我們的事吵架。」麻雀毛懇求道。

雷霆頭一低，目光隨之軟化。「不會的。」他保證。「照鋸峰說的去玩吧。」

她垂著肩踱步而去，梟眼尾隨在後。

雷霆轉而面向鋸峰，這隻公貓眼底的怒火令他大吃一驚，他不是有意激怒對方的。

「抱歉礙著你們了，」他悠悠喵道。「我只是認為我們不該——」

鋸峰噘起嘴唇，跨步向前。「你怎麼認為是你家的事。我住在這兒的月數比你多，想當初還是跟你父親一同下山的。」

雷霆抬起下巴，**那不表示你對他的了解比我多**。「那些小貓出生時我在場！」

「但後來你還是走了，不是嗎？」

「我想跟父親一起住！」雷霆反駁道。「難道這也錯了嗎？」

鋸峰似乎聽不進去。「清天不要你了，對不對？就跟他當初不要我一樣！」他話裡流露出趾高氣昂的口吻。

雷霆腳爪發癢。「我沒被清天攆走，」他咆哮道。「我是自願離開的。」

鋸峰稍有遲疑，眼底閃現悲傷。「你自願離開？」

「我跟清天意見相左。」

鋸峰突然目光一垂。「所以，不是清天把你趕走的。」

雷霆不耐煩地挪動腳爪。他是自願離開還是被驅逐又有什麼要緊的？「我回來是為了幫助老友！」

「所以我們應該心懷感激囉？」鋸峰嗤之以鼻。

「不！我只是——」

鋸峰打斷他的話。「你總是跟著感覺走，想到森林就去森林，想回高地就回高地。那些小貓——」他口鼻往麻雀毛和梟眼那頭輕甩，放眼望去，可見他倆已把礫心從金雀花叢下趕出來，繞著平坦岩面追。「那些小貓在高地出生，生來就是高地貓。如果我想教他們捍衛家園，他們哪有不能學的道理？」

雷霆對他繃著一張臉。「謝謝你這麼熱情地歡迎我回家！」他別過頭，爭下去沒意思，鋸峰似乎鐵了心要討厭他。雷霆穿過林間空地，哀傷如石塊壓在他胃裡。當他抵達坑地邊那片柔軟的草地，赫然發現金雀毛正從岩石旁目光冷淡地注視他。

雷霆感覺毛皮在燃燒，**莫非沒有貓希望他回來？**

「雷霆，你沒事吧？」鷹衝正穿過林間空地向他走來，擔憂地豎起她的橘色皮毛。

「我看到你跟鋸峰吵架。」

「沒什麼。」她一過來，雷霆便用口鼻蹭她臉頰。

她喵喵叫。「鋸峰本性善良，」她安撫他。「只是有點誤會罷了。飲食靠別的貓照料不是我們的作風，身為高山貓的我們習慣自立自強。」她眼底寫滿悲憫，高聲叫了一聲，口鼻向他的下頷伸。「你回來了真好，我好想你喔！橡毛和閃電尾一定等不及要回來跟你敘舊。」她往石楠缺口那頭瞄。「他們馬上就回來了。」

至少還有貓高興見到我。

鷹衝飛快往金雀毛那兒瞥了一眼，那隻灰色瘦皮貓還在觀望。「給他們一點時間吧，」她安慰道。「我們見過太多變化，有些貓因此變得戒慎恐懼，他們會適應的。」

雷霆感激地用臉頰蹭她的臉，但願如她所說，他很快就會被大家接納。畢竟他們都很善良，拉拔他長大。「或許當初我不該走的。」他低語道，羞愧如潮水般沖過他的毛皮，他投奔父親是不是對高地貓不忠？

「你想接近親生父親，」鷹衝往後仰，用後腿支撐而坐。「這是世上最自然不過的感受。」

雷霆感覺喜樂溢滿喉頭，快要叫出聲來。「鷹衝，謝謝妳。」

「來吧，」她起身走向黑莓灌木。「我有多的苔蘚可以分你鋪窩裡。」

他跟隨她穿過林間空地，但身後的土地傳來腳步聲。

他先是身子一僵，再慢慢轉身。

他還沒看清楚來者是誰，腳爪就已砰然往他肋骨上踏。

他驚叫一聲滾到地上。

他豎起毛皮，試著掙扎起身。

「雷霆！」他身子上面傳來閃電尾快樂的嗓音。

栗色皮毛的蹤影閃過他的視線，橡毛正繞著他轉，樂得不斷揮舞她的粗尾巴。

他猛然躍起。「是你們！」他驚訝地眨眼。「都長大了！」如今橡毛和閃電尾都成年了——雖然不及他高大，但比他離開高地前一塊兒玩耍的幾隻小貓要大得多。閃電尾的模樣叫他看了頓覺揪心，他看起來像獵手，前額和肩膀寬闊，看不出小時候是個跟屁蟲，總是如影隨形地跟著雷霆。「你好嗎？」他用頭往閃電尾的肩膀頂一下。

「我可是高地上最厲害的追蹤手呢。」閃電尾自豪地兩眼發光。

橡毛點頭贊同。「他追野兔可以一路從高地頂追到峽谷，也不被對方察覺他的氣味。」

「橡毛會殺蛇喔！」閃電尾目露驕傲地凝視妹妹。

「我只殺過一隻而已。」橡毛謙稱。

「那也比我多一隻啦！」

雷霆嗚嗚叫，令他歡喜的是，雖然橡毛和閃電尾都已長大，感覺仍像是親手足。

橡毛的目光掠過雷霆的毛皮。「你看起來好壯，」她傾慕地掃視對方。「毛也好光亮。」

雷霆感覺毛底下一陣火熱。「謝了。」他忸怩地瞄了一眼自己的大腳爪。「妳也很漂亮。」她紅棕色的毛短而濃密，在陽光下閃耀奪目，小時候扁平的鼻子現在也長長了，變得直而滑順。

閃電尾在他身邊打轉。「森林裡的生活怎樣呀？清天好不好？在那裡過得開不開心？」

「不要一直問啦！」橡毛嚴厲地瞪哥哥一眼，隨後注視雷霆的目光則轉為柔和。「你回來是因為想我們了，對不對？」

雷霆心懷感激地對她眨眼。她替雷霆解圍，這樣一來他就用不著解釋回來真正的理由了。可是他心裡又想和他們分享所見所聞：清天與迷霧的殊死戰——父親對領土的貪得無厭，導致小貓成了無父無母的孤兒，以及冰霜被他無情地驅逐。

橡毛琥珀色的眼眸暗了下來。「雷霆，你沒事吧？」

我怎樣都不願你們目睹我所見證的慘況。「一切都好。」他撒謊道。

「我們已經不是小貓了，」閃電尾想必發現他豎起毛皮了。「你不必保護我們。」

但這是我的職責。雷霆抖鬆一身毛。

「其他貓是怎麼說清天的，我們都聽說了。」橡毛對他說。

閃電尾湊近一點。「是不是要打仗啦？」

雷霆的目光穿過他倆，穿過石楠，越過隆起的高地，真要大動干戈才能保守家園？

「是不是？」橡毛目光變得銳利。

「但願不是。」他低聲說。

「閃電尾！」風奔的叫聲響徹營地。

閃電尾轉過頭。

這隻惡棍貓正昂首闊步地穿過林間空地，金雀毛和寒鴉哭也緊跟在後。「你跟橡毛可以來和我們練習作戰招數。」

「作戰招數？」閃電尾目不轉睛地望著她。

「我們只知道怎麼狩獵欸。」橡毛打岔道。

「那該是時候學些格鬥技巧了。」風奔在空地邊緣止步，金雀毛和寒鴉哭則在她面前就定位。

雷霆身子一僵。原來不只鋸峰在備戰，每隻貓都是！難道他們都認為風雨欲來，戰爭一觸即發？

閃電尾走向他們。「或許可以改良一些狩獵招數。」他提議道。

橡毛也幫腔。「我們可以把狩獵蹲伏改成進攻蹲伏。」

雷霆感到脊柱一陣發涼，這是清天才會幹的事吧，不是高地貓的作風呀。他掃視林間空地，灰翅上哪兒去了？備戰一事有經過他的允許嗎？放眼望去不見灰色公貓的蹤影。他的窩是空著的。

高影臥在平面岩石上，睜圓了眼好奇地張望眾貓。

這不會是灰翅所樂見的，雷霆趕忙追橡毛。「等等，沒必要練格鬥呀，灰翅馬上要和清天會談——」

風奔衝上前，攔住他的去路。「我有邀你加入嗎？」

寒鴉哭和金雀毛退後，橡毛和閃電尾轉身，不安地望著雷霆。風奔挑釁地瞪他。

雷霆止步。「我只是想說現在還不必練作戰招數。」

風奔瞇著眼，緩緩走向他，肥碩的肚子搖呀晃的。「你才剛來沒多久，休想給我們下指導棋。」

我只是想幫忙罷了。「何不把打仗的事先放一邊，」他慫恿道。「至少等灰翅和清天談完再說，最後可能發現根本沒啥好打的。」

風奔嘴脣外翻。「你真有那麼蠢？」

怒火在雷霆的毛皮下流竄。「設想阻止戰爭不是蠢！」他回嗆道。「妳又懂什麼了？上回我在高地的時候，妳只叫『風兒』——只是隻取了個惡棍名的惡棍貓。」

風奔得意地瞥了一眼身後的金雀毛。「看吧？他是回來鬧事的，跟他父親一樣。」

「不要煩他啦！」橡毛擠到兩隻貓中間。

「幹麼護著他？」風奔一隻耳朵塌下來。「貓兒沒有一隻希望他回來。」

雷霆環視周圍的高地貓，閃電尾的雙眸籠罩著擔憂，橡毛的尾巴焦慮地抖動，金雀毛和寒鴉哭冷酷地望著他。最後，雷霆將目光移向高影。

她坐在平面岩石上挺直腰桿，眼神難以捉摸。「風奔。」

心底燃起的希望像針在扎雷霆的腳爪，她要為他挺身而出了嗎？

高影的目光炯炯有神。「我決定了，今天正式歡迎妳加入我們營區。金雀毛，你也是！現在是大團體的一分子了。」

雷霆嚥下口水。原來高影要表明她跟風奔站在同一陣線啊——惡棍貓竟敢堂而皇之地教高地貓格鬥！把灰翅尋找和平解決之道的決定放到哪兒去了？**難道高影——和每隻貓——都認為戰爭勢不可擋？**

「雷霆。」龜尾在他耳畔輕聲呼喚。

他猛一轉頭。

只見她溫柔地凝望他。「你跟我來。」她甩尾示意，將他領向一小塊溫暖的草地，旁邊就是她和灰翅鋪窩的隧道口。苔蘚仍有小貓的氣息，溫熱的小貓體味飄向口鼻，他豎起的毛髮也隨之鬆塌。

「我知道你在生氣。」她開口說。

「他們一心只想打仗！」他回頭瞄風奔和金雀毛，只見營區的貓在他們之間穿梭道賀。「鋸峰還培訓小貓呢！」他搜尋她的目光，期望看見震驚的眼神，但她只是沉著地回望，毛皮不見半點驚擾。

「這我知道，」她坦承。「但我們感到憂慮，不曉得清天下一步會怎麼走，所以想要做好準備。」她眼神掃向麻雀毛和梟眼。「你要知道，我從來不讓他們打架。但如果迫不得已，我希望他們有辦法自我防禦。」

「妳覺得清天會連小貓都不放過？」雷霆呼吸加速。她怎能這麼想？就算是清天，也沒這麼殘忍無道。

「等灰翅和他談完就能見真章了。」

「為什麼不能等結果下來了再備戰？」

「你真的認為該等嗎？」她往他那頭湊。「我們的家園已危在旦夕。」

雷霆瞇起雙眼。

龜尾不肯罷休。「萬一灰翅沒辦法勸清天放棄拓展版圖呢？」

像我就辦不到。一想起怎麼設法和父親講理，雷霆胃就糾結。清天已和他翻臉了，他說什麼，對方根本聽不進去。他迎上龜尾的目光。「這場仗就非打不可了。」

龜尾點了點頭。「最好先做最壞的打算。」

雷霆低下頭。「好吧，」他面色猙獰地讓步了。「如果非備戰不可，那我會幫忙。」如果這場仗非打不可，他就得確定高地貓打得讓敵方招架不住。

第四章

灰翅穿過石楠裂口，甩落黏在腳爪的泥土。他眨眨眼，只見寒鴉哭、碎冰和斑皮正朝平面岩石走去，鷹衝、龜尾和其他貓兒都已在石塊上聚集。

發生什麼事了?他豎直耳朵。

高影站在岩石上，尾巴豎得老高。

反觀雷霆則眼神黯淡地留在林間空地。

「灰翅！你來啦！」高影跳下岩石，走過這隻年輕公貓身邊。「如同先前講好的，我剛宣布風奔和金雀毛成為團體的一分子。」

灰翅歡喜地甩尾巴。「差不多是時候了，」他喵喵叫道。「他們已經融入大夥兒了。」他可以看見雷霆在高影身後豎直毛皮，有什麼事不對勁。他頭一低。「等等我上岩石跟妳會合。」他先等高影離去才穿過沙地走向雷霆。「怎麼啦？」

雷霆眉頭一皺。「風奔想教小貓們作戰招數。」

「所以呢？」灰翅不解地歪著腦袋。「她有當領袖的天賦，我相信她的判斷力，這是我們希望她加入的原因之一，她很清楚我們必須做足準備。」

雷霆目光一垂。「龜尾也是這麼說的。」

「那還有什麼問題嗎？」

「他們好像都不相信我們可以和平解決歧異，」雷霆咕噥道。「我以為只要找清天把話說清楚就好了。」

「但願如此。」灰翅對這隻年輕公貓愛憐有加。雖然他看出父親的野心勃勃，卻依舊深信只要跟清天說之以理，一切就能否極泰來。他暗想：**天底下哪有這麼簡單的事？**內心不禁隱隱作痛。「我盡力而為，但如果協商破局，或許就得靠武力捍衛家園了。」

「灰翅，」高影從林間空地遙遠的彼端呼喚他，那裡距平面岩石有好幾條尾巴遠。風奔在她身邊踱步，金雀毛則焦慮在一旁觀望。「有件事一定要跟你商量。」

灰翅用鼻頭輕碰雷霆的臉頰。「加入其他貓兒吧。」他頭指向在岩石旁邊聚集的貓群。他們正低著頭竊竊私語，好奇地瞥向高影、風奔和金雀毛。

「不是說要集會嗎？」雨掃花喊道。

高影的目光轉為急迫。「灰翅！」

他三步併作兩步地奔向她。「出了什麼事？」他在她身旁止步問道。風奔和金雀毛神情緊張，互換眼色。他們是不是改變心意，不打算加入高地貓的陣營了？

高影皺眉蹙額。「風奔和金雀毛要生小貓了。」

「小貓？」灰翅眨眨眼，樂得毛皮都暖了起來。「真是天大的好消息。」

「是嗎？」風奔往伴侶那頭靠。「小貓意味著更多張嗷嗷待哺的嘴，」她瞄了高地貓一眼。「雖然我們的孩子在營地長大比較安全，但這會為每隻貓帶來負擔，」她霸氣昂首。「他們有權在我們加入之前知道必須承擔些什麼。」

金雀毛挺起胸膛。「我們不希望高山貓憎恨他們。」

灰翅抽動耳朵。「哪有這種事？」礫心、麻雀毛和梟眼總是餵不飽，而且老是礙手礙腳，但他們也沒受到族貓的憎恨啊。「新生命帶來希望與喜悅。」

「和額外的狩獵工作。」風奔提醒他。

灰翅的尾巴掃向遙遠的地平線。「獵物夠我們大家享用了。」

他赫然發現高影的目光在風奔鼓起的脅腹逗留。

「這不是生小貓的好時機，」這隻黑色母貓呢喃道。「清天巴不得開戰，到時候非但風奔不能參戰，我們還有更多小貓要顧。」

灰翅迎上她的目光。「假如真要開戰，有了更多小貓，我們會打得更加賣力，畢竟有更多需要我們來捍衛。」

看樣子高影並不買帳。

「我們還是走的好。」風奔咆哮道。

「不！」灰翅踏步向前，回憶的浪潮將他掃回風暴的窩。他費盡千辛萬苦想救她和她的小貓，她試著憑一己之力撫養孩子，但勢單力薄，最後她和兩隻小貓都死了，只有雷霆活下來。「幫助風奔和金雀毛養育小孩是我們共同的責任。」他堅定地對高影說。

黑色母貓頭一垂。「他們應該已經贏得團體裡應有的地位了。」她表示讓步。

「贏得許多次了。」灰翅對風奔點了個頭。「我們會把妳生的小貓當親生子女看待。」他發出柔情的叫聲。在這一瞬間，他彷彿看見小小貓跟在礫心、麻雀毛和梟眼身後，在林間空地奔跑，這些小貓會在這片高地家園平安地長大。

他邁開大步橫越林間空地，穿過寒鴉哭和雨掃花之間，躍上平面岩石，高影也跳到他身旁。他輕甩尾巴，示意風奔和金雀毛上前。

鷹衝和碎冰挪動身子讓他們通行，寒鴉哭和雨掃花退後，在眾貓圍成的圓中讓出空位給這兩隻惡棍貓站。雲點從冰霜往外偷窺的金雀花叢移開，後者的白臉在陰影中半遮半掩。斑皮閃邊站，讓這隻黑白相間的公貓站在她旁邊。礫心、麻雀毛和梟眼則像樹枝上的小貓頭鷹，整整齊齊地在龜尾旁邊排排站。鋸峰站在他們身旁，雙眼炯炯有神。

雷霆呢？灰翅在群貓間搜尋這隻年輕公貓，心頭一怔。倘若他想被營地的貓重新徹底接納，就得對風奔和金雀毛表示支持。難道他還不明白在他回森林和清天生活的這段期間，這兩隻貓已逐漸成為團體的一分子了？這是歷史性的一刻：高山貓首次正式接納新成員加入他們的行列。倘若要維持團結的形象，每隻貓都得投下贊成票。一直到發現雷霆薑黃的毛皮半掩在橡毛和閃電尾之間，他才鬆了一口氣。他迎上這隻年輕公貓的目光，雷霆回望他，眼神高深莫測。

高影開始致詞。「我們初次踏上高地時，受到風兒與金雀花的歡迎。」

圍成一圈的貓周圍響起欣喜的叫聲。

「在我們漸漸擺脫高山習性，適應高地生活的同時，他們一直扮演忠誠盟軍的角色，」她繼續往下說。「因此，邀他們兩位永久加入陣營實屬榮幸。」

風奔昂首望向黑色母貓，眼底寫滿質疑，灰翅則猜測這隻有孕在身的貓后在想什麼，**高影會提她快生小貓的事嗎？**

他邁步向前，是該開誠布公了，假如有異議，最好現在明講。「風奔懷孕了。」他環顧高地貓，鷹衝眼中洋溢著溫情，鋸峰高聲歡呼。

「恭喜！」雨掃花衝向前和風奔碰鼻頭。

寒鴉哭不安地抽動尾巴。「多了幾張嘴，我們養得起嗎？」

橡毛瞪了他一眼。「當然養得起！」

閃電尾豎起耳朵。「我們的狩獵技巧每個月都在進步。」

他周圍的貓交頭接耳，表示贊同。

「那寒季來臨怎麼辦？」雲點理性分析。「獵物都躲到地底了。」

碎冰扯開嗓門。「那我們就去隧道打獵啊。剛來的時候，風奔和金雀毛就帶我們去過那裡。」

高影步向岩石邊緣，看見她雙眸發光、疑慮盡釋，灰翅如釋重負。

「風奔和金雀毛為團體貢獻良多，」她喊道。「他們立下的汗馬功勞已為子女，乃至孫子輩，贏得飽食！」

鋸峰點頭如搗蒜。「他們把我從坍塌的隧道救出來，」他提醒大家。「其他貓認定我活不成的時候，風奔為我清潔鼻子和喉嚨，讓我得以呼吸。」

「小時候金雀毛教我和橡毛跟蹤兔子，」閃電尾插話。「花了整個下午示範怎麼一動也不動地躺平，讓兔子靠近。」

橡毛歡喜地高聲叫。「最後我們膩了，開始玩他尾巴，但他還是耐心十足！」

龜尾邁步向前。「我從兩腳獸的地盤回來後，風奔指點我最佳的狩獵場所。」

灰翅硬是把愉悅的叫聲嚥回肚子裡，龜尾常抱怨風奔太跋扈，說阿班會走就是她害的，如今她總算願意接納這隻惡棍貓，他也可以放心了。

他看見寒鴉哭甩了一下尾巴，不禁身子一僵，他還在擔心獵物不夠吃嗎？

「要不是風奔和金雀毛帶路，我們說什麼也不敢去探索隧道。」黑色公貓讚許地瞥了他們一眼。「現在哪怕是最凜冽的寒季，我們也有禦寒之處了。」

「遇狗突襲的話也有了逃亡路線！」斑皮補了一句。

灰翅樂得磨蹭岩石。「我們何其有幸，有這麼強健忠誠的貓加入陣營。」他凝視風奔，她眼睛眨也不眨地回望他。多久之前是她站在岩石上率領高地貓，他跟高影則得在底下昂首望？這個念頭他並不迴避，但要得到所有疑惑的解答並不容易，風奔似乎比他更樂於接受做決策的挑戰。

高影的聲音將他抽離思緒，拉回現實。「風兒和金雀花取了高山貓的名字，我們應該以新名字迎接他們。」她從岩石跳下來，和風奔碰鼻。「歡迎風奔。」

灰翅感受到高地貓期盼的目光，於是也跳到她身旁。「歡迎風奔。」他和這隻棕色母貓碰鼻。

「金雀毛！」

「風奔！」

高地貓扯開嗓門，呼喊新夥伴的名字，熱烈地歡迎他們，讓聲音直達天聽。

鋸峰離開圓圈，繞著風奔跳，興奮地睜著晶亮的雙眼，灰翅興高采烈地揚著尾巴。

這隻青年貓一直很崇拜惡棍貓，她被納入團體的一分子，他想必很高興。

高影走到獵物堆。「讓我們大快朵頤來慶祝，」她把一隻老鼠扔給金雀毛。「一起像高山貓似地狼吞虎嚥吧。」她又將一隻歌鶇啣到風奔面前扔下。然後她彎下腰，咬了一口再把牠推向棕色母貓。

風奔點頭稱謝，咬下一口，接著推給金雀毛，他發出愉悅的叫聲，撕下一口肉，再傳給鋸峰。

灰翅也走到獵物堆，先讓碎冰叼走老鼠，他再取一隻小兔，歡樂好似浪潮在他的毛皮下奔流。高地貓安頓下來分食獵物，心滿意足地喵喵叫。**我們是一起的**。這個念頭讓希望在他體內澎湃翻湧。無論造訪清天營地的結果是好是壞，高地貓都會存活下來。他們團結一致，只要同心協力，再大的風雨也能安然度過。他瞥了一眼躺在高影和金雀毛中間的風奔，只見她正心滿意足地咀嚼食物。**有她在我們陣營，高地貓必能強盛許久**。

✦✦✦

一陣輕柔呢喃將淺眠的灰翅吵醒。他眼睛眨了幾下，睜開之後凝視窩的邊角，他誰也看不到，只聽見隧道口傳來的輕聲細語。「不能在這裡講，」他認出那是雨掃花焦慮的嗓音。「會吵醒灰翅的。」

「到外面來。」

鋸峰？這兩隻貓在搞什麼鬼？

灰翅抬起頭，胃裡七上八下，目送他們如影子般地穿過營地，溜出石楠裂口。他慢慢從小貓身邊抽離身子，將他們往龜尾那頭輕推。

「灰翅？」礫心眼睛還閉著，睡意朦朧地呼喚。

「我馬上回來。」他低語道。他跳出窩，沿著林間空地邊緣悄無聲息地走，始終不離開陰影，最後走到石楠裂口，他止步豎直耳朵。

雨掃花和鋸峰在厚圍牆外交談。

「一定要讓清天看清道理啊！」雨掃花嘶聲說。

「跟他講不通的，」鋸峰低語道。「灰翅還是把他看作從前在山裡的那個兄長，可是清天已經變了，我親眼目睹他變得多冷血無情。」憎恨使這隻年輕公貓的嗓音轉為強硬。

灰翅嚥下一聲嘆息。鋸峰是否永遠都無法原諒他們的哥哥將他掃地出門？

鋸峰繼續往下說。「如果灰翅跑到清天的營區、挑戰他的權威，那只是火上加油罷了。清天肯定會氣炸，灰翅大概不知道他害自己陷入怎樣的險境。」

「是害大夥兒陷入怎樣的險境，」雨掃花再補一槍。「清天有多憤怒，就會有多危險。」

灰翅身子一僵。他們為什麼不直接找他傾訴心裡的顧慮呢？他該跨出陰影和他們有話直說嗎？不，他得聽他們內心真實的想法，而非他們揣測他的想法，說他想聽的話，於是他往石楠深處靠。

「最不該試圖和清天對話的貓就屬灰翅了，」鋸峰煩惱地說。「他們之間發生了這麼多事，憤怒肯定會蒙蔽清天的理智。」

「但我們不能就這樣袖手旁觀呀，」雨掃花爭論道。「不然清天會不斷侵占領土，直到天下都納為他的版圖。」

「我們派的貓必須能勾起清天的回憶、喚醒從前的他，」鋸峰咕噥道。「讓他看清自己有多大的轉變，又變成什麼德性。」

「要派你這樣的貓嗎？」雨掃花滿心期待地提議。

「不，」鋸峰嚴厲地答話。「我腳瘸了，在清天心目中，分量和獵物一樣輕。」

「那該找誰？」

灰翅屏息以待。**他們為什麼不相信我？我有信心能讓清天回心轉意！**

石楠間傳來鋸峰壓低的音量。「妳去怎麼樣？」

雨掃花倒抽一口氣。「**我？**」

「清天總是對妳敬重有加，」鋸峰不肯罷休。「你們打從出生就認識彼此，但自從他變了之後，你們幾乎沒再說過半句話。和妳交談說不定能喚醒從前的他。」他頓了一下，接著補充道：「妳和亮川曾是朋友。」

這個名字刺中灰翅的心。亮川是清天的初戀，她死的時候肚裡還懷著清天的寶寶。回憶湧上心頭，教他難以呼吸，內疚灼燒他的毛皮。她和他一同外出伏擊，不料亮川竟慘死在鷹爪下。灰翅束手無策，只能眼睜睜地看亮川遇害。

「鋸峰，這我就沒把握了，」雨掃花懷疑地說。「他應該不會把我說的話當一回事。」

「妳起碼考慮一下嘛。」鋸峰連哄帶勸地說。

「我會考慮看看。」雨掃花還是讓步了。

他們的腳步拂過青草。灰翅把身子往石楠叢裡擠，直到陰影將他吞沒。他屏住氣息，如石像般站立，等鋸峰和雨掃花走進營區。等他們回各自窩裡，他還是沒有馬上出來。他思緒飛馳。**真的會被鋸峰說中嗎？**他和清天之間發生了太多事，再怎麼協商談判都只是白費唇舌？

不！我們是親生兄弟！什麼也改變不了這血濃於水的事實。這些風風雨雨應該只會把他們的關係綁得更緊密，而不是將他們愈拉愈遠。

灰翅灰溜溜地離開石楠。**鋸峰搞錯了……清天肯定會聽我的勸。**

第五章

「赤楊，動作快！」清天重步奔下斜坡。他躍過坡底的壕溝，流暢平穩地落地，然後回眸一望。

白樺正向他疾馳而來，小腳爪刷過地面，掀起落葉輕舞。赤楊緊追在後，半跑半滑地下斜坡，身體沒比幼兔大多少。與其說是獵手，她看起來更像一隻獵物。

日後她還得成長。

清天繼續跑，爬上前方的小崗。他樂不可支，脈搏在皮毛下亂顫。花瓣求他別帶小貓到外面受訓，**瞎操心的小蟲！**他跟她說山區的小貓兩個月大就和暴風雪奮戰了，他不能允許旗下的貓在森林安逸的環境下變得嬌弱。

「白樺！救我！」輕輕砰咚一聲引清天轉頭。

赤楊不見了。

白樺身子探進壕溝在拽什麼東西。他咕噥著提起同胞姊姊的頸背，然後把她放開。

「妳還好吧？」

赤楊手忙腳亂地起身，甩開一身短而蓬鬆的毛。「我沒事。」

「你們兩個快點啦！」清天翻了個白眼。從這裡到大山毛櫸的每個壕溝，他們都要跌進去嗎？

「可以慢一點嗎？」白樺向上坡呼喚。

有可能嗎？「動作慢的貓會被抓到！」清天對身後嚷道。他不會把小貓寵壞，他們得堅強起來。於是他轉身繼續跑。

他抵達大山毛櫸時，臉不紅氣也不喘。它在森林的這區一枝獨秀，高出其他樹木。他在山毛櫸粗厚的樹根旁駐足，等小貓追上。鳥兒在他頭頂鮮綠色的天棚啁啾，綠葉之上可見微亮的日光。

清天不耐煩地豎起耳朵，最後他終於聽見小腳砰砰跑過乾土的聲音。一會兒過後，白樺和赤楊衝出一叢蕨類植物，開始手忙腳亂地爬上坡，奔向他這頭。小貓光潔的毛皮緊貼身上，被蕨類和黑莓灌木刮得很平，耳朵壓平在頭頂。

「我們成功了！」白樺踉踉蹌蹌、氣喘吁吁地跑來，在清天面前停下腳步。赤楊在距離他一尾長的後方止步，脅腹不斷起伏。

「你們動作可真慢！」

「我們已經盡全力了。」赤楊上氣不接下氣地說。

「我們的腿又沒你長。」白樺指出原因。

「但你們的體重也比較輕啊，」清天反駁道。他繞著小貓打轉，他倆則只顧著努力喘氣。「總之還沒我那麼重。」他是不是對他們太嚴苛了？「只要你們繼續鍛鍊，總有一天會跟我一樣強壯。」

「也許比你還壯呢！」白樺目光晶亮地望著他。

清天咕噥一聲。「應該很難。」他止步揚起目光，暖季將整座森林籠罩成綠濛濛的一片，他用尾巴末端拂掠白樺的脊柱。「在這裡等著。」

「就他自己等？」赤楊用鼻子往弟弟那頭拱。

「那有什麼問題？」清天將口鼻部頂向她，見她嚇得往後跳還得憋笑。「妳跟我來。我們要玩躲貓貓。」

赤楊眨眨眼。「躲貓貓？」

白樺皺起眉頭。「我以為你要教我們格鬥技巧咧。」

「你以為蒐找不是格鬥技巧？」清天壓低音量，用氣音說。「總有一天，對手聽到你們的腳步聲，會馬上躲起來，而你們的任務就是把他們找出來。」

赤楊瞪圓雙眼。「白樺在這裡等，那我們是不是要躲起來？」

「妳這隻小貓真聰明。」清天昂起鼻頭指向枝葉間耀眼的陽光。「白樺，」他口鼻一扭，要這隻小公貓順著他的視線看。「等太陽走到下一根樹枝的時候，就來找我們。」

白樺挺直身子。「好。」

「來吧，赤楊。」清天從斜坡跳下來。「我們找個他意想不到的地方躲。」

「你已經知道要躲哪兒了嗎？」她的腳爪啪嗒啪嗒地踏過落葉。

「小聲點！不要替他留下線索。」他放慢腳步，她得為下堂培訓課留點體力。他橫越乾涸的溪床，循著一長條黑莓灌木，走進長滿蕨類的小坑。他從另一頭爬出來，在樹林裡左彎右拐，最後爬上一座山脊。放眼望去，彼端有塊林間空地。他昨天就為培訓挑好場地，空地上沒有障礙物，周圍纖細的白樺樹彼此間距很大。

「這裡又沒地方可躲！」赤楊跟上他的腳步，環顧光禿禿的林間空地。「為什麼不躲在蕨類植物裡就好？」

「找一棵樹，蹲在樹後面，」清天下指導棋。「白樺來的時候，妳需要空間攻擊他。」

赤楊對他眨眨眼。「攻擊他？我們不是說好要玩躲貓貓的嗎？」

「妳忘了妳在受訓嗎？」**她幹麼跟我辯？**

「我不要。」赤楊把爪子插進易脆的土裡。「你又沒事先告知白樺。」

「這就是他要學的！」清天厲聲吼道，硬是把發怒的叫聲往回吞。

「不公平啊，」赤楊杏眼圓睜。「這樣他哪會準備好？」她在發抖嗎？「我覺得這樣不對。」

小妮子可真勇敢。他情不自禁地對小貓萌生一絲敬意。跟首領爭執需要勇氣，但是她還小，還有很多事不懂。「我知道直覺告訴妳，貓兒都是悄悄靠近敵方，不是先躲起來再突然撲向他們。可是時代在變，一定要學著把沒用的直覺淘汰。」他繞著她踱步。「打仗的時候，能活下來的未必是爪子最利的、身體最壯的貓。」

赤楊低頭瞄了一眼自己的小腳爪。

清天繼續往下說。「只有最機智的、動作最敏捷的貓才有最大的機會獲勝。妳的直覺或許告訴妳這些不是什麼光明正大的戰術，但我以過往的經驗跟妳說，我下山之後學到一件事，那就是即使光明正大，最後死了也是白搭。」他止步湊到她身邊。「我們必須搶先一步。」

赤楊嚥下口水。「我們有仇敵嗎？」

清天嗖地一聲甩尾，走向一棵白樺的樹幹。「只要是想從我們的地盤搶獵物的貓，就是我們的仇敵。把我教妳的這幾招學會，妳就能保命。」他爬上一條樹根，然後坐下。「白樺很快就會動身了，妳最好找棵樹躲在樹後。但是，首先——」他掃視林地，最後目光鎖定地上晨露未乾的一個坑。「到泥漿裡打個滾。」他鼻子往那頭一指。

赤楊嗅了嗅。「為什麼？」

「掩蓋體味啊，」這她都沒猜到？「不然白樺一到空地就會聞到妳的氣味。」

赤楊在泥坑前停下腳、皺起鼻頭。「聞起來像爛掉的葉子。」

「很好。」清天閒著沒事，從樹根撕下一長條的樹皮。「去打滾。」

赤楊瞇緊雙眼，踏進泥漿躺下，她仰臥著蠕動身軀，像條擱淺的魚左右拍動，然後躍起。「我好臭！」

「但是體味消失啦，」清天提醒她。「趕快找棵樹躲在後面。」他瞄了天空一眼，太陽移位了，白樺動身了嗎？訓練小貓雖沒辦法立竿見影，但辛苦總是值得的。「動作快！」赤楊輕彈耳朵，在一棵白樺的樹幹後方繞圈。「現在該就定位了。」

她的毛沿著黏了泥漿的脊柱晃動，她心神不寧地走到下棵樹幹，聞一聞樹根，接著突然轉身把鼻子伸進脅腹，一副在找跳蚤的模樣。

「怎麼了？」清天按捺怒火。「躲就好了，這都不會？」

「可是我身上黏呼呼的好奇怪。」

清天咬牙切齒，從樹根上跳下來走向她。「在這裡蹲好，」他將一隻爪子插進兩根樹幹間的裂縫。「身子壓低，白樺才看不到妳。」

她匍匐著在樹幹間鑽動。「我還是覺得這樣不對，」她咕噥道。「他以為我們要玩躲貓貓，你卻叫我攻擊他。」

「我想看妳有沒有辦法嚇他一跳。」清天被氣得毛皮底下搔癢難耐。

「我不用聞起來像爛掉的葉子也能嚇他一跳。」她肚子緊貼地面，最後看起來像是另一根伸出土壤的爛泥樹根。

「假如白樺是真正的仇敵，聞起來像爛掉的葉子可能是妳的最佳武器。」

「但他又不是真正的仇敵。」她坐直身子，身上的保護色也跟著毀了。

清天身子一僵，感到洩氣。

「大家為什麼不能當朋友？」赤楊提問。「住在不同的地區，不見得非要打起來啊。」

不要跟我辯了！清天來不及阻止自己，就伸出爪子揮向她。他在擊中她耳朵前縮起爪子，然而力道強勁，把她打得亂了腳步，被一條樹根絆倒。「誰都不想戰爭，」他咆哮道。「但總得求生存啊！未雨綢繆、有備無患總比臨時上陣、戰死沙場好吧。」怒火在他胃裡翻攪。「我現在想辦法做的，就是確保你們在非戰不可的情況下獲勝！」

赤楊手忙腳亂地爬起來往後退，被他擊中的那隻耳朵不斷抽動。

「不要一臉害怕！」清天強逼頸背的毛塌順下來，他躍上樹根，落在她面前。她像隻兔子嚇得不敢動，只是仰望著他，當他用口鼻部碰她腦袋時，她還不由自主地發抖。「對不起，好不好?等妳長大，要保護親生骨肉的時候，就會明白我的一番苦心了，稱職的首領會不計一切保護族貓平安。」

他說教的同時，狗吠聲響徹樹林。赤楊從他身子底下脫逃，聽到狗再度狂吠，她的耳朵也跟著轉。「是從大山毛櫸傳來的！」她驚懼的雙眸微光閃爍。「白樺獨自在那兒！」

她從清天身旁跑掉，飛也似地穿過林地。

清天也跟著狂奔，在樹林間踏重步，在身後掀起一陣落葉雨。他追過赤楊，砰然大步爬坡，只見森林聳然矗立眼前。

「快救他！」赤楊的尖叫聲在他身後繚繞。

清天穿過蕨類植物，鑽過黑莓灌木，又躍過乾涸的溪床。他耳朵攤平，遮蔽狗吠聲，如今狗叫聲狂躁，彷彿牠已發現獵物。

清天大步流星，心像要爆炸似的。他腳底的地面在顫動，有道褐毛在前方的斜坡閃現。**那條狗！**

牠魁梧肩寬，朝大山毛櫸重步而來，興奮狂吠時露出閃閃發光的獠牙。

「白樺！」清天嘶聲叫小貓的名字。**他在哪裡?**

如今狗繞著山毛櫸打轉，粗狂的雙眼向上望。牠聲嘶力竭地長吠，最後吠聲轉為歡愉的嚎叫。

清天放慢步伐，循著狗興奮的目光看。

離惡犬口鼻部幾尾長的上方，是緊扒樹幹不放的白樺。這隻小貓褐白相間的毛皮被草叢遮蔽，嚇得瞪大雙眼，身子緊貼樹皮。

清天止步，心頭一怔，因為他看見狗縱身一躍，大口一張，口水飛濺，在距離白樺尾巴一根鬍鬚處合上尖牙。

「牠要把他殺了！」赤楊驚懼的尖叫把清天嚇得措手不及。她到他身邊止步打滑。「你救救他啊。」

清天有所遲疑，他沒跟狗正面單挑過，牠身型比獾還大，這樣他必死無疑。他盯著狗，思緒飛轉，這時一聲急迫的嚎叫穿過林間，黃色的毛閃過他眼角。

花瓣！

這隻黃色母貓正奔向上坡，直衝惡犬，愈接近時跑得愈賣力。

她在幹麼？清天看得目瞪口呆。**她瘋了嗎？她會把自己害死的。**

「花瓣！」赤楊在他身邊嚎啕大哭。

花瓣出其不意地轉向。

她是要讓狗分心！清天恍然大悟，花瓣打算把惡犬從白樺面前引開。「我來了！」他幹勁十足地向前衝，兩隻貓就更難追了。他奔上斜坡，逼近惡犬，發現牠目光掃向花瓣，頓時見獵心喜，目露喜色。牠迅速挪動四隻腳，在鋪滿落葉的土地上找施力點，向她飛撲而去。

她旋即轉向，雪鷹般地從牠身旁掠過。

惡犬在她背後窮追不捨。

清天發出嚎叫，惡犬慢下來回頭望，見著他時目露迷惘，隨後又掉頭，繼續猛烈地追花瓣。清天在林地上跑得更拚命了，花瓣在前面風馳電掣，惡犬緊跟在後，但清天正拉近和他們的距離。他胸口像在灼燒，目光鎖定惡犬，等一靠近就縱身躍起，利爪先是劃過狗的脅腹，再不偏不倚地落在牠的肩膀旁。惡犬一個踉蹌，痛得哀號，他則從牠身邊往前衝，追上花瓣。「走這邊！」他轉個方向。前方的樹林長滿黑莓灌木，獵物好躲，獵手難追——輪到他們當獵物了。

花瓣的腳爪在他旁邊輕擊。四處瀰漫惡犬的口臭。

黑莓灌木愈來愈近了。

花瓣偷瞄他一眼。「鑽進去還是繞過去？」

清天用頭指向穿過灌木中央的狐狸小徑。他們可以輕而易舉地鑽進去，惡犬則非得繞路。花瓣瞧見多刺枝葉間有條細縫，樂得眼睛一亮。清天放慢速度，讓她先鑽，自己跟在後面。荊棘刮擦他的毛皮，植物卷鬚鞭打他的鼻子。他繼續前行，花瓣的尾巴在距離一尾長的前方輕拂。他轉動耳朵，留神想聽狗的聲音。

大腳掌在黑莓灌木邊緣側滑止步。惡犬惱怒哀鳴，隨後又不死心地啟程。

「牠繞過去了。」花瓣發出警告。

「我們會比牠更早跑到另一頭的。」清天向她保證。

「高地邊有兩腳獸！」花瓣尖叫著說。「把牠引過去。他們或許能使牠分心。」

「就這麼辦。」花瓣衝出黑莓灌木後沒多久，清天也出來了。他倆在樹林間狂奔，惡犬在離了一段遠的後方追。雖然繞過黑莓灌木使惡犬速度放慢，但牠可沒那麼容易罷休。

樹木逐漸稀疏的前方顯露光芒，再翻過一座小崗就沒有樹木掩護了。花瓣疾馳，毛髮隨風飄動。清天上氣不接下氣，等攀上小崗，衝下斜坡才鬆了一口氣。衝出樹林的他看見一小群兩腳獸。

他們披著色彩鮮豔的毛皮，在高地斜坡間的蕨類植物間穿行。

「我們盡量湊過去！」清天嚎叫。惡犬一衝出森林，他便鑽進蕨類植物。兩腳獸們旋即轉身，粉色的臉都嚇得脹紅了。其中一隻驚天一吼，另一隻用爪子摀住嘴，發出刺耳的驚聲尖叫。

惡犬的頭突然轉向兩腳獸，牠豎起耳朵，詫異地亮起雙眸。

兩腳獸的叫聲更響亮了。

惡犬轉向，看得清天心裡一陣狂喜。牠的腳爪在草地上滑行，衝進蕨類，朝兩腳獸奔去。

「我們閃吧。」花瓣喘著氣說，掉頭就往森林跑。清天在她身後追，心情寬慰到幾乎連耳裡的風聲都聽不到。直到抵達大山毛櫸，她才停下腳步。

清天在她背後踉蹌止步，心兒撲通狂顫。

「他們跑哪兒去了？」花瓣毛髮豎直，在斜坡上來回狂奔。「赤楊！白樺！」

他們頭頂傳來悲切的尖叫。「花瓣！」

清天抬起頭，發現白樺和赤楊一同窩在最矮樹枝與樹幹的交會處。他們瞪大眼不停發抖，好似羽毛初長的雛鳥縮在一塊兒一樣。

「下來吧，安全了。」他對他倆說。

花瓣在他旁邊駐足。「狗跑掉了。」她輕聲叫道。

白樺把前爪沿著樹幹往下伸，有如松鼠般地緊抓樹皮，頭朝下連跑帶滑地下來。赤楊動作較為優雅，尾巴先落地，抵達地面時身子還在顫抖。

「安全了。」花瓣舔了幾下用力栽進她懷裡的白樺。

「可以回家了嗎？」白樺懇求道。

赤楊把毛甩鬆。她身上的爛泥都結成硬屑，掉滿林間空地，令她打了個寒顫。「我受的訓夠多了。」

「確實吃不消，」花瓣用尾巴圈著小貓的脊柱。「這就帶你們回家休息。」

小貓一左一右跟著她下坡邁向營區，清天也終於能歇口氣。「光是一天你們就學了很多。」他在他們身後喊道。

白樺回眸一瞥。「我們學會爬樹了。」

赤楊再往花瓣那頭鑽。「本來要學怎麼攻擊別隻貓的。」她顫抖著對母貓說。

「真的假的？」花瓣放慢步伐，舔掉赤楊毛上的一些爛泥。

赤楊點點頭。「清天要我趁白樺找我的時候，跳出來嚇他。」

清天追上他們。「暗中接近敵軍是項重要的技能。」

花瓣責難地瞥他一眼。「教他們怎麼不被暗中接近，或許更重要。」她用尾巴把小貓圈得更緊。「他們還太小，不適合接受格鬥訓練。」

白樺從她身邊抽離，下巴抬得老高。「我不小了。」

清天樂得嗚嗚叫。「對，你不小了。」他甩鬆毛皮，腳掌依舊因為這場追逐賽而激動亢奮。他救了小貓、保護團體——一如他承諾的那樣。

他們還太小，不適合接受格鬥訓練，花瓣的話在他耳中迴蕩。他喉嚨發出隆隆低吼，**沒有年紀太小不能打鬥的道理**，這想法讓清天愣了一下，不安的感覺在毛皮下擴散。灰翅會贊成嗎？靜雨會怎麼想？還有他心愛的亮川又會認同嗎？

他頓覺寒意刺骨，不禁打了一個哆嗦，匆匆追上花瓣和小貓。

✦
✦
✦

焦慮的嚎叫響徹樹林。

清天猛一抬頭，眨眼驅逐睡意，手忙腳亂地起身。「怎麼了？」他從位於斜坡坑地的窩掃視營區，不禁心頭一怔。他只不過想在下午小憩片刻，怎知醒來時林間空地已沉浸於金黃的落日餘暉。夕陽的光束射進林間，照得他瞇緊雙眼。

「清天！」落羽在營區盡頭的黑莓灌木附近踱步。快水已爬到他窩上的斜坡，望向樹林間。杉毬果和蕁麻直挺挺地站在林間空地中央，面對通往森林的黑莓灌木裂口。他們身旁的葉青齜牙咧嘴，喉嚨發出低吼。

黑莓灌木彼端傳來腳步刮擦地面的聲音，陌生貓的氣息飄進林間空地。

清天跳出窩裡，穿過空地，擠到杉毬果和葉青中間，怒視入口。

落羽止步，豎起頸背的毛。蕁麻發現兩隻貓走進營地，不禁嘶嘶叫了起來。

一隻灰色短毛母貓，對他們眨著亮藍色的眼眸。

她身旁的癩皮公貓抬起尾巴。「終於找到你們了。」

清天闊步向前。「找到我們？」

「我叫荊棘，」灰毛母貓對他說。「他叫露珠。」她用下巴指向公貓。

露珠點了個頭，幾簇毛懸吊在他的褐色皮毛上。「希望你們的營地還有空間多收留兩隻惡棍貓。」

清天大吃一驚，脈搏加速。「兩位想加入我們？」他語氣中摻著自豪。顯然他的名聲已傳遍四方。

葉青瞇起眼。「我們又不缺成員。」

快水手忙腳亂地跑下坡，停在落羽身旁。「不好意思，已經夠多惡棍貓加入了我們了。」

蕁麻盯著露珠瞧。「他好像生病了。」

露珠昂首抖鬆皮毛，毛髮遮蔽他的皮膚。「我只是在脫毛。」

清天一動也不動地站著，他思緒飛馳。新血加入意味著更多戰士。但這隻公貓當然得把自己打理一下，森林貓可不會接納體弱多病的流浪貓。

杉毬果繞著兩隻陌生貓踱步，雙眼不斷打量他們。「我們可不想又多幾張嘴要吃的。」

「不勞你操心，我們自己會找吃的。」荊棘對他說。

清天也瞇起眼。**有更多成員，就需要更大的領土**。他嚥下歡愉的叫聲。

落羽走到他身邊。「要我把他們趕走嗎？」她悄悄問道。

清天驚訝地對她瞪圓雙眼。「我怎麼會要妳把他們趕走呢？我們需要盟友，這兩隻貓看起來也不用我們照顧。」

落羽怒髮衝冠，但還是得往後退。「可是我以為——」

「這交給我操心就好。」清天嗖地一聲掃尾。「依我看，我們應該將他們的請求納入考量。」

葉青腦袋一歪。「為什麼？」

清天仔細環視周圍的每一隻貓。他很清楚自己必須表現理智的一面，不能讓露珠和荊棘以為他們可以大剌剌地進來，找個舒服的地方睡覺。「葉青問得非常好，」他轉身面向陌生貓。「我們為什麼該接納你們？」

「我們不但能填飽自己的肚子，也能替你們狩獵。」露珠對他說。

荊棘點點頭。「露珠雖然是個瘦排骨，但他機靈得很，而且動作跟雪貂一樣敏捷。」

「荊棘是名英勇的戰士，」露珠也開始吹捧朋友。「打從她還是小貓起，就沒別的貓能從她手中搶走獵物。」

清天悠悠緩緩地點頭，他們感覺很可靠。「還有呢？」他可不打算讓他們輕鬆過關。

荊棘和露珠互瞄彼此一眼。

「我們握有的資訊，對你們或許有幫助。」荊棘輕聲說。

清天豎直耳朵。「關於什麼？」

露珠抽動鬍鬚。「我們一直在觀察你們的仇敵。」

清天嗤之以鼻。「我們沒有仇敵。」

荊棘的雙眸微光閃爍。「是嗎？那位在高地上的那群貓呢？他們稱作灰翅的那隻貓？」

「還有那隻白色大腳爪的薑黃貓？」露珠補了一句。

「雷霆？」快水豎直耳朵衝向前。「他怎麼了？」

「他還好嗎？」落羽兩眼發亮，走到朋友身旁。

雷霆回到灰翅的陣營了？清天瞪了落羽一眼。「安靜。」他將視線掃回荊棘身上。

「你們發現什麼？」

「我們觀察他們的小貓練格鬥技巧。」荊棘盯著清天，眼睛眨也不眨。

「他們學怎麼攻擊死兔子，」露珠冷笑道。「年長一點的貓還討論怎麼把狩獵招數改良成作戰招數。」

清天逼自己脊椎的毛不准豎起，**灰翅在打什麼算盤？**

露珠繼續往下說。「他們正準備要練打鬥，但是被一隻黑貓打斷。」

「你是說高影嗎？」落羽走近他那頭。

露珠聳聳肩。「或許吧。」

清天瞇起眼。「那隻黑貓為什麼要打斷操練？」

荊棘聳聳肩。「她跟灰翅在岩石上發表什麼演講，然後其他貓兒開始歡呼。」

露珠嫌惡地皺起眉頭。「他們呼喊名字，之後每隻貓都大快朵頤。」

「每隻貓？」清天噘起嘴。「食物夠吃嗎？」

「多到吃不完，」荊棘對他說。「食物堆成山，他們豺狼虎豹似地大吃。」

清天胃部繃緊。「看樣子他們在備戰。」

「灰翅不會挑起戰爭的！」快水倒抽一口氣。

是嗎？清天瞇起眼。灰翅雖然軟弱，但絕不是傻瓜。如果覺得義不容辭，開戰他也在所不惜。不過話說回來，上回他們交談時，灰翅已沒有那麼衝，把阿班的死全怪在自己頭上，現在怎麼又充滿敵意？

雷霆！

清天身子一僵。難道這就是他兒子離開的原因？他是不是特地回去警告灰翅，說清天計畫要擴張版圖？

妒火在他毛皮下燃燒。莫非雷霆一開始來森林就是要給灰翅當臥底的？

叛徒！

他一直以來都是灰翅的忠誠信徒！**他是我兒子，所以我才對他深信不疑！**清天豎起了頸背的毛，又感覺一聲咆哮要竄出喉嚨。**結果我被當白痴耍！**

「可以讓我們加入了嗎？」荊棘平靜的嗓音將他猛然拉出思緒。

「可以！」清天氣得脈搏狂顫，橫衝直撞地經過惡棍貓身邊，穿入樹林。**劃定邊界是對的，訓練族貓作戰也是對的。**他有預感戰爭將一觸即發，灰翅已經動起來了。

清天在林間穿行，利爪好似尖釘耙過落葉。**如果灰翅以為他能把我們殺個措手不及，那他可就大錯特錯！我們會做好應戰準備。**他停下腳步，凝視林間，彼端的高地在落日的襯托下如山脊般隆起。**你想開打是吧？**他想像灰翅訓練貓兒格鬥的畫面。**我就讓你打個過癮。**

第六章

大家都上哪兒去了？雷霆睜大眼，試圖看穿眼前的迷霧。拂曉的光隱約穿過籠罩這座高地的濃霧。**是我早到了嗎？**

他等著加入灰翅的遠征隊，前往清天的營地。金雀毛答應要來，寒鴉哭也自告奮勇參加，但現在只有雷霆站在坑地外。

他身後傳來腳爪拖地的行走聲。

雷霆猛一轉身。「灰翅？」

一個深色的形體從迷霧中現蹤。「是我，」寒鴉哭壓低音量說。「其他貓呢？」他的黑臉從前方一個口鼻不遠的霧氣中顯現。

雷霆聳聳肩。「只有我到。」他伸長耳朵，霧氣蓋住營地的聲音。「其他貓起床了嗎？」

「霧氣太重看不出來。」寒鴉哭打了寒顫，抖開一身毛，然後坐下。

雷霆面朝高地，全身僵硬，降臨他倆之間的沉默比這迷霧還厚。他還記得這隻黑貓昨天充滿敵意的目光。寒鴉哭自始至終都對他加入高地貓這檔事投下反對票，就算他當年還小，仍遭到對方狠心拒絕。他弓著身子抵擋迷霧的寒氣，早年喪親的痛苦回憶又在胸口迴蕩。在一天之內，母親命喪黃泉，父親不認他這個兒子，然後又得杵在那兒聽灰翅求高地貓讓他留在營區。當時寒鴉哭疾言厲色地反對，表示沒辦法再多餵一張嘴。直到灰翅揚言如果要把雷霆送走，那他也要離開，這才讓寒鴉哭不再反對。只不過直到現在，那隻黑貓忿恨的眼神仍教雷霆記憶猶新。

他沉浸在回憶中，銳利的目光愈鑿愈深，逼得雷霆再也無法保持沉默。「你還希望我回我父親那兒？」

寒鴉哭轉過頭來，眨了眨眼。「怎麼這麼說？」他語氣困惑。

「我回來之後，你對我的冷眼相待我都看在眼裡，」雷霆忿忿不平地咆哮。「你不希望我回來，打從一開始就不歡迎我。」

「你是清天的兒子，」寒鴉哭挪動腳爪。「不是我們的責任。」

「當時我無家可歸欸。」雷霆咕噥道。

寒鴉哭聽了沒吭聲。

「不然你覺得我能在哪兒落腳？」雷霆氣得腳爪有如針扎。「當時我那麼小，哪有辦法自己覓食？」

「鷹衝有自己生的小貓要顧，所以他們是我的優先考量。」

「光是這樣，就足以拒一隻小貓於千里之外，讓他流落高地？」雷霆嘶聲問道。

寒鴉哭脊柱的毛髮不安地倒豎。「假如你真的無處可去，清天一定會收留你的，」他望向迷霧深處。「他絕不會眼睜睜地看親生骨肉喪命。」

「你現在還這麼認為嗎？」

寒鴉哭沒答腔。

「那現在呢？」雷霆緊咬話題不放。「你還希望我回清天那裡嗎？還是當惡棍貓浪跡天涯？」

寒鴉哭嗖地掃尾，攪得霧氣在周圍打旋。「你都住下來了，」他就事論事地說。「又有什麼好擔心的？」

雷霆目不轉睛地望著黑貓，這個老頑固到底願不願意接納他啊？他往前走幾步，嘗了嘗潮溼的空氣。這裡瀰漫著高地濃濃的泥炭麝香，接著魚腥味撲鼻而來，他聽見腳爪拂過青草的聲音，看見影子從迷霧中現形，不由得身子一僵。

雷霆嘶聲一叫。「是誰？」他不認得這個氣味。

霧氣中迴蕩著貓叫聲，雷霆這才認出這隻毛色光亮的銀毛惡棍貓，他是以水畔為居的河波，這位剛現身的貓兒嘴裡叼著一小塊食物。

河波把一隻死蜥蜴扔在草地上，讓他感到作嘔。**這也算食物？**

「別大驚小怪，」河波說。「是我啦。」

「你來這兒幹麼？」寒鴉哭邁步向前。

「這裡離河邊很遠欸。」雷霆點明事實。

「我想看這片迷霧一路蔓延到哪兒。」他向坑地另一頭望去。「原來它把你們整片營區都吞沒了。」

「這是你的伴手禮嗎？」寒鴉哭試探性地前進，戳了一下蜥蜴。

「我先前抓的，」河波解釋道。「不過我才剛吃幾條小魚，想把蜥蜴留著之後再吃。」這時他肚子咕嚕咕嚕叫。「看來是時候了，你們也想來幾口嗎？」

「不了，謝謝。」雷霆皺起鼻頭。他無法想像這種奇形怪狀，皮膚又附著軟骨的動物嚼起來是什麼感覺，他根本不想揣測牠是什麼滋味。

河波趴下來，把蜥蜴夾在前爪間。「這裡好靜。」他小口咬掉蜥蜴一條蹼狀的腳。

雷霆別過目光。「這玩意兒你怎麼吃得下去？」

「抓到什麼就吃什麼囉，」河波邊嚼邊說。「況且清天把肥碩的獵物都占走了，我也只能撿剩的湊合著吃。」

寒鴉哭攤平耳朵。「我們準備今天去拜訪清天。」

「所以你才怒髮衝冠嗎？」河波把蜥蜴翻過來，開始啃牠的尾巴。

寒鴉哭抖鬆一身毛。「這是溼氣重的緣故啦。」他咕噥著說。

河波抬頭盯著他，嘴裡依舊嚼個不停。「見他幹麼？」

雷霆抬起下巴。「請他不要繼續拓展領土。」

「真的假的？」河波扯斷蜥蜴的後腿，嚼了一會兒再吞下肚。「祝你們好運。」他用爪子勾起蜥蜴的屍體，往他們那頭伸。「真的不想來一口？」

雷霆往後閃。

寒鴉哭頭一垂。「謝謝，不用。」

河波起身。「那我就用這些碎肉當餌，看看能不能釣到大獵物。」

雷霆瞇起眼。「什麼意思？」

河波回首望向迷霧。「以小搏大囉，」他心不在焉地說。「把牠擱著看有什麼動物過來聞。」

寒鴉哭不以為然地呼口氣。「這招或許釣魚管用，不過在高地上引來什麼，是好是壞都很難講。」他往頭頂瞄，好像在看有沒有禿鷹在天上盤旋。

「或許吧。」河波開始漫步離開。「這趟森林行請小心，如果你們成功說服清天別再把所有土地都當自個兒家住，別忘了通知我。」他隱沒迷霧之際，嗓音仍在身後迴盪。「不過我猜是沒指望了。」

雷霆緊張地瞄了寒鴉哭一眼。「你會不會覺得我們這趟會面只是浪費時間？」

寒鴉哭變換雙腳重心。「河波的話你別放心上，他小島住太久，都變成魚腦袋了。」

「其他貓上哪兒去了？」雷霆無法把作嘔的感覺趕走。「我以為碎冰要一起來。」

「我也這麼以為。」

「還有灰翅呢？」雷霆的尾巴不安地抽動。「他應該來帶隊啊。」

「我在這兒。」灰翅的聲音從他們身後傳來，他踏出營區，在草地掀起一陣波浪，然後在他倆身旁止步。「我叫其他貓不用來了。」

「不用來了？」寒鴉哭眨眨眼。「你是不是改變主意，不想找清天談了？」

「不是。」灰翅的目光銳利，穿透迷霧。「只派你們兩個去就好。」

「只派我們？」寒鴉哭身子一僵。「可是這明明是你的主意。」

「你是他弟，」雷霆盯著灰翅。「他一定會聽你的。」

「或許之後會吧，」灰翅嗓音低沉。「但我們之間的血緣關係已經變質，我不知道走進他的營區會不會惹他反感，這個舉動說不定只會激怒他。」他迎上雷霆的目光。「你是他兒子。這是最難以割捨的親情。」

雷霆眨眨眼。「我們也大吵一架，記得嗎？所以我離開了。」

灰翅喵了一聲。「我還是覺得你去贏面比較大。我跟清天幾個月前就已分道揚鑣，你跟他才剛吵沒多久。」

雷霆的反胃感加劇。灰翅為什麼改變主意？他斜眼瞄了一下那隻黑貓。「為什麼又要派寒鴉哭去？」假使要進入森林，他可不想仰賴一隻希望他從未到高地生活的貓。

「保護你啊。」灰翅的眼神轉為冷酷。「發生火災時，寒鴉哭與你並肩作戰，據我觀察，你們兩個合作無間。你強壯英勇，寒鴉哭機智敏捷，況且他在清天的陣營還有親屬。落羽是他姊姊，記得嗎？你們兩個在那兒都有血親，應該會安全一點。」

寒鴉哭繞著灰翅轉。「你有什麼話要我們向清天轉達？」

「跟他說過幾天我想跟他在四喬木會合，討論邊界事宜。」

「那幹麼不直接跟他見面？」雷霆發表主張。「把事情一次解決。」

「如果給他時間準備，他就不會把見面當襲擊看待。再說，四喬木不屬於任何陣營，我們是在中立地帶協商。」

寒鴉哭頭一垂。「挺公平的。」

灰翅眼色一沉。「小心為上，」他提醒道。「一旦越過邊界，覺得情勢太過凶險，就馬上掉頭，我們再找其他方式傳話。」

雷霆抬起下顎。「我們沒問題的。」他不會讓灰翅失望。

灰翅身後的霧氣開始打旋，原來是龜尾步出營區。「他們同意了嗎？」她那鋒利的眼神是不是訴說著非難？她是不是反對灰翅的計畫？

灰翅的目光鎖定雷霆和寒鴉哭。「同意嗎？」

「同意。」雷霆率先回答。

寒鴉哭點點頭，他的視線掃向龜尾。「我們會在陽光灼散迷霧前回來。」

龜尾沒答腔。

「走吧。」雷霆轉身躍向森林。他漫無目的地狂奔，光憑記憶順著小徑奔向高地邊境。胃裡像被啃噬似地發出不祥預兆，但他置之不理。

別傻了，他不會傷害你的，他是你父親。

寒鴉哭追上他的腳步。「我聞到你散發恐懼的氣息。」

雷霆毛髮倒豎。「那又怎樣？」

「是應該害怕，」黑貓與他步調一致。「畢竟清天害死至少一隻或兩隻貓。」

「我能搞定他。」雷霆也希望自己說的是事實。

「一有什麼風吹草動我們就撤，好嗎？」寒鴉哭轉頭凝視雷霆。這隻公貓的眼神沒有恐懼，只有堅定。

「好。」

高地的坡開始往下走，變得陡峭，直到他們衝破迷霧。雷霆眨眨眼，突如其來的光令他大感詫異。身後的霧氣依舊籠罩著高地。至於前方，迷霧雖吞噬了樹梢，但矮樹叢顯得清晰，所以他能望向林間陰影的深處。

他聞到一股邊界氣息，鼻頭抽動一下。他放緩腳步，停了下來。那是他自己的氣味，是他幾天前和清天一同劃立邊界時才留的。說也奇怪，現在他竟成了入侵者。

寒鴉哭停在他身邊，伸出舌頭嘗嘗空氣。樹林邊長了一長排濃密的蕨類植物。「準備好了嗎？」

「準備好了。」雷霆呢喃道。他頓時覺得毫無遮蔽，灰翅為什麼只派他倆上陣？**以小搏大**，河波的話言猶在耳。

「那走吧。」寒鴉哭尾巴一甩，邁開大步過邊界。

雷霆跟在寒鴉哭身後，掃視蕨類，看看有無動靜。胃火在他胃裡咆哮，他們為什麼不能無憂無慮地愛上哪兒就上哪兒？清天他那狐狸心腸的邊界觀毀了一切。

林地升向一塊熟悉的長條狀蕨叢，有條陳年兔子小徑橫越其中。他如識途老馬摸得很熟，知道它會直接通往營區。「跟我來。」他溜過寒鴉哭身邊，往上坡走。

嘶嘶聲穿透他的耳毛。

他停下腳步，毛髮倒豎。

只見黃毛從一棵樹後閃現。

「你來這裡幹麼？」花瓣面向他，噘起嘴唇。

對方的敵意令雷霆震驚，不由得縮了一下。幾天前他才見她和赤楊與白樺玩追尾巴的遊戲，那時她和天底下每個做母親的一樣溫柔深情。沒想到如今竟一臉凶惡，宛若被逼到絕境的惡棍貓。「花瓣？」他柔聲呼喚，她總不可能忘了他們曾同睡一個窩吧。「小貓們都還好嗎？」

她怒髮衝冠，劈頭就罵。「關你什麼事？你上清天的領土幹麼？」

「寒鴉哭！」興高采烈的叫聲從蕨叢那頭傳來。落羽竄出其中。「安啦，花瓣。他是我弟！」她兩眼發亮地衝往下坡，隨後止步。

「落羽！」寒鴉哭邁步向前。

花瓣的喉嚨響起隆隆吼聲。

落羽身子一僵，內疚讓她的目光變得迷濛。她從弟弟面前往後退，躲到花瓣身後。「這裡不是你的地盤，」她拘謹地說。「你必須離開。」

寒鴉哭出言反駁。「可是我不知多久沒見到妳——」

花瓣打斷他的話。「落羽已經不屬於你了。」她吼道。

「她再怎麼說都還是我的同胞姊姊！」

同胞姊姊。這話聽得教雷霆為寒鴉哭一陣揪心，渴望在他內心深處迴蕩，他眨眨眼，傷痛來得他猝不及防。

「落羽選擇住在清天管轄的森林，」花瓣咆哮道。「這意味著你住在邊界另一頭的敵營，不該在這裡出現。」

雷霆嘶聲叫。「我是來找我父親談話的。」他將利爪往泥土裡插。「雖然現在劃立了邊界，但他說什麼也不會忘記我們來自同個家鄉，有相同的祖先。」

花瓣走近，把眼睛瞇成縫。「誰說大家都是來自同個家鄉啊。」她繞著雷霆打轉，威嚇地對他上下打量。

他亮出爪尖，假如她想開打，他隨時奉陪。

花瓣繼續往下說。「我跟你母親一樣，在這裡住一輩子了。清天和這兩隻才是從山上來的，」她對落羽和寒鴉哭繃起一張臉，「但他們選了不同的首領，現在我們之間唯一的共通點，就是清天為大家劃立的邊界。」

「但也不代表大家不能和平共處啊，」雷霆緊咬這點不放。「每隻貓都有同樣的需求，同樣的本能。」

「和平？」花瓣嗤之以鼻。「打從我還是小貓起，戰火就從未止息，但是邊界能澆息戰火。」

「所以我們才非得找清天談不可呀，」雷霆打岔。「我們想確定他的邊界能帶來和平，而非掀起紛爭。」

落羽揚起尾巴。「我帶你們去見他，」她對花瓣的咆哮充耳不聞。「但我無法保證他見到你們會開心。」

雷霆哼了一聲。**我也無法保證我見到他會開心**。「這交給我來操心就好，」他對她說。「帶我們去營區就對了。」他知道自己永遠無法諒解父親所展現的殘暴。他惡狠狠地瞪著花瓣。「妳是想先過幾招還是放我們走？」他亮出利爪，腦海中浮現一個畫面——他將爪子刺進她的脖子。花瓣讓路，雙眼閃爍著不安，於是他把這個念頭拋諸腦後。**我這不是跟父親一樣凶殘嗎？**他胸口一繃。

「跟我來。」落羽壓低身子，沿著兔子小徑走。

寒鴉哭緊跟在後，雷霆殿後。他感覺花瓣的氣息呼在他腳跟，也聽見蕨叢窸窣地刷過她的皮毛。

落羽領著他們穿過一條蜿蜒小徑，沿途行經山楂樹和蕨類。雷霆仍能在途中依稀聞到自個兒遺留的腳爪味。當他認出眼前那片黑莓灌木，心也跟著狂顫。營區就在灌木後方，他跟著寒鴉哭穿過多刺的莖，不禁僵直身子，飛快掃視坑地。

獵物的氣味撲鼻，一堆獵物疊在林間空地的一側，另一堆則疊在橡木樹根旁。還有不少吃到一半的動物屍體散落在山楂樹下的陡坡，蒼蠅繞著它們嗡嗡轉。葉青這隻黑白色公貓正在紫杉旁臥著打盹兒，杉毬果和蕁麻則在林間空地為彼此整理毛髮。有隻瘦巴巴的褐色公貓坐在黑莓灌木邊，他垂著的頭離一隻光亮的灰毛母貓很近。**新來的。**雷霆嘗了嘗空氣，蒐集他們的氣味。他倆都有戰士身經百戰的凹口耳。**清天在召募新血嗎？**

上方有什麼動靜吸引了他的目光。

他猛一抬頭。

清天正從橡木懸於林間空地的一條矮枝上俯視他。他的尾巴垂在一邊，一瞪眼怒視雷霆，尾尖隨之抽動。他瞇起眼，將視線移向寒鴉哭，再猛一回視。「兒子，我還以為再也見不到你了。」

第七章

清天把腳爪插入向外伸的橡木樹枝的樹皮，努力不要怒髮衝冠。**雷霆來這兒幹麼？**他目不轉睛地盯著兒子，喜怒不形於色，暗地裡教自己平心靜氣。

我這麼相信你，你卻背叛我。

他咬緊牙關，緩緩撐起身子，跳到底下的林間空地。雷霆和他面對面。寒鴉哭畏縮不前，緊鄰落羽。**想必她也有份。**

「是她帶他們進來的，不是我。」花瓣衝向前，耳朵攤平，把口鼻探向白色母貓。

落羽揚起口鼻部。「他們有話要說，你願不願意聽？」她毫不畏縮地凝視清天。

「那要看他們想說什麼。」清天悠悠地圍著雷霆和寒鴉哭繞圈子。這些貓應該要怕他才是，他們橫越邊界。走進他的地盤。**我要讓他們知道來這兒就像進了龍潭虎穴。**他圈子愈繞愈緊，經過寒鴉哭身邊時還刻意撞他肩膀一下。

黑色公貓往後跳，嘶聲一叫。「不要碰我！」

他怕了。清天這下稱心如意，通體亢奮，他把口鼻部向前探，一隻眼盯著寒鴉哭亮出的利爪。「敢打我就上啊，」他出言挑釁，繞著高地貓輕甩尾巴。蕁麻和杉毬果走近了，露珠和荊棘在一旁觀望，倒豎的皮毛說明一有需要，他們便能即刻開戰。「出招你就死定了。」

寒鴉哭的雙眸散發恐懼。

「不要嚇他，」雷霆尖聲叫道。「若你不想聽我們前來的原因，我們走就是了。」

「那也要看我放不放你們走。」清天對兒子開砲。在雷霆沉下去的眼色中，是不是失望？傷痛如利爪揪心。**難道他真心覺得我辜負了他？**他挺直肩膀。「好啦，」他吼道。「有話快說，但別在這裡講，我知道有個地方不用擔心會被偷聽。」

荊棘豎起耳朵。

清天對她咆哮。「等妳贏得我們的信任，我再考慮帶妳過去。」他轉身甩尾，爬上他窩旁邊的斜坡。「落羽，妳也一起來。」他頭也不回地喊道。必須讓她知道他才是當家作主的老大。他擠進山楂樹下，鑽入一片開闊的林地。前方的壕溝長了一排蕨類。他縱身一躍，輕盈地跳到彼端，穿過淺灰色的林地。

他聽見身後腳步砰砰響，其他貓一隻接著一隻躍過壕溝。他轉頭回望，雷霆和寒鴉哭像是護花使者，一左一右地伴著落羽。**他們是入侵者！**一陣涼意爬上他的脊柱，會談期間他該多派點森林貓站崗嗎？

別小心眼了。他們在這兒不敢動手的。

清天領他們過高崗，再沿著乾涸的溪床走，最後來到一棵大橡樹前。那是棵高聳入雲的古木，長瘤的樹枝光禿禿。雖然樹梢冒出不少頑強的葉子，但這棵樹活不長了。它那歪扭的樹根蜿蜒地繞進淺灰色的河堤，那河堤在寒季末期時沒有溪水湧入，而在其他時節流經的溪水將樹幹底下侵蝕，開了一條通道。清天鑽進去，再從一個洞口擠出來，進入腐木中空的核心。他站的位置離洞口很近，尾巴輕觸樹幹，等其他貓跟著鑽出來。

雷霆率先探出頭，這隻年輕公貓瞪大眼環顧四周。從樹瘤射進的光在他腦袋上映出金色條紋，他爬上凹洞滑順的土壤，和清天面對面。

清天心頭一怔，赫然發現雷霆比以前高大了。他抬頭挺胸、將毛髮撐膨，等落羽和寒鴉哭擠進來。

清天在古木的窟窿裡感到安全。這裡的空間夠讓四隻貓坐，只要他們脊柱貼著樹幹，彼此的口鼻間就保有一條尾巴的距離。不過貓兒很難在這兒隨心所欲地施展拳腳。他離樹底的洞口最近，隨時拔腿就逃也不成問題。

寒鴉哭戒慎恐懼地往上瞄，遙遠的上方有個光圈，他豎起身上的黑毛。雷霆則挪移身子重心，好像很不自在。

清天稱心如意地注視他們。**我就是要讓你們渾身不自在。**

「你們有什麼話要說？」他不客氣地問。

雷霆迎上他的目光。「灰翅希望這幾天跟你在四喬木見面。」

清天抽動耳朵。「有什麼好見的？」

「找你聊聊囉。」寒鴉哭嘀咕道。

怒火逼上清天的喉頭，他們真把他當鼠腦袋嗎？灰翅在備戰的事他已經知道了，幹麼還要裝模作樣找他聊？

「邊界的事很令灰翅擔心，」寒鴉哭繼續說。「我們當初下山不是這麼計劃的。我們沒過過劃分邊界的生活，這讓貓兒緊張不安。」

清天嚥下挫敗的怨氣，他們想要裝，他也可以裝下去。「難道灰翅還不明白設立邊界其實是確保貓兒平安？這裡不是山上，土地都是連著的，劃分邊界才好讓大家知道哪裡可以遊蕩，哪裡可以狩獵。沒有其他辦法更能避免貓兒爭奪獵物。」

雷霆皺起眉頭。「如果你沒有一直擴張邊界，它確實是個好辦法。」

「我只是希望族貓得以茁壯，」清天對他說。「灰翅也希望他的貓隻興旺啊。」

「茁壯？」寒鴉哭翻起嘴唇。「你把冰霜攆走，讓他自生自滅。說要訓練鋸峰，結果害他瘸腿。收留孤兒貓，是因為你殺死他們的母親，這也叫作『茁壯』嗎？」

清天將口鼻部探向這隻黑色公貓，不去理會那好似利刃往他胃裡捅的內疚感。「你什麼都不懂！只聽信流言蜚語，跟沒其他事好做的貓后一樣。」

寒鴉哭無所畏懼地凝眸回視。「我對自己看到什麼、聽到什麼再清楚不過了。自從你霸佔森林，這裡就沒傳出一件好消息。」

清天僵直著身子，按捺令他血液翻騰的怒火。這隻貓憑什麼對他說三道四？**消息？**他怒目一瞪，對雷霆投以指責的目光。**是你散布謠言！**

他的親生兒子吃裡扒外！

落羽轉身面向弟弟。「我們真的不斷茁壯，」她誠摯地對他說。「部族日益壯大。」

「你們根本稱不上部族！」回憶湧上寒鴉哭心頭，眼中頓顯驚恐。「只是一幫子的流浪貓和惡棍貓！」

落羽豎起毛髮。「我們結盟是為了幫助彼此，」她激動地說。「分享食物、相互保護，這樣才比較安全啊！」

雷霆的尾巴嗖地一聲往樹幹甩。「我們來這裡不是為了吵架，」他咆哮道。「此行只是為了轉達灰翅的話，他想跟你在四喬木會談。」

清天眉頭一皺，雷霆好大的膽子，竟敢對他橫眉豎目，教他看了就火大。

「你到底要不要跟他見面？」

「我會跟他見面。」清天歪著腦袋，倘若灰翅正在備戰，他倒想聽聽他有什麼話要說。「但我們會面當天所下的決定將是最終定案，不容更改，不許回頭。」

灰翅會承認他在備戰嗎？清天的鬍鬚抖動。他的弟弟準備把瞞天大謊說到什麼程度？這次會面是要來個聲東擊西，還是挑明了講彼此水火不容？不管怎樣，他都已準備就緒。他倒是要看看灰翅能否信守承諾。他注視寒鴉哭，腦中閃現一個計畫。假使灰翅真敢要他，就得拿同伴的命來抵。

「我們回營區吧。」他擠進洞裡，再從乾涸的溪床鑽出來。

他在穿越樹林的跋涉途中，比了動作，叫落羽與他並肩同行。「妳剛剛講得很好。」他表示讚揚，很佩服小妮子挺身捍衛她的新部族，或許說到底她才是最忠心的。

他穿過山楂樹下，越過河堤的同時，蕁麻匆匆橫越林間空地。

「都還好吧？」年輕的公貓搜尋他的目光。

「沒事。」清天回眸一瞥，望見雷霆和寒鴉哭跟著落羽步入林間空地。

杉毬果從橡樹一瘸一拐地走來。

清天發現雷霆焦慮地凝視那隻公貓腫起來的腳爪。「只是刮傷罷了，」他咆哮道。「我族的貓英勇捍衛邊界，不讓流浪貓通行。沒有貓敢誤闖我們的邊界兩次。」

雷霆把視線移到依舊坐在黑莓灌木旁的荊棘和露珠身上。「那他們是怎麼越過邊界的？」他問道。

「他們已徵得許可。」清天向他們走去。「這兩位想加入我們的陣營。」他樂得毛皮也跟著輕舞蕩漾。「阿蛇也是。」他對一隻條紋虎斑貓點了個頭，只見他隱蔽在黑莓灌木的陰影下。

阿蛇起身步出陰影，他身形精瘦、毛色光亮，有著獵手般銳利的眼眸。令清天高興的是，他收編荊棘和露珠沒多久，阿蛇就走到邊界請求加入。無論寒鴉哭話講得有多難聽，森林貓確實不斷茁壯。他面向那隻黑毛高地貓。「阿蛇本是兩腳獸地盤的惡棍貓，但是他想加入我們，」他吹噓道。「他知道在這裡能終日飽食。」

寒鴉哭的目光飄向那兩堆獵物。「應該說是吃撐肚皮。」他咕噥道。

清天動怒，抽了一下尾巴。食物很快就開始腐爛，營區將瀰漫著屍臭味，但他們也不是傻瓜，大可把腐屍埋了，寒鴉哭沒抓到重點。「獵物吃不完總比沒得吃好吧？」

寒鴉哭沒有答話。

灰翅旗下的貓怎麼那麼跩？清天掃視自家的貓。起碼他們知道過日子不容易。「我決定跟灰翅見面了。」他對他們說。

「什麼時候？」杉毬果把眼睛瞇成一條縫。

清天開始踱步。他這才發覺詳細時間還沒討論。「滿月的時候，」他做好決定。「兩天後。」他止步凝視寒鴉哭，還有其他什麼他們沒討論到。「這隻高地貓會待在森林營區，會談結束後才能走，」他吼著說。「如果非得把你們的首領推上火線，那他們也該拿東西當賭注。」

「不可以！」雷霆攤平耳朵。

「沒關係。」寒鴉哭跨步向前，瞥了落羽一眼。「如果非要這樣才能促成會談，那我就留下。」

清天志得意滿，腳爪發麻像是針扎。「很好，」他尾巴朝營區的同伴一甩。「倘若這次會談我有什麼三長兩短，你們可以決定怎麼處置寒鴉哭。」一發現雷霆的毛皮不安地波動，他就更加暗自竊喜。「安啦，」他對兒子柔聲說：「我相信他們會賞罰分明的。」他頭一垂。這次見面遠比他預期的成功。「謝謝你跑這一趟，那就請回吧。至於寒鴉哭——」他把頭轉向那隻年輕的公貓。寒鴉哭目空一切地抬起下顎，但眼神還是流露出不安。「感謝你願意待在寒舍。我們一定確保閣下吃得飽又平安，只要我從會議回來就放你走。」確保雷霆明瞭他從四喬木平安歸來的重要性也無傷大雅。

雷霆噘起嘴。「灰翅值得你信任。」他語氣傲慢地說。

清天目送他步出營地。「跟我弟說下次有話要講就親上火線，別派信使了！」他在穿進黑莓灌木的雷霆身後喊道。「只有小貓才畏首畏尾。」

清天步向橡木，爪子插進樹幹往上爬，經過他稍早棲息的那根矮枝，再繼續向上攀。他仰望頭頂，這是附近最高的一棵樹，枝葉茂密。他跳上下一根，一根接著一根愈爬愈高，爪子輕而易舉地勾進粗糙的樹皮。粗枝爬完後映入眼簾的是細莖。他頓了一下，從樹葉間的空隙往外望。從這裡，他看見森林一路延伸到兩腳獸的地盤乃至更遠，土地高低起伏，探至連綿不絕的地平線。當初以峻峭山峰間為居的他，怎麼也想不到外頭竟有這麼廣闊的領土，而每段尾巴長的土地都充斥著豐碩的獵物。在這裡，他可以打造一個由強健貓隻組成的部族。再也沒有小貓會挨餓，再也沒有母親需要忍住飢餓，直到最後連母乳都耗盡。他心跳加速。為什麼別的貓都不懂他圖的就是這些？他從來不想要傷害誰。

不過，只要能確保族貓平安，他不惜付出一切代價。

假如當初知道迷霧出手是為了保護赤楊和白樺，我下手就不會那麼狠了。胸口彷彿開了個裂口，令他痛徹心扉。結果他把她殺了，如今灰翅和其他高地貓認為他也是殺害阿班的凶手。要怎麼與一口咬定他是謀殺犯的貓兒和好？他閉上眼，思緒飛轉。

我現在唯一能做的，就是保護旗下的貓。他抓緊樹枝不放，和平共享這塊土地的希望已經破滅。他心一橫，拿定主意，然後鬆開腳爪，落在底下的枝頭。他從樹幹滑下，呼叫花瓣。她坐在紫杉附近，赤楊和白樺在她身邊。「叫大家集合！」她猛然站起。「全體備戰！」

「你確定？」花瓣一面凝視他，一面從樹上跳下，重重落在地面。她瞪大了眼。

清天穿越林間空地，完全不願和她有目光交集。「聽命行事就對了。」

第八章

等雷霆抵達清天與灰翅領土間的邊界，陽光已灼散高地的迷霧。他躍上斜坡，窸窣作響地穿過蕨類植物。到了頂點，他暫歇腳步，一片石楠向寬闊的藍天伸展。他剛從森林漫無邊際的陰影下歸來，現在自然要享受和煦的陽光照耀毛皮。不知寒鴉哭正在做什麼？落羽會不會幫他鋪一個臨時小窩？他不安地回瞄樹林。

我該離棄他嗎？

我別無選擇啊，是寒鴉哭自願的，反正有他姊姊陪伴，清天也承諾在四喬木會面前，不會動這隻公貓半根汗毛。雷霆加快步伐，穿過一塊石楠叢，沿一條羊腸小徑，橫越彈力強的樹枝，通往一大片平滑的草地。他吸一口石楠花香味，快馬加鞭跑了起來。

雷霆始終沉浸在自己的思緒中，這時冷不防地發現有腳爪使勁撞向他的脅腹。

雷霆驚叫一聲，飛了出去，大字形地落在草地上。公貓的臭氣熏鼻，雷霆亮出利爪，轉身面對攻擊者，只見他紅銅色的毛遮蔽了天空。這隻體重比獾還重的公貓又往他身上撞，爪子緊揪他的毛皮不放，硬是害他在草地上打個滾。血液在雷霆耳朵狂奔，他努力彎起後腿朝公貓的肚子耙。無奈爪子把他鉗得太緊，讓他的世界天旋地轉。雷霆愈加驚慌，拽出一隻前爪，往公貓鼻子招呼。他的爪子劃破對方的皮肉。公貓尖叫鬆手，瞬間只剩雷霆獨自在草地上滾，他將大爪子伸進土裡，縱身一躍，準備向攻擊者進攻。

紅銅色的公貓在距離一尾遠之處坐著揉鼻子。「你下手幹麼那麼重啦？」他懊悔地質問。「我只是鬧著玩的！」

「鬧著玩的？」雷霆死命瞪他。「誰玩的時候會亮爪子啊？」

公貓舔爪子一下往臉上抹，清掉深色鼴鼠皮般的口鼻所流出的鮮血。他挺直腰桿坐好，迎上雷霆的目光，一滴鮮血又從他的傷口冒出。

雷霆哼了一聲鼻息，臉上的傷或許讓他學會什麼叫作規矩。這隻公貓體型跟雷霆一樣大，但毛皮底下不見肌肉起伏的紋路，而皮毛如小貓的細毛那般柔軟光潔。雷霆瞇起眼，他以前沒在高地見過他。「你是誰？」

「公貓。」

「我知道你是公貓。」這隻貓真有夠蠢。「你叫什麼名字？」雷霆發現公貓的喉頭有個東西閃閃發光，不禁愣了一下，他脖子上繞了一圈麻繩。

「那是什麼？」雷霆用口鼻指向鉗在公貓毛裡的細繩。

公貓眉頭一皺。「什麼是什麼？」

「你脖子上那圈東西？」難道他沒發現？

「我的項圈啊。」這時公貓凝視雷霆的眼神，好像把他當作笨蛋。

雷霆咕噥一聲，**原來如此！我才是蠢蛋！**這隻沒教養、軟軟胖胖的貓是隻寵物貓。**我早該猜到了。**「你的名字叫湯姆[2]。」

公貓聳聳肩。「我家人是這麼叫我的。」**家人？他指的想必是兩腳獸吧。**雷霆知道龜尾曾經在兩腳獸那兒待了一陣子。難道他們管她叫母貓？

他輕巧地用爪子把耳朵裡的一顆牧草種籽彈開，然後伸舌頭舔鼻子，舌尖碰觸依舊不斷冒出的鮮血。「有必要把我抓傷嗎？」他暴躁地說。「希望不會留疤，不然我家人會傷心的。」

「為什麼？」雷霆皺眉蹙額。「抓傷的又不是他們的鼻子。」

「他們希望我帥帥的嘛。」湯姆望向石楠彼端。「你住這兒附近啊？」他說起話來雖然輕鬆自若，雙眼卻仔細留意每根搖曳的莖和每條顫動的石楠細枝。

雷霆腳爪像是針扎似地坐立難安，這隻貓在尋找些什麼。「你到這兒來幹麼？」

湯姆對他緩緩眨了幾下眼。「我來找朋友的。」

雷霆的毛開始沿著脊椎豎起。

「我以前認識的朋友，」湯姆長嘆一聲，伸出前爪弓起背，直到圓滾滾的肚子碰地為止。他尾巴顫了一下，「她叫阿班。以前我們都一起玩。」

雷霆身子一僵。「阿班？」他發現這隻貓並不知道他朋友已經死了。

「少了她我好無聊喔，」湯姆心不在焉地說。「如果能找到她，跟她一起玩，不知有多好。」

雷霆目光一垂，他該怎麼告訴這隻貓，阿班遇害了？「我——我很遺憾。」他笨拙

---

② 此為諧音雙關，原文是Tom，除了是湯姆之外，亦有公貓之意。

地說。

湯姆馬上將視線掃向他。「遺憾？遺憾什麼？」

「你的朋友，阿班。」雷霆腳動來動去、轉移重心。「死了。」

「死了？」湯姆把口鼻往前探。「怎麼可能？怎麼死的？」

雷霆思緒疾轉。「不是很清楚。」他瞄向斜坡下他們發現阿班陳屍的位置。「你想不想看她的墓穴？」

「墓穴？」湯姆光滑的毛變得蓬鬆，兩眼不可置信地發光。

「他們把她埋了，」雷霆向他解釋。「灰翅還有其他貓，就是他們找到她的。」

「找到她？」

「我幫你帶路。」雷霆朝石楠前進，鑽進其中，順著一條兔子小徑，走向阿班遇害的那一小塊土地。他聽見枝葉沙沙作響，知道湯姆尾隨在後。「這裡。」他在一片綠草如茵的林間空地止步，只見草上仍舊濺著鮮血，剛用泥土堆的土墩即是阿班的墳塚，那揮之不去的死亡氣息教雷霆不寒而慄。

湯姆繞著斑斑血跡打轉，鼻子不肯離開青草。

雷霆難過地望著他。「找到她的時候已經救不回來了。」

這隻公貓似乎沒把話聽進去，只是輕聲自言自語。「我聞得出來……」他衝向另一塊草皮。「聞得出來……」他兩眼發亮地抬起頭。「是獾！害死她的是不是獾？」

雷霆搖搖頭，為這隻可憐的笨貓滿腹哀傷。「是狐狸味，」他糾正對方。「牠攻擊她。而她不能——」

湯姆打斷他的話。「還有另外一個味道。」他對著另一塊草皮聞。「是貓，對不對？」他凝視雷霆。

雷霆抽動尾巴。他該提起清天嗎？在她死後還有死前，他都來過。

湯姆又聞了聞青草。「我認得這個味道。是那隻壞惡棍貓，對不對？到處劃立邊界、其他寵物貓談論不休的那隻貓。」

這話教雷霆聽了揪心。**我的父親，壞惡棍貓？**「或許吧。」

湯姆向他走近。「你們這群高山貓為什麼要來這兒？好事沒幹盡闖禍，還把龜尾帶壞！她原本跟我們住，後來帶著我的孩子逃跑了。」他嘴唇一扭，發出冷笑。

一感覺湯姆的口臭籠罩口鼻，雷霆便齜牙咧嘴。「她又不是『逃跑』。」龜尾這是回家。回到她的歸屬！

湯姆發出咆哮。「她偷走屬於我的東西，」他開始踱步，垂著肩、憤怒地抽動尾巴。「阿斑這個鼠腦袋竟然也跟著走了！」他怒氣難消地瞄一眼阿斑的墓穴。「阿斑很擔心她，結果害死了自己。」他停下腳步，激動的眼神頓時變得柔和。

雷霆戒慎恐懼地觀察他。這隻貓按捺情緒，表現出冷靜的一面。**為什麼這麼做？**

「聽起來你好像認識龜尾。」他話鋒一轉，語氣突然甜如花香。

雷霆小心翼翼地點了個頭。

「可不可以帶我去見她？」

雷霆遲疑了。

「阿班之前對她擔心得要命，」湯姆睜圓雙眼懇求道。「她想知道她和小貓們是否平安，結果葬送了自己的性命，小貓們都沒事吧？」

「他們都很好。」雷霆吞下一口口水。他還是趕緊離開的好，免得這隻公貓再問更多問題，有什麼事不對勁。「我得走了。」

「那你知道他們在哪兒嗎？」湯姆進一步追問。「還有龜尾？」

「還有貓在等我呢。」灰翅一定等不及要聽他們和清天見面的結果。

「可不可以帶我去見她？」湯姆眼睛一下也不眨。「她很喜歡我，一定會想跟我再見一面。」

「我會把巧遇你的事告訴她。」雷霆往後退。

湯姆眼睛一亮。「跟她說我在這兒。」他往阿班的墳塚上一坐。「說除非和她見上一面，否則我哪兒也不去。說要我等多久都行。」

寒意在雷霆的毛上泛起漣漪。「好。」他往上坡一瞄。可以瞧見他們在山腰紮營的坑地，長條的石楠遮蔽了營地，令他如釋重負，有種不祥的預感告訴他不該讓湯姆知道龜尾住在哪裡。「我會轉告她的。」他奔上斜坡，衝進石楠。他沿著兔子小徑左拐右繞，暗自祈禱如果之後湯姆想追跡他的路徑，兔子糞便能分散他的氣味。

他快到坑地的時候，腦海中想像灰翅等候的模樣，興奮地腳爪像有針在扎。清天同意會面了，和平的一天終將到來。

第九章

灰翅把麻雀毛從肩膀甩下來，小貓哀號一聲滾落地。「說好要讓我搭長途獾號的！」

「麻雀毛，很抱歉，」灰翅喘不過氣。「等等好了。」

「可是你背梟眼繞坑地兩趟欸！」

龜尾踱步向前，用鼻頭愛撫這隻玳瑁色的母貓。「目前一趟就夠了，」她呢喃道。「讓灰翅休息一下。」她用鼻子將小貓輕輕推走。梟眼正在石楠邊的長草裡和鋸峰玩格鬥遊戲。「去跟他們兩個玩，看樣子梟眼需要幫手哦。」鋸峰把梟眼壓在肚子下，反觀那隻灰毛小貓只是胡亂揮舞著四肢，挫折地不斷尖叫。

麻雀毛倒抽一口氣。「梟眼！」她衝向他。「我來救你了！」

鋸峰一瞧見她，鬍鬚便開始抽動。「快點啊！」他在逗她，「我要把他壓扁囉！」

「礫心呢？」灰翅似乎不期待得到答案。他望向遙遠的高地，在地平線上掃視動靜，擔憂在他的胃裡翻攪。

「他在幫雲點為冰霜調配藥膏，」龜尾用口鼻輕推他的臉頰。「看得到他們嗎？」

灰翅知道她指的是雷霆和寒鴉哭。他們現在也該到家了。寒鴉哭臨別時說的話他言猶在耳。**我們會在陽光灼散迷霧前回來。**如今日正當中。霧氣老早就散了。

「又氣喘了嗎？」龜尾向前推擠。

「有點。」他胸口很悶，卻一直置之不理。自從在那場森林大火吸進濃煙，灰翅有時就有呼吸困難的毛病，尤其是在焦慮的時候。

龜尾用脅腹和他互蹭。「他們不會有事的，」她向他擔保。「兩隻都是強健英勇的貓。」

他很想相信她說的話，但理智面知道她只是想安撫他。她的嗓音略帶恐懼，她認為清天是謀殺她朋友阿班的凶手，既然已有定見，又怎麼可能相信他會饒過兩位來自高地的入侵者？

我該陪他們一起去的。儘管烈日當空，灰翅還是打了個寒顫。

他依依不捨地將目光從遠坡移開，轉而環視營區，從熟悉的面孔得到慰藉。

閃電尾和橡毛坐在石楠裂口旁，等待父親返家的身影。鷹衝在平面岩石邊踱步，高影則在石頭上端坐，這隻黑貓豎直耳朵，眺望高地彼端。

風奔躺在林間空地的邊上，隆起的肚子不斷起伏。她雖然閉眼免受豔陽照耀，但每當石楠外牆後頭有什麼風吹草動，她的耳朵仍會跟著動。

雨掃花蜷在她身邊，將一顆浸溼的苔蘚球推近一點。「喝點水吧，」她力勸對方。

「妳一定口渴了。」

風奔舔食苔蘚的同時，金雀毛在她們身後踱步。「要不要我去打獵？」他對高影喚道。「我可以到森林邊界那頭看有沒有他們的消息。」

「不要自個兒去。」高影答覆。

鷹衝穿過林間空地，走向金雀毛。「我跟你去。」

「還有我。」碎冰從黑莓灌木下鑽出來，一雙銳利的綠眼寫滿擔憂。

「等等！」高影忽然伸長後腿，雙眼緊盯高地。「我看見雷霆了！」

灰翅匆匆穿過空地，龜尾緊跟在後，兩隻貓衝進石楠裂口。

閃電尾在他身後呼喚。「寒鴉哭也回來了嗎？」

灰翅沒有答話。放眼望去，不見黑貓的蹤影。但雷霆正奔向坑地。

灰翅和他在牆外的草地相逢，雷霆跑到他面前時，他才手忙腳亂地止步。「清天說了什麼？答應跟我見面了嗎？」

「答應了。」雷霆在草地上打滑減速。

灰翅發現這隻年輕公貓緊張兮兮地瞄了龜尾一眼。**事有蹊蹺**。他還來不及開口，鷹衝就闖到他面前。

「寒鴉哭呢？」她掃視石楠。

灰翅嘗了一下空氣，沒有黑色公貓的氣息，雷霆是獨自回來的。

雷霆凝視灰翅。「滿月時分清天會和你在四喬木碰頭。」

灰翅心跳加速。「真是天大的好消息！」他能斗膽奢望避免戰爭嗎？他的思緒開始飛轉。萬一他想不到適切的詞彙說服清天看清事理、停止擴張版圖呢？萬一他講錯話，提早點燃戰火呢？

「寒鴉哭呢？」鷹衝的叫聲急迫，她走過雷霆身邊。

雷霆頭一垂。「清天要他留在森林營區，等四喬木的會談結束再放行。」

「什麼？」鷹衝詫異地瞪大雙眼。

龜尾怒髮衝冠。「他竟敢扣押我們的貓！」

灰翅強迫毛髮別豎起，只不過恐懼已猶如閃電竄出皮毛，擦出火星。「他安不安全？」他搜尋雷霆的目光。

雷霆吞口口水。「他保證在開完會之前，寒鴉哭都不會有事。」他將視線滑向鷹衝。

「之後呢？」她質問道。

「之後他就會放他回高地。」雷霆緊張地抽動耳朵。

「他真的這麼說嗎？」鷹衝怒視著他。

雷霆身子一僵。「他只有說在開完會之前，他都會好好的。」

龜尾發出嘶嘶叫。「我們一定要接他回來。現在就去！」

灰翅迎上她的目光。「但是清天答應要見面了，」他抗議道。「我們必須步步為營。」

龜尾發出咆哮。「這就是他打的如意算盤！」她厲聲說。「他要我們跟老鼠心一樣，連走路都要偷偷摸摸，而他卻可以為所欲為。他是個惡霸，這點你也心知肚明！」她往營地走。

灰翅合上眼。他可以理解她的憤怒。清天為什麼不能爽快一點，答應見面就好？**難道他不信任我？**又或者被龜尾說中了，他就是喜歡大權在握，控制其他貓隻？

鷹衝宛若承受劇痛，發出咆哮。「灰翅，我們該怎麼辦？」

灰翅望著她。「問問高影的意見吧。」他把貓兒帶回高影、橡毛和閃電尾等待的那處坑地。

龜尾已來到高影身邊。風奔起身，雨掃花從旁照護。金雀毛站著甩尾，碎冰則繞著他踱步。

鋸峰從長草中抬起頭，梟眼和麻雀毛在他周圍打滾，玩格鬥遊戲。他們甚至沒發現雷霆回來了。他溜出小貓之間，穿過林間空地。

「龜尾都跟妳說了吧？」灰翅注視高影。

「清天挾持寒鴉哭。」她目光掃視眾貓。

「但他答應和我會談了。」灰翅對她說。

鷹衝踱步向前。「龜尾認為我們應該把寒鴉哭接回來。」

「我知道。」高影心平氣和地對她說。

灰翅攤平耳朵。「這麼做的話，清天就會取消會面了。」

風奔一甩尾巴。「總不能放任他霸凌我們吧。」

「避免開戰是當務之急！」灰翅感覺挫折在毛皮下一閃而逝。

金雀毛吼了一聲。「比寒鴉哭的性命更重要嗎？」

「他又沒有生命危險！」灰翅轉身面向這隻灰色虎斑貓。**難道每隻貓都認為清天是禽獸？**

高影邁步站在兩隻貓中間，揚起口鼻部。「寒鴉哭會照顧自己，」她平靜地說。「如果這是讓清天答應會談的代價，他會願意待在森林的。我們必須在能力範圍內盡一切努力確保雙方能和平共處。」

橡毛走向前。「有落羽和他作伴，」她雖然嗓音顫抖，卻勇敢往下說。「寒鴉哭並非孤苦無依，他不會有事的。」她瞄了弟弟一眼。

閃電尾點了個頭。「假如我們試圖把寒鴉哭帶回家，他絕對不會原諒我們的。」鷹衝肩膀一垂。「你說得對。」她讓步了。

灰翅如釋重負，毛皮下的肌肉也跟著舒緩。會面照舊，和平指日可待。他心懷感激地凝望鷹衝，但不敢看龜尾一眼。他不確定她是否這麼輕易地相信這是個正確的決定。

毛髮拂掠他的脅腹。

「閃電尾說得對。」龜尾緊挨著他。「如果我們真派一支救援隊去，寒鴉哭永遠都不會原諒我們的，他是隻有骨氣的貓。」

灰翅感恩地對她眨眨眼。「不會有事的，妳到時候就知道了。」他承諾道。

雷霆在林間空地的邊界坐立難安，眼色飄忽不寧。

「還有什麼事嗎？」灰翅望著他。

雷霆的尾巴在顫抖。「我回營區的途中遇見一隻貓，」他瞥了龜尾一眼。「他叫作湯姆，是來找阿班的。我跟他說阿班死了，又帶他去看她的墳塚，可是後來他想見龜尾。」

「不行！」灰翅跨步站在他的伴侶貓前。湯姆幹的壞事他聽多了，龜尾跟兩腳獸住的時候，那隻寵物貓把她害得生不如死。他第一次遇見阿班，只見那隻可憐的貓渾身上下都是抓傷和瘀青。湯姆是個小霸王，他瞥向長草，麻雀毛和梟眼正互相撲打，一較高下。他可以聽見礫心在金雀花叢下，問題一個接著一個的請教雲點。他不在意他們是湯姆的骨肉，但他們絕對不能和他見面，龜尾也是。他的毛髮沿著脊柱豎起，她怎能愛上這麼殘酷的貓？

雷霆緊張地瞥了他一眼。「他說他會一直在阿班的墳塚上等，等到她去為止。」

「他說什麼？」灰翅怒火中燒。**他竟敢這麼張狂地要求？**

雷霆往後退。「他說多久他都能等。」

「灰翅，」龜尾溜到他面前，綠色的眼眸散發溫和氣息。「這不是雷霆的錯。」

「我知道，」灰翅平息頸背的毛。「但我們可不能讓那隻寵物貓踏上高地，我把他趕回兩腳獸的地盤好了。」他準備邁向石楠裂口，但龜尾擋住他的去路。

「不行。」她嗓音堅定。

他眨眨眼。「為什麼？」

「我必須和他見面。」她顫抖地說。

灰翅幾乎不敢相信他的耳朵。「不可以！」

龜尾抬起頭。「灰翅，我很清楚他的個性。就算我不跟他見面，他也會想辦法找到我，他會跑來坑地，」她回頭瞥向梟眼和麻雀毛。「然後就會知道他的孩子在哪裡。」

如今她的嗓音摻著恐懼。

灰翅可以理解。她必須二選一，要麼面對他，要麼活在恐懼中。「我跟妳去。」

「我也去。」

高影的叫聲把灰翅嚇了一跳，這隻黑色母貓瞪圓眼望著他。

「如果這個叫湯姆的傢伙能把龜尾嚇得花容失色，你們或許需要多一對爪子幫忙，」她對雷霆點了個頭。「帶我們去見他吧。」

✦✦✦

灰翅讓雷霆領路穿過石楠，阿班墳塚的位置不是很隱密，但他認為雷霆夠格帶領眾貓。先前他對湯姆的到來反應過度，現在他很內疚。雷霆今天展現真正的勇氣，跋涉到清天的營地，帶著寒鴉哭暫留敵營的消息回來。清天知道他放棄多麼優秀的兒子嗎？**這是他的損失。**

灰翅低著頭，穿過在貓兒頭頂彎成拱型的石楠枝葉。他可以感覺龜尾在他尾端急促的呼吸聲，儘管她極力掩飾，還是藏不住內心的恐懼。高影殿後。但願冷靜又睿智的她能緩和會面的緊張氛圍。

灰翅突然起了好奇心，毛皮跟著發癢。他常想知道龜尾小貓的生父長得什麼模樣。內疚啃蝕他思緒的邊界，如果他早點發現自己深愛著她，她就不會投向那隻殘暴貓的懷抱了。打從他們還是小貓起，她就對他情有獨鍾，可惜他一直被情感蒙蔽，愛上錯的對象，起初是亮川，後來是風暴，龜尾總是屈居末位。不過，她自始至終默默地守候，終於贏得他的心，如今他已無法想像和其他伴侶共度一生。

他想像湯姆等待她的畫面，喉頭忍不住發來隆隆低吼。他得確定那隻寵物貓離開高地，而且不再回來。

「他還在等，」雷霆對身後的夥伴講。「我聞到他的體味。」

灰翅嘗了嘗空氣，一股酸酸甜甜又噁心的味道瞬時滿溢，他不禁皺起鼻頭。阿班身上就是這股味道，龜尾初次從兩腳獸的地盤回來時，渾身也是這個味，想必這是兩腳獸屋裡的氣息。

前方顯現亮光，灰翅眨了眨眼，他鑽出隧道，迎向陽光。雷霆已在草地上等了，跟在他身後的龜尾和高影也走了出來。

他瞇起眼，俯瞰斜坡。阿班墳塚的一頭躺了隻毛色光亮的公貓，他厚實的毛皮有著秋葉轉紅的色彩。雷霆走向他時，他在陽光下做伸展，翻過身。

灰翅瞄了龜尾一眼。「準備好了嗎？」

她挺直肩膀。「準備好了。」她跟著雷霆大步向前。

「別擔心，」高影在灰翅身邊停下腳步。「我們會讓他知道他在這裡不受歡迎。」

灰翅甩一下尾。「我想在他耳朵咬個口，把他嚇得跑回家。」

「沒必要的話，不用把他當作仇敵。」高影走下斜坡，灰翅跟在後頭。

湯姆起身，寬脅腹輕輕擺盪。灰翅噘嘴，軟毛覆著軟肉，他這麼胖都不嫌丟臉嗎？

湯姆的目光鎖定龜尾。「妳讓我等好久。」他打個呵欠，露出一口黃牙。

龜尾聳聳肩。「反正你看起來也沒別的事好做。」她走到阿班的墳塚邊，開始用爪子撫平他弄亂的泥土。

湯姆瞇起眼。「妳幹麼帶其他貓來？」他將尾巴甩向高影和灰翅。

雷霆踱步向前。「她想帶誰來就帶誰來。」

湯姆繞著龜尾轉，一條粗尾巴拂過她的脊柱。

她不寒而慄，灰翅發出咆哮，怒視湯姆表示恐嚇。

湯姆視若無睹。他盯著高影，嫌惡地皺起光潔的口鼻。「你們這群惡棍貓是不是都長滿跳蚤啊？」他用肩膀粗魯地頂了龜尾一下。「家人要幫妳梳幾次毛，才能把妳的毛皮清乾淨？」他掃了高影的毛皮一眼。「要清她身上的跳蚤，我看全世界的梳子都不夠用。」

高影死命地盯著他。

灰翅縮緊腳爪，**這隻貓想打架嗎？**

「雷霆說你是來向阿班致意的。」高影圓滑地說。

湯姆哼了一聲鼻息。「算是吧。」他身子一轉，羽毛般的尾巴刷過龜尾的口鼻。「我很想見見我的前伴侶，」他的視線在她毛皮上徘徊。「阿班走了，如今又少了妳，窩裡變得太安靜。」他停下腳步，兩隻貓口鼻的距離只有一根鬍鬚那麼遠。「妳會回來嗎?好懷念跟妳玩格鬥遊戲的時光。」

「玩格鬥遊戲?」龜尾嘶聲說。「真正樂在其中的只有你吧!」她以後腳直立,暴怒地破口大罵。

灰翅衝向前。

高影縱身一躍,將他攔下。「讓她捍衛自己。」

他忙亂地止步,凝視高影身後的龜尾撲向湯姆。她伸爪子往他的口鼻耙抓,一聲咆哮,亂舞腳爪,啪嗒啪嗒地攻擊他的口鼻。

湯姆往後退,光滑的寬臉扭曲變形,發出嚎叫。「惡棍貓!」他吼著撲向她。他的體重將她往後壓。她的腳爪被壓扁,顛倒在阿班的墳塚上。湯姆向她的脅腹揮爪,爪子插得好深,把她的肩膀壓進泥土地。她蠕動身體,後腿想往他肚子上踹,卻把鬆軟的泥土踢得亂飛。他肥胖的身軀壓著她,令她喘不過氣。

高影退到一旁。「阻止他。」她對灰翅咆哮。

但灰翅早就躍過她,等不及要出手相救。

雷霆從另一側衝過去。他用爪子鉗住湯姆的脅腹,在此同時,灰翅也狠咬這隻貓的頸背,他倆使勁把湯姆從龜尾身上拽開。

他扯掉她肚子上的毛,疼得她驚叫不斷。

「心裡裝屎的傢伙!」灰翅揮拳重擊湯姆的耳朵。寵物貓被痛扁,痛得睜大眼。他氣得嚎叫,出拳回擊,力道強勁,把灰翅揍得頭昏眼花。他努力恢復身子重心之際,雷霆鑽到寵物貓的肚子底下，伸後腿踹他。湯姆轉身，伸出一隻前爪往灰翅的脅腹耙。

灰翅臉部痛苦地抽搐，一條後腿向外伸，踢中湯姆的下顎。

龜尾掙扎著起身，衝向湯姆的後腿，張嘴一咬，將他往後拖。

灰翅喜不自勝，**逮到你了吧，寵物貓！**

「不准打了！」高影的叫聲令他不敢動彈。

龜尾往後退。前腳舉到半空的雷霆將腳爪落地。

湯姆頹然倒在阿班的墳上。

「放尊重點！」高影望著翻亂的土地。「有死貓埋在這裡欸。」

湯姆奮力起身，退離這群高地貓，鮮血從他的臉頰淌下。

灰翅發現寵物貓的耳朵上有個裂口，喜悅之情閃過心頭。

高影臉色鐵青，大步走到他們中間，接著伸出爪子將散亂的泥土耙回阿班的墳塚。

灰翅緊盯著湯姆，說什麼也不肯將視線移開這隻寵物貓。「妳還好嗎？」他輕聲問龜尾。

「還好。」她喘息道。

「雷霆，你呢？」灰翅用眼角餘光瞥了公貓的金毛一眼。

「我沒事。」

湯姆的視線在高地貓成員身上移轉，最後落在龜尾的腹部。「雷霆說妳生小貓了。」他咕噥道。

「那又怎樣？」龜尾警惕地說。

灰翅向她走近，湯姆怎麼關心起他的小貓了？龜尾曾跟他說她離開兩腳獸地盤的原因之一是兩腳獸會把她的孩子抱走，送給其他兩腳獸養。他是因為這樣才想把小貓要回去嗎？要回去再送走。

湯姆瞇起眼睛。「好端端的，妳不讓孩子當寵物貓，卻把他們當惡棍貓養，」他譏諷道。「妳覺得小貓會因此對妳心存感激嗎？」

「他們哪是惡棍貓啊？」灰翅邁步向前。「他們跟我們同住。是坑地裡最受疼愛的貓！」

湯姆興趣來了，眼裡閃過一絲火花。「坑地？」

灰翅發現自己說漏嘴了，臉部肌肉抽搐。他趕緊閉嘴，免得又洩漏更多祕密。如今寵物貓已得知他們住在高地的其中一處坑地，用不了多久就會找到他們的藏身之處。

龜尾湊近。「他們只是瘦巴巴的小傢伙，」她嗤之以鼻地說。「一定是遺傳到你寵物貓的嬌弱體質，大概撐不過下個寒季吧。」

想到這裡，灰翅就揪心。不過他知道她只是在撒謊，如果讓湯姆以為這群小貓不值得養，他或許就會轉身離開，放他們一馬。

「早知道我就該把他們淹死，不要浪費我的奶水。」她再補一句。

雷霆瞪大雙眼。「這不是妳的真——」

高影打斷他的話。「龜尾說得對。」她從墳前轉身，堅定地注視雷霆。「他們體弱多病，是群沒用的窩囊廢。」

湯姆瞇起眼睛。「不管怎樣，」他語氣平順說道：「我還是想跟親生骨肉見上一面。」

「不行！」龜尾嘶聲叫道，她察覺她透露自己有多愛這群寶貝小貓，眼底便閃現一絲驚恐。

湯姆面露喜色。「他們一定想跟親生父親見面？」他洋洋自得地說。

灰翅胸口繃得好疼，他努力吸氣。

龜尾對他齜牙咧嘴。「他們永遠不會跟你見面的！」

湯姆聳個肩、甩個尾，拖著腳走過阿班的墳塚。「可惜死的不是妳，是阿班。」他回首說。

灰翅目不轉睛地目送他的背影，怎會有貓這麼無情？

「走吧。」他們望著湯姆悠悠地走進石楠，高影率先打破沉默。「我們回營區。」

龜尾撐大雙眼。「絕對不能讓他找到我的孩子啊。」她低聲說。

「不會的。」灰翅將身子貼緊她，豈料此時胸口繃得更緊，他不禁身體一僵，他想吸氣卻辦不到，步伐一個踉蹌。

「灰翅！」龜尾用肩膀撐起他的腋下，免得腳軟的他不支倒地。「雷霆！幫幫我！」

雷霆已跑到他的另一側，被兩隻貓當夾心餅乾撐起的灰翅設法呼吸。

「別緊張。」高影探頭嗅他的氣息。「灰翅，你沒事的。這只是之前被煙嗆的老毛病，我們先把你弄回營區，雲點會有藥草幫你治病的。」

灰翅只看見她嘴巴不斷張合，但幾乎聽不見她說什麼。

「走吧。」他的耳畔傳來龜尾堅定的嗓音。

他喘著氣把一隻腳往前跨，再強迫另一隻腳踏向前。被雷霆和龜尾夾起騰空的他，展開沉重的腳步行回營區。

「就是這樣。」龜尾的嗓音劃破黑暗，壓迫他的視線。「我們快到家了。」

他微弱的呼吸，勉強自己前行。**我可以的，總該有誰捍衛小貓。而且還有誰能跟清天講理呢？**他思緒飛轉，一再吸氣，最後突然發覺腳爪踏上柔軟的苔蘚，回到窩裡了。

「雲點去採款冬了。」龜尾的氣息撲上他的口鼻。

「灰翅怎麼了？」

「他要死了嗎？」

小貓的叫聲圍繞著他。

「他不會有事的，」他面前傳來雲點冷靜的嗓音。「灰翅，吃點葉子。」

灰翅在口鼻部底下聞到藥草的氣味，身子往下趴亂舔一通，終於感覺舌頭碰到葉片。他把葉子吞下肚，依稀嘗到藥草的苦澀。

他感覺有腳按摩背部，舒緩他如被蟒蛇勒緊的胸口。「他大概會先睡一下。」雲點說話的同時，他思緒飛轉，黑暗降臨。「他醒來之後會好一點。」

✦✦✦

「醒醒啊！」尖石巫師的叫聲將他驚醒。

「怎麼了？」他躍起環顧四周。他又回到洞穴，月光穿進洞口的水濂，他古老的部族夥伴都蜷在各自的窩裡。

「灰翅，不能再睡了，」尖石巫師的雙眸在半明半暗中閃耀。「四面將響起楚歌，你深愛的親友會陷入險境！」

灰翅心頭一怔，猛一抬頭。他眨了幾下眼，睜開眼後發現他待在自己窩裡。他吸口氣，空氣注滿胸腔，總算放下胸口一塊大石。龜尾在他身旁睡，下巴倚著他的脅腹，小貓們輕柔溫暖，合著眼貼緊他們縮著身子睡。

那只是一場惡夢。灰翅一聲嘆息，閉上眼又慢慢沉入夢鄉。

「灰翅。」龜尾的嗓音喚醒他，將他拉進灰濛濛的黎明曙光。他環視幽暗的營區，天色幾乎還沒亮，但雨掃花卻匆匆穿過林間空地。雲點也啣著藥草步向黑莓灌木，金雀毛在碎冰的陪伴下於長草間踱步。

「什麼事？」灰翅用四肢撐起身子。

龜尾將口鼻推向他的臉頰。「風奔要生了。」

第十章

雷霆望著金雀毛在碎冰身旁踱步。黑莓灌木下又傳來一聲痛苦的哀號，聽得這隻灰色瘦公貓瞬間止步。雨掃花從蔓生的枝葉間探出頭來，金雀毛擔憂地瞄她一眼。「小貓也太早生了！」

雷霆胃一繃。**太早？**惡棍貓和她的孩子是不是活不成了？他往點綴鮮亮黃花的黑莓灌木那頭望。

「有消息嗎？」龜尾從她窩裡呼喚。梟眼、礫心和麻雀毛在她身旁睡眼惺忪地眨眼，灰翅則使勁撐起身子。

雷霆走向她。「雲點在陪她，斑皮去抓藥草了。」黑莓灌木那頭又傳來淒厲的叫聲，聽得他身子一僵。「雨掃花說她太早生小貓了。」

龜尾眉頭一皺。「看她肚子，應該還要一個月才到預產期。」她從窩裡跳出來。

雷霆焦慮地瞥了灰翅一眼，扶他回營區的回憶又浮上心頭。這隻灰色公貓疲態畢露，金黃色的雙眸也顯得晦暗，雷霆仍能聽見他每次呼吸的喘氣聲。「你好嗎？」他屈身靠近。

「好點了。」灰翅扯著粗嘎的嗓音說。

「還是要休息。」龜尾趕忙接話。

麻雀毛也在那兒，兩眼殷切地望著母親。「我們會照顧他的。」

「寶貝，謝了，」龜尾柔情地對她說。「讓他休息吧。」她把麻雀毛輕輕推出窩外，再一把抱起礫心，接著拽梟眼的頸背，把他甩出來。「你們三個最好到長草那邊玩，我想去看看風奔的狀況。」她湊到麻雀毛面前。「記得常回來看灰翅，」她低語道。「但如果他在睡覺，別吵醒他；如果他氣喘得更厲害了，就來找我，知道了嗎？」

麻雀毛認真地點點頭，然後轉身把兄弟攆走。「都聽見她說的啦。」她對他們說。「應該由我來看照他，」他們跑走時，礫心發起牢騷。「我比你們更懂藥草。」

龜尾在他們身後呼喚。「你們可以輪流呀。」她面向灰翅。「放寬心休息好嗎？」

灰翅點點頭，一臉莫可奈何的樣子。

「可不可以請你陪他坐一會兒？」龜尾懇求雷霆。「我不想放他——」

風奔又開始哀號。

龜尾跳走了。「我得看看她的情況。」她轉頭喊道。

雷霆把毛甩鬆。旭日正要將籠罩坑地的灰霧灼散，但清晨的寒意仍在。「躺下，」他對灰翅說。「你看起來很累。」

灰翅沒跟他辯，只是嘆了口氣，縮回石楠。雷霆豎起長毛，灰翅平時不會那麼容易妥協，想必他病得很重。「要不要我幫你拿點什麼？」他問道。「餓不餓？要不要吃的？」

灰翅沒答話，視線跟隨龜尾，直到她消失在黃花簾幕後方。「這不是生小貓的時機。」

他悲觀的嗓音令雷霆不寒而慄。「新生命帶來希望與喜悅，」他爭辯道。「這是你自己說的。」

「那是之前的事。」灰翅陰鬱地答覆。

「在什麼之前？」雷霆搜尋他的目光，但這隻灰色公貓漸漸垂下眼皮。

「我們將危機四伏，」灰翅氣若游絲地說，同時他把鼻子靠在腳爪上，閉上雙眼。

「但你能帶領大家度過難關。雷霆，我知道你行的……」他的嗓音愈變愈小。

雷霆湊向前，聽到灰翅穩定的呼吸才鬆一口氣。「早日康復，」他輕輕說。「我們需要你。」

他別過頭，灰翅的話在他耳邊迴蕩。**我們將危機四伏，但你能帶領大家度過難關。**這什麼意思？他指的是清天帶來的威脅嗎？**我要怎麼帶領大家度過難關？**想必要灰翅出馬和清天會面，才能化解戰爭危機吧？

黑莓灌木底下又傳來一聲哀號，叫聲比之前更為淒厲。

龜尾從蔓生的枝葉衝出來。「雷霆！」她奔向他。「去撿根樹枝。」

「樹枝？」雷霆對她眨眨眼。「幹麼用的？」

「撿就對了，要給風奔的！」龜尾下令。「找根結實的，不會被折斷或弄碎。」她用鼻子將他拱向石楠裂口。「動作快！我再找別隻貓坐著顧灰翅。」

雷霆從營地往外衝，腳爪在營區外的草地上打滑。他掃視高地，但放眼望去，這裡只有石楠和青草。想找結實的樹枝，得往森林去。他敢不敢跨越清天設立的邊界？他想像龜尾焦慮的神情。營區又傳來一聲撕心裂肺的嚎叫，他非去不可。

他在高地飛奔，全速穿過石楠，再突然轉向經過一處多刺的金雀花叢，奔上後面的斜坡。他向邊界衝刺，即使越過氣味邊界也毫不遲疑。他舌頭接觸到這股濃烈的氣息，這一區是杉毬果劃立的，他環顧四方，搜尋這隻褐與白交雜的斑點公貓，但在樹林後方不見半點動靜。

他擠進蕨類植物，躡手躡腳地在樹與樹之間行進。他豎直耳朵，在林地中蒐找。有根長樹枝擱在樺樹底下，他嗅了嗅，**要找結實的**，他記起龜尾的指示，往那長滿節瘤的樹皮一咬。老木在他的齒間碎裂。雷霆洩氣地哼了一聲鼻息，繼續尋找。附近的地上有根粗一點的樹枝，他向它狂奔，一口咬下，結果在他口中裂成碎片。他把木頭碎屑吐掉抬頭望。倘若他想找根沒爛掉一半的樹枝，就得挑根新鮮的。

他心一沉，爬樹不是他的強項，一湧而上的回憶令他揪心。以前他都在清天的帶領下練習爬樹。父親教他從一棵樹跳到另一棵，當他想起腳底的樹枝搖搖晃晃，每走一步就往下沉，便冷不防地打個寒顫。當時他失去平衡，跌下枝頭，那時他還是隻小貓，如今長大了，樹枝又怎能支撐他的重量呢？

他將疑慮拋諸腦後，風奔需要樹枝。他蹲下來，目光鎖定一棵橡木的樹幹。樹皮老、多節瘤，照理說很好抓穩。他縱身一躍，腳爪勾住樹幹，在半空懸擺的他，死命扒緊樹幹，腳爪勾得好疼。**松鼠爬樹為什麼看起來易如反掌？**他將後爪往樹皮插，身子向上推進，前爪勾住一根矮樹枝。樹枝夠粗，他設法攀上去，感覺站穩腳步後，他如釋重負，肌肉也跟著放鬆。他歇口氣，瞥了這根樹枝一眼，它的盡頭冒出的新枝看起來都挺粗的，有朝一日會長得結實堅固，但現在還幼嫩易折。它們不會在壓力下碎裂，他只希望自己有力氣將其中一根折斷。

他沿著樹枝走，在從樹皮節瘤冒出的一根綠桿旁停下腳步。他用前腳一抓，腳爪一包，哼了一聲用力向上提，桿子弄彎了。他再提一次，桿子在他的腳爪中顫動。**快斷啊，你這根笨樹枝！**他哀鳴著使勁，肌肉不停顫動地拽綠桿。

霹啪！

桿子斷了。他失去平衡，肚子翻過來，他從枝頭跌落，疾墜向地。恐懼在皮毛下流竄，他胡亂揮動腳爪、甩動尾巴，在墜地前一秒於空中轉身。他腳爪重重落地，詫異地直喘氣，綠桿噹啷一聲落在他身邊。

他檢查桿子，發現它從基部折斷，很是滿意。看起來挺結實的，他只希望也得到龜尾的認可。他嘴裡啣著桿子，朝邊界走去。

我早知道自己不是爬樹的料子！他抖散一身皮毛。**但墜地我還挺有一套。**

他深呼吸，檢查氣味，但願森林貓待會兒巡邏邊界時不會注意到他來過。就算發現了，他也希望他們會假設那只是昨天他來訪時殘留的氣息。他穿過蕨類植物，但樹枝卡在濃密的葉片中。他往桿子其中一頭咬下去，另一頭任它懸著，就這樣拖到邊界。

等他把樹枝拽上斜坡時，下顎已開始發疼。他扔掉樹枝，重新用牙齒咬住桿子中央，將它啣穩。他頭仰高，拔腿橫越草地。**我看起來一定像那些叼樹枝給兩腿獸的笨狗。**他羞得毛皮發燙。**希望沒誰看見我。**

接近坑地時，他聽見風奔的嚎叫，如今她的尖叫聲已沒有間斷。龜尾生孩子時有這麼痛苦嗎？他不記得聽過這麼淒厲的叫聲。風奔是他認識的貓裡數一數二勇敢的，她一定是痛到受不了了。他衝進營區，橫越林間空地。

他在黑莓灌木外減速打滑之際，龜尾正好低頭鑽出來。她檢查樹枝，聞了聞又將牙齒插進這根稚嫩的木頭。「很好，」她對雷霆說。「謝了。」

「這幹麼用的？」他問道。她拾起樹枝回往走。

「進來看吧。」

她消失在黑莓灌木的彼端，雷霆猶豫不決。他真的想看風奔受分娩之苦嗎？他不禁皺起眉頭，他才不要讓龜尾以為他是膽小鬼呢，他用鼻子將長了花的莖輕輕拱開。

洞裡一片陰鬱，風奔攤開四肢躺在冰涼的地上。雲點和斑皮依偎在她尾巴附近，金雀毛則蜷在她的臉頰旁，在她痛苦蠕動時舔她的臉。

風奔發出一聲低沉的嚎叫。

「她痛得累了，」金雀毛睜圓眼望雲點。「難道沒別的能幫她止痛嗎？」

龜尾把雷霆找來的樹枝拖過地面，將粗的那一端擱在風奔的腦袋旁。「這個可以給她咬。」她搜尋雲點的目光。

「沒錯！」雲點的雙眸在昏暗中亮起。「這樣或許能轉移對疼痛的注意力。」

金雀毛目不轉睛地看著龜尾。「真的有用嗎？」

「試試看囉。」龜尾蹲在風奔旁邊，將她的口鼻挪向樹枝。風奔視線朦朧地對它眨眨眼，在痛苦中顯露一絲困惑。

「咬住它。」金雀毛在她耳畔呢喃。

雷霆身子湊近，屏住呼吸，風奔頭一伸，含住那根樹枝，她顫抖抽搐著將它咬著。

雷霆繃緊神經。**千萬別咬碎啊！**

樹枝發出吱嘎響，不過沒碎。

「很好！」雲點對龜尾點個頭。「咬樹枝可以幫她用力生小貓！」

風奔身子又開始打顫，使勁咬樹枝。

「第一隻小貓！」雲點嗓音緊繃地說。龜尾跑去觀看的同時，剛出生的白色小母貓正在聞那又小又溼的胎衣。

雷霆屈身向前，恐懼升入他的喉嚨。**沒問題吧？**

金雀毛舔了舔風奔的頭。「妳表現得很好。」

風奔再次抽搐。

「又來一隻！」雲點抱起第一隻小貓，捧到龜尾面前，讓她舔掉小貓身上閃閃發光的胎衣。雷霆目瞪口呆地看著胎衣裂開，一隻灰色小貓啪嗒蹦出來，彷彿身子被浸溼一半，他微弱地嗚咽一聲。

「很健康！」龜尾歡欣鼓舞地說。「是隻公貓。雷霆，快來看。」她甩尾示意他上前。

雷霆緊張地繞過雲點和斑皮，在龜尾身旁駐足。小貓正閉著眼喵喵叫，他的尾巴跟蜥蜴一樣又短又溼。

「這樣正常嗎？」他呼吸急促地問。

「礫心、梟眼跟麻雀毛剛出生時也長這樣，」龜尾愉悅地說。「說不定你也是。」她抓住公貓的頸背，把他放到風奔的腦袋旁，他同胞姊姊的隔壁。

風奔發出呻吟，又是一陣痙攣。

「又出來兩隻小貓！」雲點嚷道。

「四隻小貓！」金雀毛高聲歡呼。

「兩隻公的、兩隻母的，」斑皮驕傲地宣布。「小小隻，但完整無缺。」

風奔鬆口，任樹枝掉出來，轉頭面向她生的第一胎。她輕輕舔舐黏在她溼毛上的殘留膜片，小貓盲目地揮動四肢喵喵叫，她伸爪子將寶寶移往自己的口鼻。雷霆情感澎湃地看著斑皮把其他剛出生的小貓一隻隻擺到風奔的口鼻前，他看得目不轉睛，激動地喉嚨緊鎖。他想要恭賀風奔和金雀毛，但言語似乎不足以形容他內心的感動。

風奔開始滿足地嗚嗚叫，彷彿再也不感到疼痛，金雀毛更激烈地舔她的頭。

「就這樣。」雲點宣布。

龜尾樂得抽動鬍鬚。「這樣就夠多了。」

風奔把小貓圈起來，雷霆望著他們盲目地往她肚子那頭蠕動，努力想要靠近，氣餒地喵喵叫，他按捺住想彎腰將小貓捧到母親那兒的衝動。風奔似乎出於本能就知道該怎麼做，她往寶寶那頭扭動，直到他們貼著她的身體。小貓一隻隻找到她的肚子，占據她的乳頭，喵喵叫地猛吸乳汁。

雷霆眨眨眼往後退，他感覺龜尾的毛皮緊貼著他。

「很美妙對吧？」她輕聲說。

雷霆凝望小貓。「這是我見過最美好的事。」他坦承。

龜尾愉悅地嗚嗚叫。「公貓永遠都不會知道將小貓帶到世上是什麼感受。」

「他們應該也不想知道！」雷霆想起風奔錐心刺骨的哀號。不過，看她餵小貓喝奶的樣子，分娩之痛彷彿從未發生。

金雀毛抬頭凝視龜尾。「謝謝妳找來那根樹枝。」

「是雷霆找的，」她對他說。「粗細大小適中，本來我還擔心他會叼來腐爛的……」她話愈說愈小聲，並把耳朵豎直。「麻雀毛跟梟眼呢？」她身子一僵。「還有礫心。」

「他們還在長草那兒玩呢。」雷霆對她說。內心不安的他豎起毛皮。他離開營區撿樹枝的時候有沒有看到他們在長草那兒？他記不得了。

「我沒聽見他們玩耍的聲音。」龜尾的叫聲摻著驚慌。

雷霆豎起耳朵，他只能在蔓生枝葉的彼端聽見高地貓的呢喃聲。他衝過風奔身邊，探頭出去。長草那頭萬籟俱寂，草桿沒有搖顫，他向前挺進。

龜尾橫衝直撞地追過他。「他們在哪兒？」她奔向長草，拚了命地東聞西嗅。「麻雀毛！」她抬起口鼻部，往營區的彼端呼喚。「礫心！梟眼！」

閃電尾從平面岩石跳下來，碎冰也從石楠邊驚起。

「怎麼啦？」雨掃花匆匆跑向龜尾。

「有誰見到我家的小貓了？」龜尾放聲喊道。

眾貓互換眼色。

鷹衝踱步向前。「不久前我才看見他們在營區外的草地上玩耍。」

「他們應該待在這裡的！」龜尾火冒三丈地說。「不該跑到坑地外。」她指責的目光掃過圍觀的高地貓。「怎麼都沒有貓出面阻止？」

高影從平面岩石邊悄然走來。「我們不知道妳要他們待在營區。」她平靜地說。

「但他們溜出去可能會出事呀！」她瞥向天際。「你們有沒有看到禿鷹？」

「沒有，」高影安撫她。「我們也沒聞到狐狸味，小貓們一定不會有事的。」

鋸峰一瘸一拐地穿過林間空地。「他們八成只是玩瘋了。」

龜尾滿懷希望地凝視他。「你真的這麼想嗎？」

「我到高地上找他們好了，」鋸峰提議。「我知道他們喜歡在哪裡玩。」

「好主意。」高影表示同意。

雷霆瞇起眼。這隻黑色母貓的嗓音略帶焦慮。

「怎麼了？」灰翅窩裡傳來他氣喘吁吁的聲音，他硬拖著身子站起來。

高影望著他。「你看到小貓了嗎？」

「風奔的小貓？」灰翅一臉困惑。「她生了嗎？」

「生了！」龜尾眼中泛著淚光，開始踱步。「可是我的小貓失蹤了。」

「你真的沒看到他們？」高影堅定地問灰翅。

他搖搖頭，試著爬到窩外，但是滑了一跤。「讓我去找，我一定會找到他們的。」

雷霆躍向他。「你待在窩裡。」灰翅的健康狀況不允許他上高地找小貓。他瞥了鋸峰一眼。「你到底要不要找小貓啊？」他凶巴巴地說。

鋸峰攤平耳朵。「都說了要去找啦。」

「那還不快去？」雷霆把灰翅輕輕推回窩裡，鋸峰在此同時也離開營區。「我在這兒看著他。」龜尾感激地對他眨眨眼，隨後跟著鋸峰蹦蹦跳跳地走了。碎冰和鷹衝也跟隨他們的腳步動身。

「我去搜高地坡頂。」碎冰自告奮勇地說。

「我去峽谷邊找。」鷹衝也伸出援手。

雷霆目送他們離開，挫折感拉扯他的胃，他有點後悔提議留下來顧灰翅，困在坑地的他感到無能為力。

他旁邊的灰翅挪動身軀，又掙扎著想爬到窩外。

「噓，好好躺著。」他趕忙用鼻子把灰翅拱回苔蘚，這時高影向他倆走近。

「有必要的話就坐在他身上，他在滿月前一定要把病養好。」她堅定地凝視灰翅。

「大家都指望你和清天達成永久的和平協議。」她瞥向黑莓灌木，那頭的貓叫聲被濃密的花叢掩蓋。「這是我們現在最迫切的渴望。」

灰翅莫可奈何地撲通倒地。「但願我能找到適當談判的詞彙。」

「只要說之以理就好，」高影咆哮道。「清天不是笨蛋。誰會選擇殺戮，捨棄和平？」

雷霆感覺恐懼在胃裡延展。他見過清天徵募的那些心狠手辣的惡棍貓，有他們當左右手，清天說不定會以把高地貓永遠逐出家門的方式尋求和平。他該不該警告他們？雷霆遲疑之際，灰翅顫抖地吸了口氣。**讓他休息好了**。現在不是雪上加霜、愁更添愁的時機。他望穿石楠裂口，瞪大眼遙望高地。**拜託讓他們找到小貓吧**。

遠方傳來抓狂般的嚎叫。**鋸峰！**雷霆奔向高地，他往回望，只見高影把灰翅壓回窩裡。

她向閃電尾點頭示意。「跟雷霆一起去，灰翅交給我來顧。」

雷霆聽見閃電尾在他身後忙亂地穿過林間空地，他躍過石楠裂口，在草地飛奔。他風馳電掣地穿過一片石楠，順著兔子小徑左彎右拐地跑，最後奔上另一頭的平滑草地。阿斑的墳塚就在眼前，他躍過墳墓，落地時腳底打滑，閃電尾從後頭的石楠迸出。

「雷霆！」金雀花牆外傳來鋸峰的嚎叫。雷霆用鼻子在花叢底下拱出一條路，無視露珠刮擦他的脊柱。

「怎麼了？」他鑽到另一頭，心臟都要跳出喉嚨了，閃電尾也從他身旁破花叢而出，鋸峰一瘸一拐地走向他。

他的眼底閃爍著恐懼。「寵物貓把他們擄走了！」

「什麼寵物貓？」閃電尾皺起眉頭。

雷霆對他的問題置之不理。「龜尾呢？」

「她去追小貓了，」鋸峰氣喘吁吁地說。「她叫我回來，說我跟不上。」他痛苦地嘴唇彎扭。

「你們怎麼知道是寵物貓幹的？」雷霆問道。

「氣味，」鋸峰努力歇口氣。「我們追蹤小貓的行徑路線，結果發現它和另一條交會。石楠充斥著湯姆的氣味，龜尾一聞馬上就認出來了。」

湯姆！雷霆嚇得脈搏猛顫。原來龜尾昨天不是平白無故面露驚恐。「她去追他們了？」她怎麼有辦法隻身面對湯姆？小貓或許能給她義無反顧的抗敵勇氣，但同樣會使她情感脆弱——萬一他脾氣一來，對他們發飆呢？

雷霆思緒疾旋。「閃電尾，」他轉身面向黑色公貓。「跟我來。」他腦袋指向營區。「鋸峰，向高影和灰翅報告發生了什麼事。別讓灰翅跟上來，他病得太重了。跟他說如果我沒找到龜尾跟小貓，就絕不回來！」

他向前衝，朝河流那頭狂奔。湯姆打算拿他們怎樣？「動作快！」他聽見閃電尾的腳爪在他身後砰砰響。他們必須搶在龜尾之前追上湯姆，天曉得要是她試圖阻止他，他會對她下什麼毒手？

第十一章

「等等。」清天輕推阿蛇一下，要他止步。陌生的貓味撲鼻，教他抽動鼻頭。

這一區的森林呈脊狀線綿延，古木之間的坑劃立了邊界，遠方的河岸是一片沼澤草地。

「跟我來。」清天躡手躡腳地爬上移坡，往林木線的邊緣邁進，從樹蔭下凝望，陽光洗浴整片原野，他眨了眨眼。

「怎麼了？」阿蛇跟上腳步問道。

「你沒聞到嗎？」

阿蛇張嘴嘗嘗空氣，但清天早就發現有貓出沒。一隻毛皮亮潔、肩膀寬闊的公貓正在邊界另一頭的長草間迂迴行進，三隻小貓跟在他身後快步走。清天瞇起雙眼。這隻公貓紅銅色的毛皮帶著寵物貓的柔軟，但是那幾隻鬥志旺盛的小貓看起來又很野，他們怎會一道同行？

阿蛇在他身旁嘶嘶叫。

清天瞄了一眼這隻褐色的虎斑惡棍貓。只見他弓起背，刺蝟般地怒髮衝冠。「別激動，」他安撫道。「他們沒上我們的地盤。」

「但要是我在他們身上抓個一兩道，他們下回就連靠近都不敢了。」阿蛇屈身向前，齜牙咧嘴。

清天認可地點點頭。惡棍貓的侵略性日後會派上用場，但不是此時此地。「只是一隻寵物貓跟幾隻小貓罷了，」他說之以理。「何必大動干戈？」他甩一下尾巴，示意阿蛇往前進。「言語一樣可以強而有力。」他走出樹蔭，於草地間穿行。早晨的烈日當空，灼燒他的皮毛，他稱心如意地豎起毛髮，踏進寵物貓走的小徑，塌著耳朵與他正面交鋒。「你在這裡幹麼？」他咆哮道。

寵物貓停下腳步，他身後的小貓瞪大眼擠成一團，他們緊貼著寵物貓隆起的脅腹，喉嚨顫著微弱的吼聲，而他左右張望，彷彿在尋找逃亡路線。

「想逃？你省省吧。」清天瞥了阿蛇一眼，只見他正從草地溜過來。「這麼胖是跑不過我們的。」

寵物貓轉移腳爪的重心。「我名叫湯姆，請問我們誤闖您的領土了嗎？」他講起話來油腔滑調。「這我沒注意，請接受我的道歉。麻煩您行行好，指引一條方向，我們馬上就走。」他無辜地對清天眨眨眼。

清天哼了一聲鼻息。「那要不要我幫你們找點吃的呀？」寵物貓全是一個德性，他們不願自食其力，什麼都用求的。

「沒這回事。」湯姆畢恭畢敬地垂著頭。「我來這裡沒別的原因，純粹只是因為這是回家唯一的路，我真的沒意思向任何貓下戰帖，」他頓了一下，喉頭發出呼嚕呼嚕聲，「任何一隻像您這麼有威嚴的貓。」

清天的鬍鬚微顫，他樂見寵物貓討好自己，被稱讚為有威嚴，更令他竊喜在心，只是萬萬不可讓阿蛇和這名入侵者發現。他噘起嘴，「寵物貓，趕快回家。這片森林是我的地盤，」他往樹林那邊點了個頭。「我不喜歡有貓誤闖，也不喜歡有貓靠近。你隨便問問就知道，我的名字叫清天。」

湯姆的眼神不由自主地移向樹林。「是的，」他嗚嗚叫。「現在我知道侵犯了您地盤附近的土地，請您原諒。但我只是陪孩子回家人身邊罷了。」

阿蛇湊上前，惡棍貓口臭撲鼻，清天不禁皺起臉來。「小貓不是他親生的，」阿蛇嘶聲說。「你瞧瞧。他們像是野生小貓，身上只有肌肉和骨頭。」

「我知道啦！」清天猛地將阿蛇往後推，兩眼盯緊寵物貓。「他們看起來不像你親生的。沒你那麼胖。」

湯姆臉色強硬，目露凶光。

清天詫異地身子一僵。他豎起頸背的毛，向他走近。「他們是誰的小貓？」

「我的。」湯姆正面迎上他的目光。「但從我身邊被奪走，我現在要帶他們回真正的家，和我家人一起住。」

清天眨眨眼，好奇心在他的胃裡拉扯，但他置之不理。這不是他的問題，假如這隻寵物貓想偷野貓的小孩，那就隨他去吧，只要他沒到森林偷上門就好。況且，縮在湯姆身旁的小貓也沒有抱怨啊。虎斑小公貓的眼神吸引了他的目光，出奇地茫然，彷彿無動於衷地冷眼旁觀。

「滾吧。」清天讓路，把頭撇向兩腳獸的地盤。「也不准靠近。」小貓們急忙地跑過，灰毛公貓和玳瑁色的貓瞪大眼驚懼地望著他，那隻虎斑貓則好奇地歪著腦袋。

「我們不會回來的，我發誓。」湯姆把他們往前趕，同時瞥了清天一眼。「多謝了，您真是通情達理。」

清天挺起胸膛。「看吧，」他對阿蛇咆哮道。「這樣巡邏領土才對，不用流血他就知道這附近誰是老大，還會把消息放給他的寵物貓朋友。」

他躍向森林，溜進樹蔭下享受涼意。「回營區吧。其他巡邏隊應該回家了。我想在天黑前指導作戰訓練。」

阿蛇急忙跟在他身後。「所以你覺得會開戰囉？」他殷切地問。

「感覺我弟正在備戰。」清天急甩一下尾巴，他為什麼非得用打仗的方式來捍衛自己的所有物？為什麼灰翅不能尊重他的邊界？他更用力地用腳抵住林地乾裂的土壤，好幾天沒下雨了，毒辣的豔陽一定把高地貓給烤焦了，所以他們才恨他占據森林嗎？

「清天！」白樺開心地呼喚，迎接越過黑莓灌木進營區的他。

赤楊從紫杉樹下七手八腳地爬出來。「你回來啦！」

小貓們樂得雙眸發亮。

清天感覺皮毛下湧上暖流，但不久後取而代之的是針扎般的懊悔。如果他親手把雷霆拉拔長大，兒子會不會也這樣奔向他？他把這個念頭拋諸腦後，一切為時已晚，雷霆現在是灰翅陣營的貓了。

「我們可以操練嗎？」赤楊和白樺在他身旁止步打滑，阿蛇則走到獵物堆仔細挑選早晨獵回的食物。

「在旁邊看就好，」清天對他們說。「大貓們今天要操練，你們別礙事，但是盡量邊看邊學。」

有個什麼東西在他旁邊的地上發出巨響，清天猛一轉頭。

荊棘陷在泥地裡，露珠在她面前以後腿直立並伸出爪子，這隻瘦排骨公貓噘起嘴向前撲。

荊棘打滾閃開，灰毛糊成一片，接著躍起。她與露珠面對面，興奮地嗚嗚叫。「才沒那麼容易逮到我呢！」

露珠一掃尾，心情大好，目光炯炯有神。「總有一天妳會來不及溜。」

清天走到兩隻貓中間。「有操練，速度就能維持。」他環視林間空地。蕁麻、花瓣與葉青巡完邊界回來了，他們在橡木的樹蔭下躺著咀嚼獵物。快水靜靜梳理毛髮，落羽則在她身邊踱步。杉毬果在黑莓灌木邊休憩，下巴抵著腳爪，半睜半閉的雙眼盯著寒鴉哭。這隻高地貓幾乎沒離開過他在冬青灌木旁築的小窩，雖然落羽一直和他保持距離，但清天能看出她的目光有多常在她同胞弟弟身上流連。**別忘了邊界已將你們切兩半了。**

清天瞪她一眼，她遲疑了一下，然後繼續踱步。

他昂起口鼻。「是時候訓練作戰招數了！」森林貓在他一聲令下七手八腳地起身。清天用爪子在林間空地劃了個大圓，再站在圓中央。「在這裡伸爪子格鬥。」

快水眨眨眼。「這樣豈不會抓傷彼此？」

「不能冒受傷的險，」葉青跨步向前。「假如要開戰，我們必須維持身體強健。」

清天眼睛眨也不眨地迎上他的目光。「總得體驗一下什麼叫作為生存而戰，」他咆哮道。「如果操練只是打好玩的，等真上戰場時會比小貓還軟腳。」

阿蛇點點頭，露珠走到他身邊，他們雙眼發光。

「我先上。」阿蛇嘶嘶叫。

清天環顧群貓，視線停在落羽身上。「妳跟他對打好了。」他示意她進擂臺。

「不行！」寒鴉哭躍起，眼中閃著恐懼的微光，清天怒視著他。

「沒關係。」落羽對弟弟點了個頭。「我來跟他單挑。」她跨入擂臺，阿蛇也在她對面就定位。「要練什麼？」她問清天，視線始終沒從阿蛇身上移開。

「躺下。」清天對她說。

她猛一轉動口鼻。「什麼？」

她在質疑我，他已挫掉她的傲氣，她必須誓死效忠啊！畢竟營地裡的夥伴都很仰賴她，所以她一定要搏取眾貓的信任。「仰躺著。」他下命令，看她眼中閃爍驚懼的光，他滿意的蓬起毛皮。

快水走到擂臺邊。「清天，你這是做什麼？仰躺著要她怎麼打？阿蛇豈不是可以恣意弄傷她了？」

「如果你在戰爭中落敗，就必須知道該怎麼重振旗鼓。」清天對這隻母貓說。

清天回望落羽。「妳是要自己仰躺下來，還是要阿蛇把妳撲倒？」

落羽低聲嘶吼，側身躺下。她戒慎恐懼地觀察阿蛇，抵著脊柱蠕動身子。

清天轉身，對圍觀的貓發言。「阿蛇進攻的時候，落羽一定要把後腳的腳爪伸到他下巴底下。阿蛇的塊頭比她大，但她如果能善用自己的體重，應該就有辦法將他推開。」他對阿蛇點了個頭。「準備好了嗎？」

阿蛇亮出利爪。「準備好了。」他以落羽為軸心慢慢繞圈，從容不迫地打轉。

落羽來回轉頭，觀察不斷換邊移動的他。清天注意到她在發抖。恐懼能激起她的抗敵鬥志。

寒鴉哭的喉嚨傳來一聲低吼，清天瞪他一眼。「你只是來作客的，」他咆哮道。「給我安靜。」

阿蛇驚天一吼，撲向落羽的喉頭，他快如閃電，爪子往落羽脖子上插，她疼得不禁哀號。被掐住頸部的她叫不出聲，被他壓著的身子不斷蠕動。她哼了一聲抬起後腿，將重心移回肩膀。被壓在底下的她挪動身體，讓阿蛇的後腳鬆滑。接著她收起後腿，再往上抬，腳爪硬生生地勾住阿蛇的下顎。她一聲咆哮，將他高舉往後踹，踢飛到擂臺外。她縱身躍起，齜牙咧嘴地緊追在後。

「站住！」清天厲聲下令。

她呆站著轉過頭。

他朝地上畫的界線點了頭，她的腳爪出界了。「界外不許露齒或伸爪。」他提醒。

她脖子上的毛沾有血漬。「可是他弄傷我了。」

「而妳像隻狐狸身手矯健地應戰，」驕傲之情浮上清天胸口。「這門作戰課會令妳永生難忘。妳的仇敵只敢跟妳交手一次，下回見到妳會拔腿就跑。」

他對擂臺點個頭，要葉青和露珠上場。「輪到你們了，」他咆哮道。「別忘了，要伸爪子。」

等貓兒全都上擂臺練完，土地已濺的處處是血，毛髮也一簇簇地在林間空地飄蕩。

清天讚許地對貓兒點頭。「幹得好。」

快水用爪子揉揉口鼻部的一道口子，葉青舔食脅腹上的一處傷口。不過，他們的雙眼全都炯炯有神。森林貓每隻走起路來都虎虎生風，他們已對自己和其他貓證明了無論處境有多危險，即使看似一敗塗地，他們也能擊敗任何對手。

清天走向獵物堆。「你們一定都餓了吧。」他從頂部撿一隻歌鶇扔向露珠，接著又把一隻老鼠擲向花瓣，他將獵物一隻隻丟給旗下的貓，他們也一一接過，滿懷感激地點頭，找地方開始用餐。

「那我呢？」寒鴉哭從窩裡爬出來。

清天瞇起眼睛。「獵物是我們抓的，又不是你抓的。」他們為什麼該把森林裡富饒的食物分給一隻高地貓？

落羽走上前。「你答應雷霆他在這兒能吃得飽又平安。」

清天哼了一聲。「我只是說雷霆想聽的話，又沒逼他一定要相信我。」

寒鴉哭橫越林間空地，走向黑莓灌木的裂口。「那我吃自己獵的。」他咆哮道。

「不准在我的領土打獵。」清天凶狠地說。

寒鴉哭旋即轉頭。「那我去高地獵！」

「給我待在這兒，」清天怒吼，恐嚇意味地瞇起眼。「不然會也不用開了。」

快水從她被分到的樹鼩前抬起頭。「還有兩天才開會欸！他會餓壞的。」

「貓餓個兩天餓不死的。」清天甩了一下身後的尾巴，貓幾個月沒進食才會出事，這是他從前在山上親眼見證的。

寒鴉哭氣鼓鼓地嘀咕幾句，悄悄爬回窩裡。

高地蠢貓。怒意在清天毛皮下搏動，**總是奢望比他們應得的更多**。

他高視闊步地離開營區，氣寒鴉哭將他先前培訓課的喜悅一掃而空。他出於本能走向草坪邊界，雖然預感寵物貓已經走了，他還是想檢查一下。他曾輕信於貓，也曾受騙。等他抵達森林邊境，感覺飽受烈日曝曬的溼地將正午的暑熱滾滾推進，便嘗了嘗空氣。寵物貓的氣息雖已陳舊，卻被一股新鮮的味道汙染，而且這股味道他認得。

雷霆！

他奔向前，衝出樹林。

他能看見兒子的橘色毛皮在長草間移動，他躍向他。「你幹麼聞我的邊界？」他耳朵攤平，在雷霆面前停下來。

雷霆抬起頭。「我又沒進你的領土。」他心神不定地嘗嘗空氣。

清天暴怒，胃裡不斷抽動。「離我的地盤遠一點！」

他身旁的青草窸窣作響。有隻黑貓鑽了出來。「有沒有沒找到——」他一瞧見清天馬上住口。「我們又沒越界。」他凶巴巴地自我辯護。

「那你們來這兒幹麼？」

雷霆放眼遙望草地。「我們在找貓。」

清天聞了聞閃電尾，他的氣味很熟悉，是不是寒鴉哭的其中一個小孩？「你是來找父親的嗎？」他狐疑地瞇起眼。

雷霆轉向他。「龜尾的小孩失蹤了，可以嗎？我們正在找，你有沒有看到他們？」

閃電尾屈身向前。「還是看到龜尾？」

清天攤平耳朵，別過目光，咕噥著說：「或許那些小孩應該和他們的父親生活。」

「是嗎？」雷霆吼道。「所以你才把我送走？送走兩次？」

清天發現雷霆豎直頸背的毛。「我這麼做是為了你好！」

「多謝你。」雷霆譏諷道。

閃電尾在草地穿行，露在長梗上的尾巴在抽搐。「還是繼續找吧。」他凝視草坪。

雷霆仍緊盯清天不放。「你看到他們了沒有？」他再問一遍。

「沒！」**為什麼我該幫你和你的笨朋友？**龜尾弄丟小貓了是她活該。他想起赤楊和白樺在坑地等他，當他返回營區時，他們又是怎麼兩眼有神地奔向他。他們說什麼都不會跟陌生的貓跑掉，他們想待在他身邊，雷霆一心只想待在灰翅身邊，如今這個答案再清楚不過了。

「別進我的地盤！」他尾巴一甩，轉身大搖大擺地走進森林。

第十二章

清天真的沒看到小貓嗎？雷霆感覺父親有些賊眉鼠眼。可能因為他遇見閃電尾，才會心神不寧吧，畢竟他挾持了寒鴉哭。不管怎樣，雷霆都知道清天不會幫忙，所以也不想白費唇舌多問什麼。

草坪中央有棵楓樹獨自聳立，並已冒出新葉。「過去聞聞看吧。」閃電尾朝那頭走。「小貓說不定在樹蔭下乘過涼。」

閃電尾左彎右拐地穿過草地，雷霆跟在他身後。草莖愈加濃密，腳底的土地也轉為沼澤，他們啪嗒啪嗒地越過淺水區，抵達楓樹。令他寬慰的是地面高於樹根，因此它在溼漉漉的寬闊草坪中形成一座島嶼。他甩掉腳爪上的水。「有什麼跡象？」

閃電尾正在聞樹的基部。「貓味！」他興奮地甩一下尾巴。

雷霆衝上前聞樹皮，失望猶如石頭落在胃裡。「是隻母的惡棍貓。」**不是寵物貓，也非高地貓。**

「也許惡棍貓見過他們啊，」閃電尾滿懷希望地提議。「找到她的話可以問問。」

雷霆以後腿直立，伸長身子，掃視草坪。儘管樹周圍的氣味還很新鮮，他卻遍尋不著其他貓的蹤跡。他重重嘆一口氣，前腳重新落地。「太遲了。她已經不在附近了。」

「你確定？」他們頭頂傳來貓叫聲。

雷霆口鼻部往回急轉，仰望隨風搖曳的樹葉深處。

只見有張橘臉回望著他。一隻母虎斑貓蜷在枝頭。「我看你們在草坪上聞來聞去都看幾百年了，」她善意地嘲弄。「你們居然沒發現我在這兒。我很驚訝你們早上醒來尾巴沒有不見。」

「妳有沒有看見三隻小貓？」雷霆愁到沒空回應她的奚落。「他們八成跟著一隻寵物貓，是隻公貓。」

母貓爬下樹幹，輕巧地落在他身旁。「我叫迅猛。」她自我介紹，尾巴抬得好高，繞著雷霆和閃電尾轉圈。

雷霆挫折地毛皮發癢。「妳有沒有見到他們？」

迅猛聳聳肩。「有，不過你找他們幹麼啊？」

「他們被拐走了。」閃電尾向她解釋。

迅猛眨眨眼。「他們看起來不像被拐啊，興高采烈的跟著那隻公貓。依我看，他一定是他們的父親。」

「是沒錯啦。」雷霆火大打岔。

「那還有什麼問題嗎？」迅猛對他眨眨眼。

雷霆腳爪扣住土壤。「他是隻殘忍的寵物貓，不但傷害小貓的母親，又未經她允許把小貓帶走。」

「小貓的母親在哪兒？」迅猛不再繞圈子。「難道不該由她出面找貓嗎？」

雷霆要對這隻好管閒事的惡棍貓失去耐性了。「她先出發了。我們正在努力，希望比她搶先一步找到寵物貓。」

「為什麼？」惡棍貓歪著腦袋問。

「因為他很凶殘，可能會傷害她！」雷霆把口鼻探到迅猛面前。「知不知道他們往哪兒走？」

迅猛尾巴一甩。「他們穿過草坪，向河岸走去。」

「那條路不是通往兩腳獸的地盤嗎？」閃電尾踱起步，掃視汪洋般的草地。

「對。」迅猛嗅了嗅。「等他把小貓帶去那裡，要找他們就困難重重了，那裡又吵又臭，任誰都聞不出他們的行經路線。」

雷霆心兒怦怦直跳。「我們會在他們到兩腳獸地盤前追上他們的。」

「祝你們好運。」迅猛步下斜坡，潛入長草間。

雷霆目送她隱沒草中。小貓是多久前經過這條路的？起碼他們並不害怕。迅猛說他們跟他走開心得很，**怎麼會這樣？**他胃裡隱隱作痛，**我們把孩子養得太輕信不疑了！**或許清天是對的，仁慈是貓兒不該養成的一項弱點，這使他們變得軟弱。

「走吧。」閃電尾已往河畔出發，他鑽進草叢，雷霆匆匆跟上。

他們要怎麼過河呢？小貓又是怎麼過河的？他的胸口燃起一線希望，也許他們過不了啊！說不定他們會在河畔找到小貓和龜尾呢。

那湯姆呢？不禁一番激戰，他是不會輕易放小貓走的，畢竟都把他們拐這麼遠了。

雷霆跟著閃電尾，用肩膀在茂密的草叢中開路。年輕公貓的尾尖在離他一個口鼻遠的前方彎繞，它一溜出視線外，雷霆也衝出草地，步上鵝卵石河岸。閃電尾走到水邊，目光鎖定彼岸。河水很寬，但在炎炎夏日顯得意興闌珊，懶洋洋地在兩邊河岸間流動。

「你會不會游泳？」閃電尾回頭問。

雷霆搖搖頭，他越過鵝卵石，站在河邊，河水刷過他的爪尖，令他打了個寒顫。他掃視河畔，睜大眼尋找小貓的蹤影。河濱宛如鬼城，彼端也空蕩蕩的，只有一隻青蛙在不遠的下游聒噪地叫。

「我聞到龜尾的氣味了！」閃電尾低頭開始聞石頭，他往下游走。「她肯定是走這條路。」

雷霆也湊上前，當他聞到龜尾熟悉的氣息，精神為之一振。他的口鼻部掠過石塊，順著氣味走。

閃電尾跟在他身後。「你覺得她過河了嗎？」

「如果小貓過了河，那她也一定會找到方法追。」

「但小貓是怎麼過河的？」閃電尾眉頭一皺。

「可能寵物貓會游泳吧。」雷霆幻想湯姆拽著驚恐的麻雀毛渡河，再游回來接礫心和梟眼，他在石頭上的步伐踏得更急了。

「你看！」閃電尾的叫聲響徹微光閃爍的空氣。

雷霆猛一抬頭。「怎麼了？」

「過河石橋！」

往下游走一點的水面，有排扁平的石頭。石頭點綴河面，從一頭延伸到另一頭，河流則在石橋周圍潺湲。石橋間的間隔窄小，成年貓得以輕易躍過——就算啣了隻小貓在嘴邊擺盪也不是問題。

雷霆心一沉。「湯姆一定是帶他們走那條路。」

「那龜尾肯定也跟去了！」閃電尾從雷霆身邊疾馳而過，奔向石橋。他從河畔躍向第一顆石頭，跳過一顆又一顆的石頭，目光鎖定遙遠的彼岸。

「小心點！」雷霆跟在他後面追，鵝卵石在他腳底下劈啪響。過河石橋經過無數季節的風吹水沖，變得無比光滑。「石頭可能很滑。」

閃電尾的其中一隻腳正好在他開口的同時打滑，雷霆聽見他下巴砰地一聲撞上石頭，不禁倒抽一口氣。「不！」閃電尾翻了個白眼，暈了過去，跌進水裡。

河水靜靜地、順滑地，把他往下拉。

「閃電尾！」雷霆伸長腳爪，躍過過河石橋。

黑毛在水面下打轉，已經離他幾條尾巴遠了。閃電尾甚至沒有掙扎，這一跌想必把他撞暈了。雷霆連跑帶滑地在過河石橋中央止步。河水比表面更急更猛，**從這裡說什麼都搆不著他的！**他站在一顆石頭邊搖搖欲墜，準備潛入水中。

我得試著救他！他能游那麼遠嗎？接下來呢？他有力氣把昏倒的朋友拖上岸嗎？

彼端的河畔傳來水花的潑濺聲，雷霆看見一個身影滑過水中，嚇得倒抽一口氣。有隻公貓的腦袋浮出水面，啪嗒彈掉耳尖上的水，流暢地游向閃電尾。

河波！雷霆一認出那隻公貓的銀毛，胸口便滿溢希望。他躍過最後幾顆石頭，抵達彼岸，再奔向河波潛入水中的河畔。

惡棍貓追上被河水沖得團團轉的閃電尾，抓住無助公貓的頸背，轉身並將閃電尾往河畔拖。

雷霆的毛皮隨之放鬆。他涉水入淺灘，和靠近水畔的河波會合，一口咬下閃電尾的毛皮，幫惡棍貓把朋友救上岸。

他們把他擱在鵝卵石上，閃電尾石頭似地一動也不動。「他是不是死了？」雷霆對河波眨眨眼，他們是不是搶救不及？

河波把耳朵貼著閃電尾的胸口，接著用前爪搥他。「他還活著。要是我能把水壓出來就好……」他話愈說愈小聲，因為被他壓在身子底下的閃電尾正在痙攣。

黑色公貓眼睛半睜，嘴裡發出咯咯聲。他咳出滿嘴的水，接著手忙腳亂地站起身。他蹲著身子，任水稀里嘩啦地傾口而出，雷霆不禁懷疑他把半條河的水都嚥進肚裡了。

「他現在沒事了。」河波冷靜的嗓音傳進他耳裡。

雷霆不停轉圈。「謝謝！」他高聲向惡棍貓道謝。「要不是你出手相救，我真不知該怎麼辦。」

河波聳聳肩。「一是想辦法學會游泳，二是沒學好被淹死。」

「河波，謝了。」閃電尾扯開嘶啞的嗓音說。

河波抖鬆一身皮毛。水濺到雷霆身上。「小心點啦！」他氣急敗壞地說。

河波樂得嗚嗚叫。「你們高地貓還真不喜歡弄溼身體啊。」他瞄了閃電尾一眼，只見溼漉漉的毛皮貼著他精瘦的骨架。「那下雨天怎麼辦？」

「又不可能被雨淹死。」雷霆咕噥道。

「你們來這兒到底有何貴幹？」河波掃視他們身後的河畔。

雷霆點了個頭。「我們來找小貓的。」

「龜尾生的？」河波瞇起眼。

「你見過他們？」雷霆傾身向前。

河波搖搖頭。「沒，但我聞到龜尾的氣味。」

「她也在找小貓。小貓的寵物貓父親把他們從營區擄走，」雷霆向他解釋。「我們猜他把小貓帶回他家人身邊了。」

「兩腳獸的地盤？」河波瞄一眼身後那片蒼翠的草地，只見彼端矗立著巨大幽暗的形體，襯著地平線顯露鋸齒狀的外觀。

「對。」閃電尾不再咳嗽，挺直身子。「你去過嗎？」

河波點點頭。「那裡有條小河，不過臭死了。」他不寒而慄。「轟雷路跟怪獸幾乎無所不在。」

雷霆攤平耳朵。「我從沒近距離看過轟雷路。」他曾聽年長的貓提過，也在遙遠的高地邊境底下親眼見過。遠方的怪獸在轟雷路上疾駛而過，好似晨光下的金龜子閃閃發亮，牠們的高聲哀鳴能穿透他的耳毛。「我們要盡快趕去那裡。」看來龜尾和小貓的處境遠比他想像中危險，他熱切地凝視河波。「可以請你幫忙嗎？」如果這隻惡棍貓到過兩腿獸的地盤，應該就能幫他們找路。

「你說有隻寵物貓拐走龜尾的孩子？」

雷霆點點頭。「我們得把小貓要回來。」

「好吧。」河波瞄了一眼身上還在滴水的閃電尾。「把毛甩乾我們就上路吧。」

雷霆聽了馬上退後，但還是慢了一步，閃電尾聽河波的話甩毛，害他渾身溼透。惡棍貓看雷霆皺著臉甩掉鬍鬚上的水，樂得哼了一聲鼻息，然後潛入草中。

蒼翠繁茂的草坪漸漸稀疏，兩腳獸地盤的暗影也陰森逼近。雷霆聽到怪獸在遠方發出嗡鳴，整條脊柱的毛都豎了起來，舌頭也感覺浸在酸水中。沒過多久，他們便穿越一片短草，前方有排細長的樹，等他們走到樹枝下，避開酷暑烈日，雷霆這才鬆口氣。

河波止步。「準備好了嗎？」他朝前方那排灌木點個頭。「後面就是兩腳獸的窩了。」

雷霆和閃電尾互換一個眼色。「我向灰翅保證我會帶龜尾和小貓平安歸來。」他怕得繃緊脊椎那排肌肉。「你們想留在這裡等我也行。」

「沒這回事！」閃電尾一甩尾巴。「我們兄弟同進退。」

雷霆對河波點個頭。「你想掉頭的話沒關係。」

「我捨命陪君子，」河波堅定地對他說。「如果你們從沒近距離見過轟雷路，就會需要我幫忙。」雷霆和閃電尾跟著河波穿過籬笆裂縫，沒料到這頭竟有一片寬闊的草地，而且兩邊各有一簇花叢。怪獸和轟雷路呢？他探詢地瞄河波一眼。

「跟我來。」惡棍貓貼著花叢，匆匆越過草地。一塊巨石陰森地矗立在草地盡頭，它四隻方形的眼睛發亮，好像在瞪雷霆。「這裡安全嗎？」被毛皮包覆的他縮著身子。

「別擔心，」河波回頭呼喚。「這只是兩腳獸築的一個窩。動作快！」

雷霆跟在他後面跑，很驚訝腳底下的草地竟如此柔軟。高地尖釘一樣的粗糙草地跟這裡沒得比。

河波奔向這個窩與下個窩間的小峽谷，被陰影吞沒的雷霆加快腳步。「你還好嗎？」他輕聲問閃電尾。

「我沒事，」閃電尾答覆。「只希望趕快找到龜尾跟小貓。」疑惑使他反胃作嘔。「你覺得他們真走過這條路嗎？」

「我還沒聞到他們的氣味。」閃電尾一面答覆，一面跟著河波進峽谷。

雷霆一張嘴，就有股刺鼻的濃煙湧入。這裡臭氣薰天，要怎麼聞到小貓的味道？

河波在峽谷盡頭止步，凝望外頭的陽光。雷霆在他身邊停下來。「現在要去哪？」

河波聳聳肩。「這對貓來說，是最方便進入兩腳獸地盤的一條路，寵物貓多半在這裡通行，那隻公貓可能就是從這兒進來的。」

「那龜尾八成會緊追在後。」閃電尾呢喃道。

「但願如此。」雷霆陰鬱地咕噥。他順著河波的目光往去，烈日照得他瞇緊雙眼。一瞧見前方平地有個發亮的龐然大物，他不禁心頭一怔。「那是怪獸嗎？」他一岔氣，差點說不出話。它比高地裡的任何一塊石頭都大，倚著四隻黑色巨爪靜靜棲息。

「別擔心，」河波低聲說。「它睡著了。」他衝向前，蜷在怪獸其中一隻惡臭的圓爪旁。

雷霆也拔腿就跑，閃電尾跟在後頭。「現在去哪兒？」

河波朝怪獸後方點了個頭。只見轟雷路的兩邊，有更多怪獸蜷伏在更多的兩腳獸窩前。「我們必須沿著這條轟雷路檢查每個窩，」他低語道。

閃電尾目瞪口呆。「每個窩？」

雷霆眨眨眼，這裡的兩腳獸窩多到數不清。「萬一他們不在這兒呢？」

「類似這裡的地方還有很多，再找就是了。」河波對他說。

雷霆心一沉。**我答應灰翅會找到他們的！可是現在看來大概要找一整夜了。**他挺直腰桿，嘗嘗空氣。

怪獸那頭傳來一聲砰然巨響。

「怎麼回事？」他驚懼地凝望河波。

惡棍貓的目光啪地往上翻。他們面前有隻兩腳獸坐在怪獸裡。「快跑！」河波衝向前。「離開這裡！」

怪獸一聲轟鳴，醒了過來，它貼著雷霆的脅腹顫動。他在驚慌之下亂了方寸，只能跟著河波跑。閃電尾的毛皮在他身旁閃現，在此同時，怪獸發出震耳欲聾的咆哮，向前躍進。它長嘯著轉身，黑色的巨爪從雷霆的尾巴用力扯下一簇毛。他向旁邊一彎，在硬石地上奔馳，接著轉身，打滑止步。

年輕的公貓一頭栽進他的側身，兩隻貓在地上連滾幾圈。

怪獸在幾條尾巴遠的距離躍上轟雷路，揚長而去，噴出嗆鼻的熱氣。

雷霆目送它離去，直到它消失在視線範圍。他氣喘吁吁。「差點被它撞死！」他上氣不接下氣地說。

閃電尾全身顫抖地縮在他身邊。

河波悄悄從兩腳獸窩前種的一棵灌木步履蹣跚地走來。「或許我們該離怪獸遠一點。」

「你現在才有覺悟啊？」雷霆挖苦他。他回望棲息在下個和下下個窩前的怪獸。又有一隻怪獸從轟雷路疾駛而過，發出通天巨響。這裡的怪獸比兩腳獸還多！「但是想躲它們應該不容易。」

「雷霆。」閃電尾顫抖的低語傳進他耳門。

「怎樣？」雷霆疲憊地轉頭面對朋友。

閃電尾驚恐地瞪大眼，凝望他身後。

雷霆循著他的視線望去。有個長了橘斑和黑斑的白色形體，宛如被棄置的獵物倒在轟雷路旁。恐懼掏空雷霆的胃，只因他認出那面目全非的玳瑁色毛皮。他嚇得毛髮倒豎，呆若木雞，不想走近去看，但閃電尾已悄步向前。

「龜尾？」年輕公貓哽咽地說不出話來。「龜尾？是妳嗎？」

雷霆吸了口氣，發現死亡的氣息撲上鼻頭。「龜尾！」他幾乎聽不到閃電尾的哭聲，因為痛徹心扉的他已感到麻木，倒向了無生氣的屍首。

第十三章

雷霆喉頭緊縮。

閃電尾蹲在這隻母貓面前，瘋了似地舔她臉頰。「龜尾，醒一醒啊！是我們！我們來了！」

雷霆躡手躡腳地靠近。龜尾躺在石地上，身體古怪地扭曲，爪尖磨損，嘴有血漬，瞪大的雙眸晦暗無光，對一切視而不見。

「看樣子是被怪獸撞到了。」河波在雷霆身後駐足。

「你怎麼知道？」雷霆盯著惡棍貓。

「我以前見過。看她爪子就知道，怪獸撞上她時，她亮出爪子，在硬石地滑行時，又縮起爪子。」河波哀傷地凝視龜尾的屍體。

「醒醒，龜尾！」閃電尾用前爪搖她，回頭瞄雷霆。「我們得幫她暖身，快點！」

雷霆蹲在他身旁。龜尾的身體快要沒有溫度，他知道回天乏術了。「閃電尾，她死了。」他感覺很疏離，打擊太大全身麻痺，自己的話聽在耳裡彷彿不是自己說的。

「不！」閃電尾用鼻子輕推她肩膀。「她只是受傷而已，雲點會有辦法幫她治病的，只要把她帶回家，她就不會有事。」

雷霆思緒紊亂，營區的點點滴滴又浮上心頭，這時腳底的地面似乎也開始搖動。他想起他緊靠著龜尾，看風奔的寶寶吸到世上的第一口氣，現在她卻死了。她再也看不到小貓長大，再也看不到自己的孩子跨過成年大關。他悲從中來，最後難以呼吸。「龜尾。」這聲呼喚只成嗚咽。

就在他開口的瞬間，一隻怪獸拐過轉角，朝他們急駛而來。雷霆心驚肉顫，連忙拽著閃電尾頸背的毛往後跳。怪獸呼嘯而過，他嘴裡銜著的那隻黑色公貓嚇得不敢動彈。兩腳獸的臉孔從裡面往外望，只見牠們瞪大眼，用爪子指著貓，嘴裡還念念有詞。怪獸薰天的臭氣扯動龜尾的毛髮，所以有那麼一會兒，她好像在動。但當怪獸在遠方消逝，她又像先前那樣靜靜躺著不動了。

「將她從轟雷路帶走吧。」雷霆的耳畔輕輕響起河波的嗓音。這隻惡棍貓將口鼻拱到龜尾的脅腹底下。「把她扛在我肩上。」

閃電尾不可置信地瞪大眼，往後退了幾步。

雷霆行屍走肉般把龜尾的屍體推到河波背上。她癱軟無力地懸著，他用臉頰推擠她的脅腹，笨拙地將她扶好，讓河波蹣跚走向兩腳獸獸窩外的灌木叢。

惡棍貓頭一低，讓她從肩膀上滑下來。她頹然倒落在亮粉色花叢的泥土地上。

閃電尾渺無希望地望著她的屍體。「她不會醒來了，對不對？」

雷霆用口鼻部蹭閃電尾的臉頰。哀慟如烈焰烙印他的心，令他難以呼吸。想當初，他們還是幾個月大的小貓時，就認識龜尾了。如今她卻已嗚呼哀哉。

「對。」他輕聲說。

「幫我把她推到不被看見的地方。」河波呢喃道。

「不要！」閃電尾慌了，眼眸一亮。「不能就這樣，應該將她隆重下葬。」

雷霆迎上公貓同伴的目光，眼睛針扎般刺痛。「不能把她直接埋在這裡；扛她回家的話，路途又太遙遠。如果我們帶小貓原路折返，絕對不能讓他們看見媽媽的死狀。」他用鼻子往龜尾肩膀底下推，幫她翻個身。她在花叢下撲通一聲翻過來，爪子拂過樹枝。枝葉不停顫動，花瓣也如陣雨落在雷霆身上。他將花瓣抖落，心隱隱作痛。他該怎麼將這件事向灰翅解釋呢？

河波吸引了他的目光。「她會希望我們幫她把小貓找回來的。」

雷霆點點頭。「現在能不能帶小貓回家，全看我們了。」

「問題是要怎麼找呢？」閃電尾到處張望，視線在一個又一個的兩腳獸獸窩間遊移。「我們又不知道小貓在哪裡。」

「我們能認得他們的氣味呀。」雷霆揚起口鼻部。

河波若有所思地瞇起眼。「我認識一隻寵物貓，或許她能幫上忙。跟我來。」

雷霆心裡閃現一絲希望，胃裡也跟著翻攪；惡棍貓帶頭，穿過成排的兩腳獸獸窩，接著轉個彎，走進兩堵高石牆間的窄道。他跟在後頭，輕推閃電尾前行。這隻公貓左搖右晃，無法專注走路。「等之後再傷心吧，」雷霆咆哮。「小貓需要我們。跟湯姆在一起，他們的安全堪虞。」

閃電尾陰鬱地望著雷霆。「我不敢相信她已經死了。」

雷霆瞪著他。「你一定要堅強。那些小貓需要你堅強起來。」

「你要一起來嗎？」河波的嗓音在暗處迴盪。

閃電尾點點頭。「要。」他快步跟上惡棍貓。

聽見朋友流露堅定的語氣，雷霆這才放心、跟上前去。

「花兒住在這裡，」河波對他們說，並踏進陽光下，走到兩腳獸獸窩背面，矮樹叢圍繞的那片寬闊草地。「她是隻和藹可親的小虎斑貓，而且很好管閒事。無論發生什麼事，她這個包打聽肯定知情。」他朝兩腳獸獸窩背面的一個小洞點了個頭。小洞看起來像是一個隧道入口，上面覆了層薄冰。「我去看她在不在家。」

他悄悄穿過窩外有圖案的石頭地，在隧道外止步。他舉起一隻爪子輕敲冰原。

冰原嘎嘎作響，他往後退。

雷霆對他眨眨眼。「現在呢？」

「等就對了。」河波瞄了他一眼。「你先躲起來，否則會嚇著她的。」他指向窩外牆旁矗立的一根亮晶晶的圓柱體。

雷霆皺起鼻頭，這裡有股屍臭味，他往那柱體後面躲。

閃電尾也溜到他身旁。「我從沒想過有天要躲寵物貓。」

不久後，冰原再度嘎嘎響，他聽見一聲貓叫。

「河波？是你嗎？」兩腳獸的窩外傳來溫柔的嗓音。

河波也柔聲回應。「花兒，妳好。」

「你來這兒幹麼？」花兒問他。「我還以為你不喜歡到兩腳獸的地盤呢。」

「是不喜歡啊，」河波對她說。「可是我現在身負重任。」

「真的假的？」花兒好像欽佩萬分。「什麼重任？」

「我跟朋友一起來的。」

「誰？」花兒的叫聲轉為警戒。

「他們住在高地。」

雷霆不耐煩地傾身向前。**講重點啦！**

河波繼續往下說。「他們從沒來過這兒，因為有隻寵物貓拐走他們的小貓，他們才上門，想把小貓要回去。」

「拐走他們的小貓？」花兒嗓音流露出驚恐。「他們在哪兒？」

雷霆從藏匿處偷瞄這隻豐腴的虎斑白毛寵物貓，看她往陽光下走幾步。她抽動鼻頭，掃視花叢，一和雷霆四目相接，便呆若木雞。「他是其中一位？」她對河波嘶叫。

雷霆步出暗處。「抱歉打擾了。」他友好地抬起尾巴。

一見閃電尾也跟著他出來，花兒便往後退，豎直毛髮，她瞄向她的隧道。

「拜託別走。」閃電尾苦苦哀求。

「我們一定要找到小貓。」雷霆對她眨眼。「他們現在有危險。」

花兒歪著腦袋。「真的假的？」

雷霆點點頭。「有隻寵物貓從貓媽媽身邊拐走她的小孩。」他想起龜尾孤伶伶地倒在花叢下，咽喉不由得緊鎖。

花兒眉頭緊鎖。「哪隻寵物貓？」

「他名叫湯姆，紅銅色的，毛色非常光亮。」

花兒眼神轉為冷酷。「我認識湯姆。」她語氣裡盡是不屑。「他是個小霸王。」

雷霆點點頭。「所以我們才非得把小貓要回來啊。」希望似針扎著他的腳底。「可以請妳幫忙嗎？」

花兒已邁開大步經過他身旁，朝兩窩間的陰暗裂縫走。「跟我來。」

雷霆跟著花兒沿著裂縫走，當步進陽光的同時，也聽見閃電尾和河波跟在他身後。她走到轟雷路的邊界，先朝空蕩蕩的石子路兩頭望，再狂奔而過。雷霆毫不遲疑地將龜尾的回憶從思緒推離，花兒正要帶他去見小貓，他感覺得到。她昂首挺胸，步伐堅定，而且方向明確。

閃電尾這隻公貓跟上腳步，來到他旁邊，毛皮和他相互磨蹭。他們潛入某個兩腳獸窩旁的通道，窩的四周蓋了木頭高牆，步道殘破，砂礫戳進雷霆的肉趾。他回眸一瞥，河波也跟上來了。

通道一分為二，一條通往開闊的草地斜坡，另一條在兩排窩之間蜿蜒。花兒選了那條彎路，一路走到分岔路。她不斷前行，一次又一次地挑選岔路，搞到最後雷霆都不確定他們能否原路折返了。怪味撲鼻而來，他戒備地豎起皮毛，木牆的彼端傳來兩腳獸幼兒的哭聲，一尾遠的距離外也忽然響起狗吠聲。雷霆嚇得動彈不得，心裡七上八下。

「別擔心，」花兒轉頭叫喚。「牠翻不過籬笆的。」

她加快腳步，沿著另一條通道走，走到盡頭可見它通往一條寬敞的石子步道。其中一側是一長排的兩腳獸窩，另一側則是一道石牆。

「湯姆在其中一間出沒。」花兒指向獸窩。

「跟他家的兩腳獸？」雷霆皺起眉頭。「不會太小嗎？」他們目前看到的獸窩都挺大的。

「他家的兩腳獸住在那後頭的大窩，」花兒指向從一排小窩後方隆起的大窩。「矮房是兩腳獸用來關怪獸的，湯姆家的兩腳獸沒養怪獸，所以他在那裡出沒。」她轉身準備沿著通道往回走。

雷霆對著她的背影乾眨眼。「不告訴我們是哪個窩嗎？」

花兒回眸。「你們會找到的。」她目光中閃爍著不安。「如果被湯姆發現是我帶你們來的，他肯定會氣炸。祝你們好運。」她點了個頭，匆匆步回通道，消失在轉角。

雷霆凝視成排的獸窩，不去理會毛皮下放射的恐懼，他昂起口鼻。「走吧。」越過石子路的同時，他的耳朵不斷轉向，聆聽怪獸的咆哮聲，他只能聽見大石窩彼端遙遠的轟鳴。閃電尾走到他旁邊，河波來到他另一側。

雷霆嘴一張，盡量不去嘗他舌頭上包覆的那層兩腳獸酸煙，專心尋找湯姆的些許氣息。

閃電尾在他身旁愣住。「我聞到味道了！」

「什麼味道？」雷霆止步。

閃電尾伸到鼻下的舌頭呈粉紅色。「小貓味！」他加快腳步。

「等等！」雷霆趕忙跟上。「怪獸住在那裡欸！要是其中一隻無預警跳出來怎麼辦？」

河波也趕上前。「別擔心，牠們要是醒來，你會聽見的。」

閃電尾經過第一個怪獸窩，加速走過第二個，然後乾脆以跑代走。雷霆跟著連跑帶跳，他背後的河波也緊跟在後。

「這裡！」閃電尾緊急停下，雷霆和河波在他身後手忙腳亂地止步。眼前有個打開的窩探進寬闊的石子路，閃電尾蹲在一邊往裡窺視。

「看到他了嗎？」雷霆躡手躡腳地向前。

閃電尾伸長身子，探往寬廣的裂口。「看到了。」

雷霆心跳加速。

小貓的叫聲在裡面迴蕩。「我餓了！」

梟眼！雷霆倒抽一口氣。

「我也是。」麻雀毛附和道。「你是不是馬上要外出打獵了？」

雷霆溜過閃電尾身邊往裡望。陽光照進寬敞的方形出入口，照得塞滿雜物的窩閃閃發光。一股濃烈的氣息向外飄送。湯姆在後牆附近繞著小貓打轉。「我們不用打獵，」他對他們說。「很快就有食物送來了。」

「我們不用自己去抓吃的嗎？」麻雀毛問他。

「很快是多快？」梟眼喵喵問道。

「我們不能在這裡久留啦，」礫心兩隻眼睛圓滾滾的。「否則龜尾會擔心的。」

「她知道你們跟我在一起。」湯姆對他嚴厲地說。

騙子！雷霆毛皮下的血液怒火中燒。

湯姆繼續往下說。「況且你們也不想回家吧，這裡多好玩啊，對不對？」

「我不喜歡這裡。」梟眼盯著那團雜物，皺起鼻頭。

湯姆突然一愣，耳朵轉向後牆的一角，他一定是聽見什麼了。

雷霆伸長耳朵聆聽，沉重的腳步正逼近獸窩。

湯姆舉起尾巴。「你們三個先躲起來，看我要花多少時間找到你們好不好？」

麻雀毛開始往出入口跑。「你永遠都找不到我的！」

雷霆身子一僵。「我們來把小貓搶回來，」他對閃電尾和河波嘶嘶叫。「我抓麻雀毛，其他兩隻交給你們。」

麻雀毛愈跑愈近。他往下蹲，心跳加速。

「麻雀毛！站住！」湯姆語帶驚慌的嚎叫。「待在窩裡！」

麻雀毛止步打滑。

狐狸屎！雷霆將河波與閃電尾往後推。「等一下。」

「為什麼不能出去？」麻雀毛轉身對湯姆眨眨眼。

「因為我規定的！」湯姆緊張地往獸窩深處瞥一眼，那裡的腳步聲愈來愈大。「只能躲在窩裡就對了，動作快！」

礫心倉皇跑到一堆雜物後面，梟眼鑽進地上一大塊皺巴巴，被弄髒的毛皮下。麻雀毛飛快掃視環境，然後溜到一片長木板後方，她尾巴輕甩，一消失在視線範圍，獸窩深處便開了一扇門。

有隻兩腳獸走進來，從後頭湧入的日光勾勒他的身影。

湯姆抬起頭。「你好。」他瞄瞄叫。

兩腳獸也瞄瞄回話，接著一邊咕噥，一邊橫越獸窩，開始撫摸湯姆。

湯姆揚起尾巴，滿足地高聲叫。

「噁心！」雷霆身邊的閃電尾不寒而慄。

河波擠到他身邊，朝出入口的周圍望。「他為什麼要把小貓藏起來，不讓他家的兩腳獸知道？」

「他顯然不想讓牠發現他偷渡野貓。」雷霆眯起眼，如果非要躲躲藏藏，又何必硬帶小貓回家？這麼做是為了折磨龜尾嗎？怒火在他胃裡翻攪。他這麼做把她給害死了！

兩腳獸彎下腰來，往獸窩盡頭的一個空心小石碗嘎啦嘎啦地倒莓果。

「那是吃的嗎？」閃電尾邊問邊抽動鼻頭。

「對。」河波噘起嘴脣。「我吃過寵物貓食。難吃死了。」

兩腳獸不倒莓果了，湯姆竟可憐兮兮地哀號，伸爪子拚命拉兩腳獸的毛皮。

兩腳獸又咕噥幾句，再往碗裡倒些莓果。

他在幫小貓討食物。雷霆的喉嚨發出隆隆吼聲，**他根本不知道該怎麼為孩子獵食，**

只能用求的！

他目送兩腳獸走向深處的小門，然後隱沒。

「現在可以出來了！」湯姆呼喚小貓。

梟眼從髒汙的毛皮下鑽出來。「你都還沒開始找我們欸。」

礫心從雜物堆後方走出來。「兩腳獸來這兒幹麼？」

「給我們送吃的，」湯姆解釋道。「跟我保證的一樣。」

「你好勇敢喔！」麻雀毛從薄木板後方衝出來。「都沒流露害怕的表情。」

湯姆聳聳肩。「老子天不怕地不怕。」

這自大的老鼠心！雷霆和閃電尾互瞄彼此一眼。「準備搶小貓了嗎？」

「走吧。」閃電尾離開他身邊，邁大步走進獸窩。

雷霆耳朵攤平，跟在後頭。

河波走到開口中央，豎起頸背的毛嚴陣以待。

「雷霆！」麻雀毛一瞧見他便興奮地尖叫，叫聲響徹窩內。「你也來啦！」

梟眼眨眨眼。「龜尾也跟你一起來了嗎？」

雷霆嚥下從胸口竄升的悲痛。「沒，」他對梟眼說。「我們自己來的，龜尾和灰翅要我們來帶你們回家。」

湯姆耳朵攤平走上前。「這裡就是他們的家。」

礫心眼神轉為鋒利。「如果這裡是家，那龜尾是不是也要搬來？」

湯姆一聲咆哮。「你們不需要龜尾，你們是我的小孩，跟我住是理所當然。」

麻雀毛兩眼迷濛。「可是龜尾答應一定會讓我見到風奔生的小貓。」

「不是跟你們說了嗎？」湯姆撂狠話。「你們是我的小孩，這裡就是你們的家！」

一陣寒意頓時掠過雷霆的毛皮，湯姆告訴小貓他是他們的生父了，他偷瞄閃電尾一眼。那黑色公貓的眼神陰鬱，假如小貓知道湯姆是他們的生父，三隻外地貓就不能踢館搶貓了。硬搶的話，小貓不會懂的。

雷霆收起利爪，看來他們得說之以理了。「你要怎麼照顧他們？」他質疑道。「你又不會打獵。」

湯姆往裝滿莓果的空心石碗甩一下尾巴。「我還是替他們找到食物啦，不是嗎？」

「可是你家的兩腳獸又不知道食物除了拿來餵你，還要餵三隻飢腸轆轆的小貓，」雷霆爭辯。「牠不知道這裡藏了小貓，對吧？」

湯姆怒視他。「那又怎樣？」

「你總不能把他們藏一輩子，」閃電尾走上前。「要是你家兩腳獸發現你偷渡小貓，會怎麼處置他們？」

梟眼毛髮倒豎。「什麼意思？」他焦慮地望向兩腳獸出入口。

雷霆逼自己別去理會這隻驚嚇的貓，當務之急是讓湯姆明白把小貓留在這兒是行不通的。「他們是半野貓，」他繞著湯姆轉，傳遞哀求訊息地望著他。「他們不屬於這裡，他們屬於高地，那裡的貓對他們關愛有加。」

「誰說我不愛他們了？」湯姆挺起胸膛。「是我把小貓從高地救來的，他們獨自遊蕩，會發生什麼不測都很難說。」

「我們在練習追蹤野兔啦。」礫心喵喵叫。

「那你怎麼知道狐狸沒剛好在練追蹤小貓？」

礫心瞠目結舌。

湯姆轉身面對雷霆，迫使他停下腳步。「有我保護，」他咆哮道。「他們在這裡安全得很。」

光靠灌輸他們高地的恐怖故事嗎？雷霆硬是把吼聲吞回肚裡，**我們得把小貓從他身邊帶走。**他絕望地掃視窩內，問題是不能跟湯姆打起來啊，畢竟小貓知道他是生父了。

他向閃電尾靠攏，「該怎麼辦？」

「只好留他們下來了。」閃電尾平靜地說。

雷霆目不轉睛地盯著他。「可是——」

閃電尾把他推向獸窩出入口。

「不可以！」等走到河波那頭，雷霆停下腳步。「他們是龜尾的孩子！他們屬於高地。」他絕望地凝視閃電尾，赫然發現黑色公貓瞇起眼睛。他壓低音量，「你另有妙計，對吧？」

閃電尾對他眨了一下眼，步出獸窩。

雷霆匆匆跟上，希望好似氣泡在他腳底嘶嘶作響。

第十四章

救我。

灰翅猛一驚醒，耳畔迴蕩著龜尾絕望的哭喊。他眼睛眨了幾下，睜開眼但心頭一怔，慌得左顧右盼。「龜尾呢？」營區裡靜悄悄，灑滿陽光的林間空地空蕩蕩，不見他玳瑁色伴侶的身影。他放下心中的大石，原來只是一場夢。

她上哪兒去了？他肌肉疲累地坐直身子。落日滑向地平線，溫暖的餘暉浸溼他的毛皮。太陽就要下山了，而他還待在窩裡。他吸進一口氣，胸口終於不再感到緊繃，他又能呼吸自如了。

雨掃花對他點個頭，橫越林間空地。她嘴邊溼漉漉地懸著浸了水的苔蘚，走向黑莓灌木的小窩，花莖間可見金雀毛探出的一條尾巴。風奔生寶寶了！他依稀記得自己病得一場糊塗時，龜尾這樣跟他說。

然後她就出去找小貓了，現在肯定找到了吧？他嘗了口空氣，舌頭滿是她的氣味，一度令他心臟悸動不已，後來他才發現那只是貓毛在窩裡殘留的味道。他四肢顫抖地從窩裡爬出來，肚子咕嚕咕嚕叫。

「你醒啦！」鋸峰向他快步走來。「感覺怎樣？」

「好點了。」灰翅發現橡毛蜷在石楠外牆邊，這隻紅棕色的母貓正焦慮地望向裂口外，她是不是在等龜尾和小貓返家的身影？

雲點走過她身旁，嘴裡啣著藥草，往黑莓灌木走。灰翅眉頭一皺，他的目光怎麼如此幽暗？「風奔沒事吧？」他問鋸峰。

「她很好，」鋸峰回報。「生了四個寶寶——三隻公貓和一隻母貓。」灰翅樂得嗚嗚叫。「麻雀毛一定興奮死了，」他說。「可以交新朋友了。他們全都是，小貓都需要玩伴。」他看見鋸峰的眼神蒙上陰霾，於是頓了一下。「怎麼了？」他傾身向前，慌得全身戰慄。「有消息嗎？」

「還沒。」鋸峰朝高影那頭瞄了一眼。那隻黑毛母貓在平面岩石上眺望高地，灰翅昏睡的這段期間，她是不是連動都沒動過？

「他們怎麼還沒回來？」灰翅不敢相信小貓們居然跑到離營區那麼遠的地方晃蕩。

「我們在小貓的蹤跡附近聞到寵物貓的氣味，」鋸峰靜靜對他說。「高影希望等你復原了再跟你說。」

「寵物貓的氣味？」灰翅搜尋鋸峰的目光，他為什麼一臉愁雲慘霧？他身子一僵，猜疑似針扎他的心。「龜尾認不認得？」他質問道。

鋸峰點點頭。

「是湯姆，對不對？」

「對。」鋸峰耳朵抽動。「不確定小貓是不是跟他走的，但龜尾去追了，雷霆和閃電尾也跟去了，他跑不遠的。」

「他把小貓拐走了？」這教灰翅難以置信。怎樣變態的貓會把小貓從母親的身邊偷帶走？他大步邁向石楠裂口。「我去帶他們回來。」他全身注滿勇氣地離開，徒留鋸峰在他背後眨眼。

「等等！」高影的叫聲嚇了他一跳。

他在平面岩石旁駐足，抬頭看她。「我得幫龜尾把小貓要回來。」

高影躍下岩石，輕盈地落在他身旁。「雷霆和閃電尾已經跟去了，現在說不定都找到小貓了，正在回家的路上。」她凝重地注視灰翅。「你需要保留體力跟清天會面，全體的安危或許就看這次了。」

灰翅垂著頭，歪扭地抽動鬍鬚，知道她講得有道理。不久前他還是威震八方的高地貓首領，現在高影又重登大位，重掌決策權了。

「吃點東西吧，」高影下顎指向岩石邊那堆獵物。「你一定餓了。」

「是有那麼點。」他寧可上高地找龜尾，也不願進食，但高影說得對，他肚子叫聲之大，像隻脾氣很差的獾。他走向獵物堆，一隻肥美的畫眉鳥四平八穩地擱在老鼠和樹鼩堆成的小丘頂。顯然他在窩裡的復原期間，其他貓都忙著外出狩獵。

碎冰臥在一尾遠的距離，飢腸轆轆地咀嚼一隻歌鶇。「你挖挖看，底下附近有隻田鼠。」

灰翅感激地點個頭，這隻公貓還記得他有多喜歡甜味重的肉，令他十分感動。他在獵物堆裡抓呀耙地，找到田鼠之後，把牠拖到碎冰那頭，往他身旁一坐。「我可以在這裡吃嗎？」

「當然。」碎冰從歌鶇身上扯掉一嘴肉，大聲咀嚼。

灰翅也開始啃咬田鼠。

「我們循著他們的蹤跡到河畔，」滿嘴食物的碎冰含糊地說。「我跟鷹衝。」他把肉嚥下肚。「聞起來湯姆應該帶小貓渡河了，接著龜尾、雷霆和閃電尾也跟去了。」

「他們渡河了？」恐懼在灰翅的毛皮間炸開，溺水了怎麼辦？

「看樣子他們是平安渡河了，」碎冰彷彿看穿他的心思，向他解釋。「我們找到從這頭延伸到彼岸的一座渡河石橋，也在石頭上聞到貓味。總之再等等吧，他們一定會在太陽下山前帶著精采刺激的歷險故事回家的。」

灰翅對這隻灰白色公貓眨眨眼，看到碎冰綠眼閃爍的喜悅光芒令他如釋重負。他想像梟眼趾高氣昂地在林間空地繞，告訴大家他是怎麼渡河的。「光這件事他們就能吹噓個好幾天。」

高影走到他倆身邊。「想過和清天會談的事嗎？」她仰望那輪蒼白的圓月。太陽正要下山，它就開始現蹤，在紫色天空的映襯下顯得透明澄澈。

碎冰咕噥一聲。「跟他說要是他敢再擴張邊界，我們就要把他碎屍萬斷。」

高影對他瞪了刺骨穿心的一眼。「碎冰，我知道你很挫折，但講這種話只會點燃戰火，我們要的是和平。」

「但季復一季地退讓也不對吧。」碎冰咆哮道。

灰翅全身毛髮豎了起來。「或許我能套他的話，看他為什麼**需要**那麼多領土，互相了解彼此。」

「他只是貪婪罷了。」碎冰嘟囔道。

灰翅盯著地面。「他以前從來不是貪婪之徒。」想起曾經和他在白雪靄靄的山巔玩耍，灰翅不禁悲從中來。「他這麼做一定有別的理由。」

高影迎上他的目光。「動物只會被兩樣東西驅使，」她咕噥著說。「恐懼和貪婪。假如不是貪婪，那一定是恐懼。」

碎冰嗤之以鼻。「他怕什麼？」

「我們？」灰翅燃起希望地抽搐腳爪。「假如我能說服他別懼怕我們——我們只是想平靜地在高地落地生根——或許他就會退讓。」

高影緩緩地點頭。「萬一他怕的另有其事呢？」

「他真是懦夫。」碎冰評論道。

「清天才不是懦夫。」灰翅回嗆他。

「那他到底有什麼好怕的？」碎冰伸爪子撥掉嘴裡的一根羽毛。

灰翅回憶起他哥失去的那些摯愛。飆鳥、亮川和風暴，連雷霆也該算進去，或許清天再也無法承受失去其他親友之痛，他只是需要得到安心的保證。灰翅靈光乍現，一躍而起。

「你不吃了嗎？」高影詫異地望著那被嚼到一半的田鼠。

「等我們回來再吃。」

「要去哪裡？」她對他眨眨眼。

「我知道要跟清天說什麼了，」灰翅對她說。「不過，只有讓他放心，他才可能把話聽進去。」

「所以呢？」高影蹙眉。

「跟我一起去四喬木，」灰翅一甩尾巴。「探勘峽谷。我要把每一尾長的土地都摸透。希望我能在跟他碰面的時候感到自在，也想找個清天會卸下心防的地方——他願意聆聽、不覺得拘束的地方。」

碎冰起身伸展四肢。「我覺得這只是浪費時間，」他嘀咕道。「找棵適合的樹坐下來談，也不會使清天轉念。」

灰翅迎上公貓的目光。「難道你還不懂嗎？我們不是要改變他，而是要幫他喚起從前的自己。」他走向石楠裂口，在經過橡毛身邊時止步。「龜尾和小貓回來的話，可以派誰過來通知我嗎？」

她圓睜著眼點頭。「希望他們平安無事。」

閃電尾和他們在一起。「妳哥不會有事的。」他向她保證，並踏出坑地。

「那你會在哪兒？」橡毛在他身後呼喚。

「四喬木。」灰翅開始以跑代走。

高影追上他，在他旁邊奔跑。「現在呼吸沒問題了吧？」

「很順暢。」他的胸口舒暢強健，但挫折像針猛扎他的胃，他為什麼偏在龜尾最需要他的時候生病？

他將這個念頭拋到腦後，現在得把心思放在四喬木上，坑地的族貓全都對這次會面寄予厚望。

他橫越高地，轉向經過石楠，低頭鑽過金雀花叢，順著斜坡向上跑，來到四喬木矗立的坑地緣口。

等他抵達峽谷之巔，夕陽已西沉至不見蹤影。月光將聳立谷底的四棵巨大的橡木照得一片銀亮，從高地吹來一陣微風，將斜坡的蕨類植物吹得窸窣作響。

高影在他身旁止步，她俯視底下的枝葉，冷不防地打了個寒顫。「我永遠都適應不了樹林，」她咕噥道。「樹木遮天擋風，一點都不自然。」

灰翅瞥了她一眼。「或許我該把這番話轉告清天，這樣他大概就能免於擔心，不怕我們偷他森林的領土了。」

她嗚嗚叫。「要是這麼簡單就好了。」她向前一躍，衝向下坡，灰翅跟在後頭。這裡的野草很長，黑莓灌木在蕨類植物間蔓生，樹木也星羅棋布地生長，所以灰翅追著高影跑時得左彎右拐。

他在接近谷底時放慢步伐，林間空地映入眼簾，四棵橡樹分別矗立於四個角落，還有一塊巨石在盡頭巍峨屹立。高影走向巨石，伸長脖子仰望石頂。「看樣子像是一開始就長在這兒的。」她下結論的當兒，灰翅也趕來了。

「不曉得能不能爬上去。」灰翅繞著巨石轉，環視它光滑的側面，最後在石塊的攔腰處發現一個岩架。他縱身一躍，輕而易舉地攀著岩架，然後跳到略圓的石頂。

林間空地在他眼前一覽無遺。「在這裡好像又回到山上了！」他對底下的高影呼喚，同時思緒也不斷飛轉。他可以向清天提議，叫他一同攀岩。他們可以像小時候那樣在險崖峭壁談天說地，或許那時候清天會回想起從前的自己。

他聽見爪子刮擦岩石的聲音，原來是高影在他身旁著陸。她繞著他轉，放眼眺望林間空地。他們的頭頂樹葉一陣窸窣，枝幹咯吱響。

有個念頭一閃而過，灰翅身子突然一僵。「萬一他聞到我們的氣味，就知道我們來過了！」這樣他肯定會起疑。

「你們要到明晚才見面，」高影安撫他。「風和露水會把我們的氣味沖乾淨的。」她抬頭凝視葉片縫隙，薄雲掠過夜空。「說不定還會下雨呢。」

儘管如此，灰翅還是侷促不安，意識到腳爪把氣味滲進岩石。他手忙腳亂地下了岩石，再躍至平地。高影隨後落地，然後他轉身端詳斜坡。「每側都長滿灌木叢，只有這一側例外。」他走向坑地的其中一側，那裡不見樹木與黑莓，只有青草將斜坡從頭到尾覆滿，在月光下如湖水般碧波蕩漾。「我會從那裡下來，清天只要看見我怎麼下來的，就不會慌張了。」

高影鑽到他面前。「你該不會要單刀赴會吧！」

灰翅眉頭一皺。「我是要清天跟我見面欸。」

「太危險了。」高影堅定地說。「你認為他會不帶一兵一卒嗎？」

到口的話在灰翅舌間凍結。他倒是沒要求清天獨自赴約，只是單純假設這是場兄弟間的會面。他煩擾不安地移動腳爪重心，過去他曾經可以精準預測清天的一舉一動——因為那時他能信賴他同胞兄弟的榮譽感，如今他卻沒了把握，搞不好整座森林的貓都會浩浩蕩蕩地和清天同行。灰翅昂首。「我獨自見他就好。」

高影瞇起眼。「不行，我跟雷霆陪你去，我不能讓你冒生命的危險。」

「言下之意是他會害我囉？」灰翅眨眨眼。

高影目光陰鬱，沉著地望著他。「他會做什麼，我再也猜不透了。」她屈身靠近。「龜尾會答應讓你單獨赴會嗎？」

「不會。」灰翅頭一低。「好吧，妳跟雷霆可以陪我同行。」聽見龜尾的名字，也瞬間喚醒他的焦慮。「該回去了，」他朝斜坡走。「他們說不定已經到家了。」

高影跟在灰翅身後沙沙作響地穿過蕨類。他爬到谷頂，躍向月光照亮的高地，享受撲面而來的涼風。放眼望去，可見高地幽暗的凹地，那正是他們住的窟窿，石楠好似一條屏障的尾巴環繞著它。龜尾是不是正在林間空地等著他？小貓們都平安無恙嗎？**如果湯姆敢動他們一根汗毛，我會教他吃盡苦頭。**前提是龜尾還沒給他教訓的話。

他率先抵達營地，哪怕肺像在灼燒。接著他毛髮豎直，止步打滑。

鴉雀無聲。

有什麼在陰影下移動。雨掃花在石楠邊踱步，條紋尾巴垂得低低的；而橡毛和鋸峰在長草中交頭接耳，碎冰悶悶不樂地坐在金雀毛旁邊，沒有半隻貓轉頭迎接他。

腳爪啪嗒幾聲落在他身旁，原來是高影追上來了。「怎麼了？」她眨著眼環視林間空地。「發生什麼事了嗎？」

灰翅愁得心都揪在一塊兒。有沒有龜尾和小貓們的消息？他們是不是出事了？他想在空氣中嘗到他們的氣味，卻怎麼也遍尋不著。

金雀毛眼神孤寂，慢慢往前走，他垂頭喪氣地走向灰翅。「風奔生的小貓，有一隻沒保住。」

「一隻沒保住？」灰翅視線掃向他身後的黑莓灌木，這才發現雲點和斑皮在灌木外縮成一團。

「小燼夭折了。」金雀毛的嗓音宛若痛苦的喘息。

一陣寒意爬上灰翅的皮毛，他連風奔幫寶寶取名的事都不知道。小燼，他的思緒閃過森林大火悶燃的餘燼。「不會的！」他衝向黑莓灌木，用肩膀往低垂的枝葉鑽。

鷹衝蜷在風奔身旁，銳利的目光瞥向直闖進來的灰翅。「小聲點！」她下命令。

灰翅躡手躡腳地走向貓后。她蜷起身體臥著，苔蘚和石楠緊塞在她身子周圍，像個臨時築起的窩圍住她。他往裡一探，只見三隻小貓在她肚子前吸奶。「小燼呢？」灰翅輕聲問。

風奔低聲呻吟，將前爪挪向口鼻部。有隻小貓軟弱無力地垂在爪間，風奔用臉頰貼著小貓羽毛般輕柔的幼毛，他卻動也不動。

「我很遺憾。」灰翅感到錐心之痛。

鷹衝低頭舔風奔的肩膀。

灰翅在小貓的嘴角發現些許口水，彷彿他死前經過一番掙扎。「他有沒有受苦？」他輕聲問。

風奔猛一回頭，目光在半明半暗中如烈焰灼燒。「他當然受苦了！你自己看！」

她搖晃小燼，只見他皮毛纏結，雙眸混濁。

「這不公平，」灰翅蒼涼地低語。說什麼才能安慰她呢？「或許小燼現在走了，以後就不用受苦。我們在荒野不易生存，也許物競天擇、強者生存是最好的解答。」

「不是應該照顧弱小嗎？」風奔嗆他。「我們跟清天又不是同類。」

灰翅冷不防一縮。「我們也不是每隻貓都救得了。」他說之以理。

風奔丟給他一記警告意味的目光，但他還是抱著對方能聽進去的希望往下說。

「也許小燼現在到了一個更美好的地方，跟其他小貓一起玩。喪子之痛或許得以緩解，只要妳——」

「你懂什麼？」風奔劈頭就罵。「你又不是母親，就連父親也沒當過！」

灰翅感覺她拿利爪耙他口鼻似的，晴天霹靂般地往後退。她肚子前的其他兩隻小貓煩躁地叫了起來。但她積怨已久，還沒爆發完呢。

「你從龜尾那裡借幾隻小貓，假裝是親生的養，但你哪裡知道怎麼當父母？希望你永遠都不用跟小貓道別。假如真有那麼一天，我會提醒你小貓或許到了一個比母親懷裡更美好的地方，你一定會感到很欣慰的！」她目光燃起熊熊烈火，頭往後一仰，發出撕心裂肺的一聲嚎叫。「滾開！」她喘著氣說。

有隻手掌輕碰他的脅腹。鷹衝睜著圓滾滾的眼眸，充滿同情地凝望他。「她不知道自己在說什麼。」她低聲說。

灰翅別過目光，他懂悲痛是什麼滋味，悲痛能使貓硬起心腸，但她尖酸刻薄的話還是刺得他喘不過氣。他溜出小窩，橫越營區，無視於蜷在林間空地邊緣的貓，悄悄穿過石楠裂口，遙望高地的另一頭。**龜尾，妳在哪兒？**他的心彷彿裂了個口。**帶小貓一起回家吧，我需要妳。**

第十五章

「你想把湯姆引開？」雷霆盯著閃電尾，好像把一隻鳥囚禁胸口，心兒怦怦直跳，並依稀聽見湯姆和小貓在湯姆窩裡的叫聲。「怎麼引？」

閃電尾在通道來回踱步。「還不確定。讓我想想！」

河波坐著理肚子的毛，夕陽在獸窩後方隱沒。

閃電尾的眼睛在薄暮中閃爍。「大家都知道湯姆愛慕虛榮，對吧？而且又自私。」

「對。」雷霆表示贊同。

「我們可以從這點著手。」

「怎麼說？」雷霆尾巴嗖地掃過粗糙的岩石。「這只會讓他更緊抓小貓不放。」

「要是小貓不願意跟他住呢？」閃電尾反駁道。

「問題是他是他們的父親啊。」內疚拉扯雷霆的胃。「母親又死了，小貓可能會把他視為唯一的選擇。」

河波抬起頭。「幹麼非得搞的要在爸媽之間做選擇？讓他們選要當寵物貓還是在野外生活，豈不更好？」他瞄向湯姆的窩。「躲在兩腳獸的臭窩、吃寵物貓的噁心食物，不是什麼有操守的行為，要讓小貓看清這點應該不難吧。」

閃電尾點點頭。「他們只待過高地，」他點出重點。「怎麼可能不懷念那裡？」他視線瞥向霸占天際的這些石窩。「他們一定覺得在這兒生活很拘束。」

「而且景觀很醜。」河波嘀咕道，又繼續整理他肚子的銀毛。

閃電尾不再踱步，直視雷霆的雙眸。「你覺得把小貓帶回高地是正確的決定嗎？畢竟龜尾已經不在了。」

雷霆毫不遲疑地回答。「是。」高地貓會照顧小貓，一如他們照顧自己那樣，小貓得到的關愛會遠比他們待在湯姆這兒多。

閃電尾點點頭。「那好，這樣一來我要做的就只有引開湯姆，你去找小貓聊，把他們帶走。」他繞著河波打轉。「可以幫我們護送小貓回家嗎？」

河波甩鬆一身毛。「我會盡力而為，」他耳朵攤平。「那隻寵物貓只會帶來傷痛，他自食惡果的時候到了。」

閃電尾轉身穿越寬廣的碎石步道，走向湯姆的窩。

雷霆匆匆跟在他身後。「你有什麼計畫？」

「我要打翻他的醋罈子。」

「怎麼打翻？」雷霆困惑地跟上腳步，與他併肩同行。

「交給我來操心就好，」閃電尾對他說。「我會讓湯姆忙不過來，你只要負責哄小貓離開。」他走到湯姆窩的入口中央，然後止步，黑暗將湯姆的窩吞沒。

「你們回來啦！」礫心從陰影中衝出來。

湯姆跟在小貓後頭，踏入晚間的微光。「你們又要幹麼？」

「你以為我們捨得跟小貓不告而別啊？」閃電尾臉不紅氣不喘地說。

雷霆舉起尾巴。「我們回高地會很想你們的。」他深情款款地瞄向往前躍進的麻雀毛和梟眼。

閃電尾迎上雷霆的目光，靈機一動。「真可惜，你們再也沒機會學鷹衝那樣飛天抓田鳧了。」

麻雀毛對他眨眨眼。「湯姆說好要教我們打獵了。」

「我想也是，」雷霆滿腔熱情地說。「這附近一定有很多老鼠可以讓你們練習。」

河波迂迴穿過麻雀毛身邊，在梟眼旁邊駐足。「不曉得兩腳獸會不會幫你們取新名字？」

「像湯姆那種名字，」閃電尾樂陶陶地暗示。「妳不用叫麻雀毛了，改叫母貓好了。」

麻雀毛瞪大眼。「可是我很喜歡現在的名字啊。」

內疚似針扎著雷霆的胸口，挑撥離間很殘忍，他肩膀僵直。假如非要把小貓帶回他們能平安快樂的地方，就得硬起心腸。他走向礫心，用鼻子輕觸小貓的頭。「雲點會很想你的，」他呢喃道。「我知道他對你的採藥技能多引以為傲。」

礫心的雙眸閃閃發光。「我還有好多沒學呢。」

「夠了。」湯姆的嗓音略帶吼聲。

小貓轉身凝望他。

「我們只是在告別。」麻雀毛對湯姆眨眼。「你不會介意吧？」

他還沒來得及回話，閃電尾就從他身邊掃過。「他當然不會介意囉，湯姆，你說對吧？」

湯姆惡狠狠地瞪閃電尾，只見他步入窩的深處，走向兩腳獸的門口。

閃電尾的腳爪勾進滲入光線的一條狹縫，將一塊高大的薄木片往後推。

黃光湧入窩內，照得雷霆直眨眼，那光從兩腳獸的獸窩之眼溢出，照亮獸窩之間的一片草地。

閃電尾走向草地，開始對兩腳獸窩高聲嚎叫。

他在幹麼？

湯姆追上前。「閉嘴！」他焦慮地回望小貓，他們全都目瞪口呆。

雷霆喜孜孜地渾身刺麻，**他不想在小貓面前流露本性**。

閃電尾不斷嚎叫，抬頭張望那幾扇點亮的眼睛。

河波溜到雷霆身邊。「他老兄在幹麼？」

「我不知道。」他答話的同時，兩腳獸窩的背面有個洞開了，頓時大放光明，映著一對兩腳獸。他們竊竊私語，踏上草皮。

閃電尾突然愉悅地嗚嗚叫，叫聲大到雷霆在湯姆窩裡都能聽見，接著他開始在兩腳獸腳邊迂迴穿行。

雷霆感覺河波打了個寒顫。

「他是怎麼辦到的？」惡棍貓低聲問。

雷霆嚥下口水。「我不曉得。」閃電尾的舉止跟寵物貓無異！難道他不怕嗎？兩腳獸什麼都做得出來，他怎麼知道牠們不會把他擄走或傷害他？畢竟他又不是牠們養的。

「閃電尾到底在幹麼啊？」麻雀毛的尖叫聲把雷霆嚇了一跳，這隻年輕的小貓站在他身旁，礫心和梟眼則縮在她旁邊，他們憂心忡忡地望著那隻黑色公貓。

雷霆在腦中搜索詞彙。「他大概在感謝兩腳獸照顧你們吧。」他言不由衷地說。

湯姆轉身對雷霆嘶嘶叫。「他膽子真大！」他衝過草皮，在兩腳獸旁邊駐足，對閃電尾咆哮。「滾出去，牠們是我的！」

「是嗎？」閃電尾和顏悅色地回望他。「看起來只要是貓，他們就會收留耶。之前他們不就接受龜尾了嗎？這回說不定也要我留下呢，這樣我就能盯緊龜尾的小貓了。」

其中一隻兩腳獸往下伸出爪子，拂掠閃電尾的背脊，他像拿樹枝搔癢般樂得揚尾拱背。

「他居然敢讓牠們摸！」礫心驚懼地說。

雷霆凝重地望著他。「待在這裡就得讓牠們摸。」

「不要！」礫心往後退。

「我才不要給兩腳獸摸咧！」麻雀毛惱怒地說。

兩腳獸冷不防地彎腰把閃電尾捧在懷裡。

梟眼顫抖地貼著雷霆。「牠們也會這樣對我們嗎？」

「當然囉，」儘管這個念頭讓雷霆心驚肉顫，他仍試圖就事論事地說。他看另一隻兩腳獸抱起湯姆。「我相信你們的父親會教你們怎麼做，教你們怎麼被兩腳獸愛撫、被兩腳獸寵，你們都會在不知不覺中變成寵物貓。」

湯姆對閃電尾嘶聲叫。「我要把你碎屍萬斷。」他的咆哮充滿敵意。兩腳獸皺起一張臉，抱著閃電尾往後退，牠對同伴嘟囔了幾句。在此同時，閃電尾又更往牠懷裡蜷，活像貼著母親肚子想躲起來的小貓。

兩腳獸愉悅地叫了一聲，把閃電尾摟得更緊了。

湯姆大揮利爪。

「他想傷害閃電尾！」梟眼的嗓音盡是錯愕。

「湯姆怎麼那麼凶啊？」麻雀毛對雷霆眨眨眼。

雷霆湊近身子。「也許他不想和別的貓共享兩腳獸。」他一臉無辜地說。

礫心皺起眉頭。「也許他也不想跟我們分享。」

「我才不稀罕咧！」梟眼咆哮道。「我想回家了，到一個沒有兩腳獸的地方！」

「真的嗎？」喜悅在雷霆胃裡綻放。「只要說一聲，我們就帶你們回家。」

「好的，拜託！」麻雀毛在他周圍蹦蹦跳跳，興奮地亂彈她的短尾巴。

雷霆用尾尖拂掠她的脊柱。「不過你們要很勇敢、很安靜喔。」他凝重地對她說。

梟眼對他眨眨眼。「為什麼？」

「我們將要摸黑穿越兩腳獸的地盤，」雷霆對他說。「對高地貓來說很危險。」他和河波互換個眼色。「河波認得路，你們先跟他走，好不好？我要幫閃電尾從兩腳獸那邊脫身。」

礫心歪著腦袋。「現在嗎？」

雷霆點點頭。「灰翅正等著你們呢。」他不去理會錐心之痛。**但龜尾已不在了。**

「好吧。」麻雀毛在河波身邊整隊。「我準備好了。」

「我也是。」梟眼排在她旁邊。

「礫心？」雷霆盯著這隻嚴肅的小貓。「你準備好回家了嗎？」

礫心點點頭。「你也會一起來，對不對？」

雷霆愉悅地叫。「只要把閃電尾從兩腳獸那邊救出來，我隨後就到。」

「走吧，」河波開始用鼻子把小貓推向湯姆窩的出入口。「我會帶他們過渡河石橋。」他對雷霆輕聲說。

「動作快。」雷霆催促道，他希望小貓能在湯姆發現前跑得愈遠愈好。倘若真打起來了，也絕對不能讓他們看見，畢竟湯姆是他們的父親。他縮起利爪，目送河波將小貓匆匆帶上被薄暮籠罩的石子路，朝湯姆窩底部的兩腳獸出入口前進。

閃電尾依舊蜷在兩腳獸的懷裡，被另一隻兩腳獸抱著的湯姆則暴怒嘶吼，不斷掙扎。

兩腳獸咕噥一聲，把湯姆放下，皺起牠光滑粉嫩的臉，表情顯得困惑。牠焦慮地瞄向另一隻兩腳獸，因為湯姆正對著閃電尾咆哮。

雷霆橫越草地。「怎麼啦，湯姆？不喜歡分享嗎？」

湯姆嘶地一聲轉向他，猛然伸出爪子，他的利爪劃過距雷霆鼻頭咫尺間的空氣。

「你應該不想讓兩腳獸見識你火爆的一面吧。」雷霆咆哮道。他要怎麼說服兩腳獸放閃電尾走呢？湯姆對他嘶吼的同時，兩腳獸將閃電尾摟得更緊，警戒地閃爍目光，開始往獸窩退。

不行！千萬不能把閃電尾抱進去！

他抬頭對兩腳獸眨眼，逼自己像閃電尾那樣喵喵叫。他叫起來結結巴巴，懼怕地緊縮喉頭。

兩腳獸輕聲回他幾句。

雷霆歪著腦袋哀求。「放閃電尾走啦。」

湯姆眼神閃過一絲恨意。「現在又想把他要回去了是吧？」他瞥向兩腳獸窩出入口，只見光線從那裡湧出。「或許我該說服我的兩腳獸把他留下來，把他關在屋裡跟我過夜一定很好玩。」湯姆齜牙咧嘴。

恐懼把雷霆的胃挖空，他頓時覺得好冷。這隻心狠手辣的寵物貓會把閃電尾碎屍萬斷。他呼吸加快，眼睜睜地看著個子較高的兩腳獸退回出入口，牠呼喚仍舊抱著閃電尾的同伴。

「放我下來！」兩腳獸轉身走向同伴時，閃電尾瞄向出入口，眼底閃現驚懼。

湯姆揚著尾巴快步進屋。他的兩腳獸彎腰愛撫他，他也嗚嗚叫，眼睛對閃電尾眨呀眨的，瞪大的眼眸展現善意。

他是裝的！兩腳獸怎麼那麼笨！**看不出來他在騙你們嗎？**驚慌在雷霆的毛皮下作祟，他一不作二不休地衝向兩腳獸，一定要在牠進窩之前阻止牠。他盡可能粗暴地奔過牠身邊，再原路折返，從正面撞牠，使牠步伐不穩，這時他又推牠一下，瘋狂繞著牠的腿轉，拚命地低嗚。兩腳獸搖搖晃晃，驚叫一聲，放閃電尾下來，抓住門邊穩住身體。

「快逃！」雷霆將閃電尾往前推，自己也跟著快馬加鞭。他倆衝進湯姆的窩，再迅雷不及掩耳地穿至彼端，奔向黑夜。雷霆急轉彎，腳底打滑地往通道衝，並手忙腳亂地恢復身子重心。閃電尾正在前方狂奔，雷霆先站穩腳步，再急起直追，追上拐進暗道，大步流星的閃電尾。

「你記不記得回去的路？」閃電尾回頭問。

雷霆這下慌了。花兒當初帶他們走哪條路的？前方的通道分岔了。

「雷霆？」閃電尾怕得音調轉尖，放慢腳步暫歇，左右張望不知該往哪兒走。

雷霆踉蹌地跌進他的脅腹，打滑止步，腳掌像在灼燒。他嘗了口空氣。**小貓！**他能清楚聞到他們的氣息。「往這兒走。」他選最近的通道，開始狂奔。閃電尾也在後面追。

他們在迷宮似的通道左彎右拐。雷霆張著嘴跑，讓小貓氣息替他帶路，最後他抵達花兒帶他們穿越的轟雷路旁，他有把握從這裡回到營區。

有隻怪獸呼嘯而過，兩隻眼睛發光照亮前方，牠的刺眼強光掃過雷霆的毛皮，把他嚇得往後縮。

閃電尾在他身邊不敢動彈。「看到小貓了嗎？」怪獸揚長而去，他瞇眼望向黑暗。

「還沒。」雷霆奔過碎石步道，鑽入兩座獸窩間的峽谷。他如釋重負，因為出了峽谷便是草地和灌木，在那之後是一片遼闊的天空，他們到兩腳獸地盤的邊境了！

他三步併作兩步地橫越草地，脅腹上下起伏。

「湯姆在追我們！」閃電尾驚惶的叫聲劃破天際。

雷霆回眸一望，看見湯姆衝進月光之下。

「把他們還我！」湯姆嗓音振顫地怒嚎。

閃電尾轉身面向寵物貓。「不能冒險把他領到小貓那裡！」

雷霆踉蹌止步，猛一轉身。「非得跟他拚了。」

他倆肩並肩，與寵物貓正面對峙。

湯姆停下來怒視對方，瞇成縫的眼在月光下閃爍著微光。「你們大概是自作聰明，把我引開，然後趁機把小貓拐走。」

「不是只有你會拐走小貓。」雷霆咬牙切齒地怒吼。

「他們是自願跟我走的。」湯姆回嗆。

閃電尾向前跨出一步。「他們屬於高地。」

「我知道你們的營區在哪裡，」湯姆威嚇地甩尾。「只要我想這麼做，隨時都能把他們帶走。」

雷霆昂首。「見識過寵物貓的處境，他們就不會跟你走了。」他瞄閃電尾一眼。

「被抱和被摸的感覺怎樣？」

閃電尾不寒而慄。「很可怕。」

雷霆抽動鬍鬚。「小貓們天性野得很，」他對湯姆說。「不可能選擇過你的生活，一定會想方設法回高地的。」

「跟他們的母親一樣。」湯姆嫌惡地咆哮。

「她曾有顆高山貓的心。」閃電尾發出嘶聲。

「曾有顆高山貓的心？」湯姆腦袋一歪。「她怎麼了嗎？」

哀痛烙印雷霆的心，龜尾再也回不來了。「她為了追你和小貓，被一隻怪獸撞死了。」他怒視湯姆，一瞧見這隻寵物貓的目光散發勝利的光芒，血液就在他耳裡轟鳴。

「小貓會不會感謝你們帶他們回一個少了母親的家？」湯姆卑鄙地問。

盛怒在雷霆胸口炸開。「你這個狐狸心——」

他躍向湯姆，但閃電尾攔住他的去路。「他們又會不會感謝你把她害死？」

湯姆眨眨眼。

雷霆絆了一跤。

閃電尾繼續往下說。「永遠不准再靠近高地，否則你會後悔莫及。你在小貓的心裡是殺母凶手，下回他們不可能再跟你走。假如我們有誰再看到你，絕對會把你一層皮給剝下來。」

雷霆齜牙咧嘴。「你想要的話，我們現在就能剝你一層皮。」

湯姆咆哮著往後退。「那些笨小貓我不要了，」他吼道。「隨他們長成野貓吧，我不在乎。」他氣極敗壞地一甩尾，身子一轉，高視闊步地走開。他步入峽谷，暗影將他吞沒。

「走吧。」閃電尾轉身，在草地上疾馳。「去追小貓吧。」

雷霆穿過灌木叢，在他身後急起直追。他認出前方那片狹長林地，它通往沼澤草地。他張開嘴嘗空氣，小貓新鮮的氣息懸在他前方。他鑽入銅牆鐵壁般的茂密莖桿。

前面傳來貓叫聲。「我的腳爪溼了。」

梟眼！雷霆加快腳步，不斷用肩膀向前推進，最後瞥見一條有汙點的短尾巴在前方的草地間蜿蜒穿梭。「麻雀毛！」

尾巴從他眼前溜過，接著她把臉探出莖桿間。「雷霆！」她雙眸發亮地盯著他。「礫心說我們會早一步回營區，但我知道你們一定會追上來的。」她視線飄向閃電尾。「有帶湯姆一塊兒來嗎？」

閃電尾搖搖頭。「湯姆不想來，」他輕聲說。「他想留在兩腳獸身邊。」

「快走吧！」礫心在更遠的前方說。「我想見龜尾。」

「就快到河邊了！」梟眼開心地叫，伸出前爪指向前。「馬上就能回高地了。」麻雀毛轉身，在草叢中隱沒。

雷霆注意到閃電尾的眼神，這隻黑色公貓難過地目光黯淡，雷霆猜中他的想法。**我們該怎麼把小貓母親的死訊告訴他們？**

雷霆內心隱隱作痛，跟在小貓後頭追。他伸長脖子抬頭望，看見河波銀色的尾巴探出莖桿。前方的鵝卵石被嘎吱輾過，不消一會兒，他便出現在河畔。

月娘從高地高高升起，把河水照得波光粼粼。

小貓們跑到水畔，開始飢渴地舔水。

河波對閃電尾輕輕點個頭。「今天你表現得很勇敢。」他低聲說。

「你也是，」閃電尾偷瞄一眼惡棍貓身後的小貓。「謝謝你把他們帶開，多虧有你，否則我們無法救援成功。」

雷霆點點頭。「是啊，河波，多謝你了，接下來就交給我們吧。」

「很高興能幫上忙。」河波轉身面向小貓。「保重！」

三雙貓眼轉過來，反照月光。

「你要去哪裡？」梟眼問這隻銀毛惡棍貓。

「回我的窩囉！」他伸個懶腰。「我累斃了。你們不累嗎？」

「累啊，不過我們馬上就要回家了。」礫心舔掉嘴巴周圍的水珠。

「龜尾跟灰翅一定都在家等我們，」麻雀毛興奮地說。「等聽到我們的遊歷，他倆一定會大吃一驚。」

雷霆一時喘不過氣，他該怎麼把真相告訴孩子？龜尾並沒有等他們回家。**他們再也見不到她了。**

第十六章

灰翅凝望那片月光照亮的草地，風奔殘忍的指控依舊在他耳裡迴蕩。**你哪裡知道怎麼當父母？**他確實不想知道痛失親生子女的滋味，他睜大眼望穿陰影，每當微風徐拂石楠，他毛皮底下就燃起一線希望。

其他貓尚未就寢，高影在岩石邊踱步，鋸峰則在旁觀望。碎冰的窩窸窣作響。這隻公貓顯然想找個舒服的睡姿。最後他哼了一聲鼻息，從窩裡跳出來，然後往雲點和斑皮旁邊一坐。「今天本來有個美好的開始。」他咕噥著說。

雲點的毛拂過地面。「雷霆很快就會跟龜尾和小貓回來了。」

橡毛在林間空地另一頭吶喊。「他們怎麼這麼久還沒回來啊？」

「小聲點！」鷹衝溫柔地責備。「讓風奔靜下心來哀悼。」她望向黑莓灌木，雙眸在黑暗中閃爍。

他們怎麼這麼久還沒回來？灰翅開始踱步。「或許我該出去找他們。」他探詢地注視高影。

「保留體力，」高影瞥了一眼皎潔的圓月。「明晚就要跟清天會面了。」

「他們想必一路走到兩腳獸的地盤了。」灰翅苦惱地說。

「那裡的環境龜尾很熟，」鋸峰提醒他。「她會帶他們回來的。」

灰翅在灰色公貓旁止步。「要是湯姆說服她留下來呢？萬一他用小貓要脅她呢？」

鋸峰與他四目相視。「你真的認為龜尾會讓這種事發生嗎？」

這時石楠窸窣作響，灰翅豎直耳朵。遠方是否傳來一聲微弱的貓叫？他東張西望。

「龜尾！」黑暗中傳來梟眼的叫聲。「我們回來了！」

幾個影子出現在月光照亮的草地上，灰翅見狀立刻衝到坑地邊緣。雷霆和閃電尾一左一右地把小貓夾在中間。喜悅滿溢毛皮，他上前和他們會合。「你們回來啦！」

「龜尾！」麻雀毛從他身邊狂奔而過，一鼓作氣地衝進營區。

礫心也緊跟在後。「妳猜我們到過哪裡！」

梟眼殿後。「我們到過兩腳獸的地盤，看過妳以前住的地方。」他往隧道入口那頭呼喚，因為龜尾的窩就坐落於那頭的陰影中。

「龜尾？」麻雀毛一個踉蹌停下腳步，對著暗處眨眼。「妳在哪兒？」她左顧右盼，掃視營區，梟眼和礫心則靠攏她身旁。

「聞不到她的氣味。」礫心的嗓音略帶擔憂。

麻雀毛揚起尾巴。「她一定是出去找我們了。」

灰翅將視線猛地掃向雷霆，他的眼神怎麼好似被哀傷掏空？莫非他們拋棄她了？「她呢？」或許他們分頭找小貓的時候沒碰著對方，她一定還待在兩腳獸的地盤。「我去找她。」他步向金雀花叢，但被雷霆攔下。

「灰翅，她死了。」

灰翅盯著這隻年輕公貓。「別鼠腦袋了。」**她怎麼可能死了？她絕不會拋下孩子**

的。「不可能。我去找她。」

閃電尾低下頭。「我們發現她的屍體，」他輕聲說。「她在兩腳獸的地盤被一隻怪獸撞死，我們只能拋下她。」

「拋下她？」灰翅努力消化這一切。

「被撞死？」麻雀毛的抽氣聲令他轉頭——小貓站在林間空地，瞪圓的雙眸寫滿驚恐。

梟眼目不轉睛。「她不回家了嗎？」

礫心往哥哥身邊靠攏。

「不回了，」他嗓音沙啞。「她再也不會回來了。」

麻雀毛的雙眸點燃怒火。「你為什麼要帶我們回來？」她邁開大步，經過灰翅身邊，怒視雷霆。「明知我們的母親死了，又硬把我們從父親身邊帶開。」

雷霆一愣，痛苦使他兩眼呆滯。

閃電尾靠近小貓。「龜尾的心願是你們留在灰翅身邊長大。」

她往後退。「你們帶我們回一個什麼都沒有的家！」

灰翅不禁身子一縮。「你們還有我啊，」他放膽輕聲說。「你們就像我的親生骨肉，這裡還有我啊。」

麻雀毛轉身迎上他的目光。

一見到被哀痛籠罩的她，他便喉頭緊縮，衝上前把她緊抱，任她崩潰頹倒，難過地渾身顫抖。他將她緊摟懷中，倒臥草地，感到有小爪子在他背上胡亂抓耙，原來是梟眼和礫心鑽進他的懷抱深處。「我會像龜尾那樣照顧你們，」他嗓音沙啞地呢喃。「她將常駐我們心中，」他痛徹心扉，哀戚令他全身震顫。「我很慶幸雷霆把你們帶回家。」

「我們屬於這片高地，」礫心的聲音被灰翅的毛皮矇住。「這裡才是我們的家園。」小貓堅信不移的口吻，聽得灰翅一陣寒顫捎上脊柱。**他是不是知道些什麼？**他把鼻子塞到尾巴底下，圈著發抖的小貓，將他們當作巢裡初長羽翼的雛鳥。

「我很遺憾。」耳畔傳來高影的柔聲呢喃，但他連頭也沒抬。他輪流舔著往他毛裡拱的小貓，用鼻子愛撫他們。沉浸在悲傷裡的他，依稀察覺腳步在他周遭挪移，高地貓的身影在月光下移動，他們的口鼻拂掠他的脅腹。

「我很遺憾。」鷹衝用口鼻推他肩膀。

「她愛過你。」橡毛的話呼在他毛皮上。

後來腳步終於散去，只剩一隻貓仍把身子緊貼他的脅腹。雨掃花坐在他身旁，在他安慰小貓時用毛髮溫暖他。

「龜尾很高興你愛過她。」雨掃花輕聲說。

「希望我早點愛上她。」灰翅呢喃道。

「你愛過她，這就夠了。」雨掃花答覆。

灰翅感覺窩在他身邊的小貓漸漸沒了動靜。他們奔波歷險，筋疲力竭，加上哀悼亡母而心力交瘁，所以漸漸疲軟，沉入夢鄉。他也合上眼，但思緒飛轉，滿腦子全是龜尾的回憶。每當黑暗的想法揮之不去地糾纏他，她總試著讓他看見光明。**你看，雷霆捕到一隻鳥欸！以後他一定是個獵食高手。**族貓為了下山，因長途跋涉而漸生疲態，也是她加油打氣。**沒有貓說遷徙是件容易的差事！**她那生氣盎然的嗓音依舊在他心裡迴蕩。**她怎能就這樣走了？**他內心開了個裂口，這般空虛比死亡更寒冷。**至少我還有她的孩子**，他把他們摟得更緊了，**我會像她從前那樣把小貓拉拔長大，好好呵護。**

「灰翅。」

雨掃花的叫聲將他喚醒，他眨眨眼，睜開雙眸。地平線滲出微光，已經天亮了嗎？

風奔從營區走來，褐色的毛皮纏結，雙眼睏倦。「我要為昨天對你說的話道歉，」她嗓音沙啞地說。「我不該詛咒你，讓你嘗嘗悲痛的滋味。」

「沒關係。」灰翅與她四目相交，那使她目光黯淡的沉痛他感同身受。黎明在地平線上綻放金黃，將一天裡的第一道色彩帶進高地。

「我們該把小燼埋了。」雨掃花呢喃道。

風奔頭一垂。「金雀毛已經把墓穴挖好了。灰翅，可以請你把小燼抱過去嗎？我們也可將他的葬禮視為對龜尾的告別式。」

灰翅對她眨眨眼。「她的屍體呢？還孤伶伶地躺在兩腳獸的地盤嗎？」

「雷霆說他們把她擱在某個兩腳獸獸窩外的花叢下，」風奔淒涼地對他說。「臨走前在她身上灑滿花瓣。」

雨掃花遙望彼端的河。「或許有誰會發現她，然後為她舉辦一個合乎體統的葬禮。」

兩腳獸也好，寵物貓也罷。」

灰翅喉頭緊縮。**但願如此**。他從小貓身邊舒展開來，輕推他們起身。「風奔生的小貓，有一隻昨天夭折，」他對他們輕輕說。「現在要把他埋了。」

「是不是也該將龜尾埋葬？」礫心兩眼無神地望著他。

「她的屍體還留在兩腳獸的地盤，」灰翅對他說。「不過，埋葬小燼的時候，我們也會緬懷她，我們可以向他們兩位道別。」他感到一陣痛楚，他也希望能為龜尾辦一場像樣的葬禮，光是緬懷她的精神就夠了嗎？

「小貓們來吧。」雨掃花溜過他身邊，開始舔梟眼一身雜亂的毛。「先梳理一下，再參加葬禮。」

灰翅感激地瞥她一眼，隨後跟著風奔進營區。

精瘦的母貓領他進黑莓灌木窩，默默無語地鑽進蔓生的莖葉。他跟著往裡鑽，只見鷹衝躺在風奔窩裡，三隻健康的小貓笨拙地在她身上亂爬，這令他大感意外。小貓們雖還沒睜開眼，卻已精神飽滿地蠕動身軀。這突如其來的喜悅似乎暫時一掃他的悲痛，不管風雨多飄搖，營區裡終究有新生命降臨。

風奔朝癱在窩邊的小身體指了一下。

小燼。

他橫越柔軟的土地，啣起小貓的屍體。他很驚訝小貓竟然這麼輕——幾乎和一捆羽毛差不多。

灰翅將小燼叼至林間空地時，鷹衝告知風奔，「其他隻交給我來顧。」

風奔趕到他面前，領他出營區，她穿過林間空地，鑽進石楠間的一條兔子小徑。

灰翅跟著走，任細枝拂掠他的毛皮，小燼在他下顎底下晃。今天的悲慟究竟要怎麼緩解？他思潮流向陰暗面的同時，石楠也走到盡頭，映入眼簾的是圍著金雀花的一塊空地，他尾隨風奔步出。

高地貓已聚在金雀毛掘好的墓穴周圍，碎冰站在橡毛旁邊，閃電尾眼神空洞地貼著他的妹妹。雷霆僵直地站在墓穴旁的土堆邊，雲點和斑皮在他正對面，高影和鋸峰則站在他們的兩旁。

「他太早死了。」麻雀毛哀號道，她和梟眼依偎著雨掃花，礫心則不肯上前。他們淚光閃閃地看著灰翅走向前，將小燼的屍首放進墓穴。瘦小的小貓硬梆梆地落入塵土，任陰影將他吞噬。

金雀毛石像般地站著，灰翅則回到小貓身旁，礫心退後讓位。「礫心，沒關係。」灰翅準備安撫他，礫心卻伸手舀一團散葉。

小貓嘴裡啣著一疊葉片，走到墓穴旁。「這些是地榆葉，」他說。「在黃泉路上會賦予他力量。」

「礫心，謝謝你。」金雀毛神情凝重，向回到兄姊旁的礫心點頭致意。他望著風奔。「但願可以把小燼留久一點，」他說。「我們有這麼多的愛要給他，但往後只要想起他，我們就會引以為傲。如果他有長大的一天，肯定是隻頂天立地的公貓。」

風奔聽了沒反應也沒出聲，只是一味盯著墓穴。

高影身為旁觀者，目光緊盯將小燼吞噬的陰影。彷彿有那麼一會兒，每隻貓都動也不動地默默哀悼。灰翅捲起尾巴，把麻雀毛、梟眼和礫心防護性地圈住。

接著雷霆走向前，開始把泥土耙進墓穴。塵土靜靜灑在小燼柔軟的毛皮上，最後悶悶地砰然落地。

「不要！」風奔的哀號劃破夜空，她驚死地瞪大眼往前衝。「把他弄出來！不可以就這樣埋了，他是我的孩子！」

金雀毛伸前爪將她往回拖，摟著她直到她不再嚎啕大哭。「咱們回去顧其他孩子吧。」他對她輕聲說，並將她扶起，攙著她走回石楠。

灰翅目送這對痛失愛子的伴侶貓離開，然後轉身面向小燼的墳墓。他走到墓穴邊，俯視埋到一半的屍首。「把儀式走完。」他努力抵抗絕望，對雷霆說。

雷霆迎上他的目光。「真希望也能讓龜尾入土為安。」他難過地心力交瘁。

「太遲了，」灰翅聲音沙啞地對他說，天曉得她會屍骨無存到什麼地步？他知道狐狸每到夜裡就會在兩腳獸的地盤徘徊。「記得她被花瓣覆蓋的樣子就好。」

「我想也是。」雷霆耳朵抽動。

他把更多泥土推進墓穴的同時，碎冰和閃電尾也趕上前幫忙。他們同心協力土葬小燼，把洞填滿，最後堆成一個在草地上隆起的墳塚。

灰翅揚起目光。雲朵掠過淡藍色的天空，狀似貓兒相互追逐。「龜尾，我知道妳會永遠與我同在，」他呼喚道。「妳希望這段感情能開花結果，為此盼了許久，如今我們的愛將永不凋零。龜尾，我將為妳而戰，我也會確保妳的孩子在高地開展未來，在朋友的支持下平安長大。」浮雲互觸，合而為一。「我不會辜負妳的期望。」平靜將他籠罩。鳥兒在新的一天放聲啁啾，灰翅也感覺力量重新滲入他的四肢。他掃視四周，驀然發現剛才嗓門扯得太大。

閃電尾頭一垂，高影和雷霆也跟著照做。高地貓間輕輕蕩起贊同的聲浪，雲點淚光閃閃地與他眼神交會。

灰翅點了個頭，接著沉默不語地率領眾貓回營區。

雷霆在坑地外的林間空地追上灰翅，灰翅止步，看雨掃花把小貓輕輕推進窩裡。「依你看，他們不會有事吧？」

雷霆用口鼻輕碰灰翅的肩膀。「我母親過世，」他低語道。「她走了我很難過，但我不用獨自面對這個世界。」他瞄向橡毛和閃電尾，他倆正在昨天吃剩的獵物堆中翻找。「龜尾的孩子也一樣。」

「今天要養精蓄銳，」高影邊說邊靠近。「你們都是，今晚就要跟清天會面了。」

灰翅頓覺毛皮重如爛泥。經歷這場生離死別，他要如何面對無謂的領土爭議？他睏倦的雙眸呆滯，如果龜尾在，會跟他怎麼說呢？

灰翅，你要堅持下去。他幻想她說這番話，耳朵的毛也跟著蓬起來。**只有你能阻止清天逼我們上戰場。**

第十七章

雷霆回眸一望，灰翅正在林間空地來回踱步。他的影子滑過枯草，在一輪明月的照耀下顯得輪廓鮮明。雷霆想吸引他的注意，但這隻毛色光亮的灰貓卻沉浸在自己的思緒中。**他是不是在想龜尾？還是清天？**雷霆希望他專注於即將到來的會面，而非只顧著哀慟神傷。然而，灰翅每次轉身，視線就瞄向隧道的小窩，只見雨掃花在那頭緊挨著龜尾的孩子。

梟眼茫然地望著遠方，麻雀毛則心不在焉地舔他耳朵，礫心睜著琥珀色的眼眸，堅定地注視灰翅。

這隻小貓目光肅穆，教雷霆看了脊柱打顫。**他看起來好像比高影活得還久。**「準備好了嗎？」雖然才剛想到高影，她突如其來的呼喚仍把他嚇了一跳。

「準備好了。」雷霆面向她。

「屆時由灰翅發言。」高影提醒他。

「我知道。」雷霆爪子勾住被露水沾溼的草地，看得出來灰翅對清天的同情心，遠勝過其他任何一隻高地貓。內疚油然而生，活像有東西戳著他的胃。**我該同情他嗎？畢竟他是我的父親。**他一聲咆哮，把這個念頭拋諸腦後。**那他就該拿出父親的樣子。**雷霆一甩尾巴。「什麼時候出發？」

高影揚起口鼻，凝視空地周遭。碎冰坐在鷹衝旁，有隻吃到一半的歌鶇擱在他們之間。雲點正帶冰霜到獵物堆，這是這隻白色公貓第一次出金雀花窩，令雷霆欣慰的是，他幾乎已不再跛腳。

風奔舒適地躺在金雀毛為她在長草上築的小窩，她不願待在陰暗的黑莓灌木窩，無論他再怎麼強力勸說，說那裡更能遮風蔽雨，她還是不肯。「小貓們需要曬曬太陽，需要讓風吹進毛裡。」她對他說。

小貓們正在她身上亂爬，毛髮比小貓頭鷹的羽毛還要蓬亂。其中一隻餓得喵喵叫，雷霆頓覺一陣哀傷，因為他發現麻雀毛聽見這叫聲竟然連頭也不抬。原本她想幫風奔照顧小貓，為此興奮不已。可是自從她得知龜尾的死訊，就連穿過林間空地去聞聞他們也不想。

高影清清喉嚨。「在我們回來之前，我要你們全部待在營區。」她宣布。她的嗓音在寧靜的夜空清楚傳送。

金雀毛從長草那頭走來。「最好要派員在坑地附近站崗，」他吼道。「以防萬一。」

斑皮從金雀花窩外往這頭望。「清天不值得信任。」

雷霆瞄了她一眼，這隻玳瑁色貓的語氣陰沉到令他驚訝。

「我們是去會面，不是開戰，」高影堅定地對她說。「清天知道我們只是想找他談談。」

金雀毛與她四目相交。「那他又想要什麼？」

雷霆希望他有辦法安撫這隻公貓，問題是他和大家一樣不信任清天。

他看見高影向前跨出一步。「灰翅。」

黑色母貓的呼喚彷彿讓灰翅猛然回神，他轉身面向她，雙眼在月光下閃爍。然後，他倏地點了個頭，步向石楠裂口。

「灰翅！」雨掃花從他窩裡呼叫。「你打算不告而別嗎？」

灰翅瞥向依偎在雨掃花身旁的小貓。「沒有的事，」他抖鬆一身毛，匆匆穿過林間空地。「寶貝，好好休息，」他邊說邊用口鼻一一觸碰小貓的頭。「我去去就回來。」

梟眼憂心忡忡地望著他。「你不會有事的，對不對？」

灰翅和這隻小公貓緊貼臉頰。「當然不會。」他爽朗的嗓音聽來勉強。「我要跟我哥哥見面，況且還有雷霆和高影同行。」

麻雀毛凶巴巴地瞪他。「你要去見清天，」她喵喵叫。「史上最壞的貓。」

「再怎麼說，他都是我的同胞手足，」灰翅溫柔地提醒她，他深情地凝視礫心。「你會好好的吧？」

礫心的雙瞳反照星光。「灰翅，千萬小心，」他說。「坑地危機四伏。」

「我會的。」灰翅頭一垂。

雷霆好奇地瞇起眼睛，灰翅為什麼要採信一隻小貓的建議？礫心對貓與貓之間的衝突又知道多少？灰翅橫越林間空地，跟著高影走出營區，此時雷霆心裡也七上八下。他戒慎恐懼地嘗了口空氣，不祥的預感在他毛皮下悄然作祟。暴風雨是不是要來了？微風中隱約能聞到雨水味，他瞧一眼夜空，至少現在萬里無雲，繁星高掛閃耀。

「你來不來啊？」灰翅回首呼叫。

雷霆連跑帶跳地追上前，他趁高影鑽進前方的石楠，對著灰翅耳畔竊竊私語。「礫心說坑地危機四伏是什麼意思？」

「我也不知道。」灰翅跟在黑色母貓身後。

雷霆用鼻子在彈性十足的枝葉間探索前進。他在茂密的灌木叢中迂迴穿梭，崩裂的小徑猛扎他的肉趾，他又花了一段時間才再次追上灰翅。「你也不知道是什麼意思？」他對著灰翅的尾巴嘶聲叫。

灰翅沒吭聲。雷霆鑽出石楠，發現灰翅和高影已爬上通往坑地的草地斜坡，他們正轉向步離捷徑。

他拔腿就追，最後趕到灰翅身邊，與他同步前行。「為什麼走這條路？」他放眼望去，寬廣的斜坡彼端可見樹梢在坑地裡微光閃爍，高影似乎正帶他們繞路。

「我們要去日高坡，」灰翅對他說。「那裡沒長黑莓灌木或蕨類植物，我們認為只要清天能清楚掌握我們靠近的動線，就會比較安心。」

「誰管他安不安心啊？」雷霆咆哮道。

灰翅的毛與他輕拂。「我們需要他保持冷靜。」

雷霆哼了一聲。「這就像是拿肉餵禿鷹，他能搶多少是多少，最後還想把你一層皮給剝掉。」

高影回眸，她悲觀的目光在黑暗中發光。「說什麼都得試試。」她午夜般漆黑的尾巴彈向陡坡的坡頂。「我先去前面探路，看安不安全，我這身毛在陰影中比較不顯眼。」

「記得等我們，別獨自進坑地。」灰翅對躍向前的她呼喊。

「我們不該陪她去嗎？」雷霆心神不寧地目送她背影離去，萬一清天設下陷阱怎麼辦？

「她會小心行事的。」灰翅目光鎖定前方。「我不想上氣不接下氣地抵達。」

雷霆身子一僵。「胸口還悶嗎？」

「有點，」灰翅尾巴抽搐。「但我不會有事的。」

雷霆望著高影隱沒在斜坡坡頂的黑暗中。「我跟著去好了。」

灰翅故意瞄了一下他白色的巨爪，那白爪在草地的襯托下更顯蒼白。「她的毛色不會被發現，我們不想驚動清天。」

雷霆氣得縮起腳爪。難道他們這輩子都要戰戰兢兢，免得觸怒清天嗎？**史上最壞的貓**，麻雀毛的話言猶在耳。**坑地危機四伏**，他直視灰翅，想起礫心發出的警告。「如果你不知道礫心在說什麼，那離家的時候又為什麼會愁容滿面？」

灰翅用腳爪撥青草。

「跟我說啊。」雷霆不肯罷休。

「礫心會做夢。」最後他咕噥著說。

雷霆皺起眉頭。「我們誰不會做夢？」

「不會做礫心那種夢。」

一陣徐風吹起雷霆的毛。「什麼意思？」

「你沒聽過尖石巫師，她是我們山上的領袖。」灰翅繼續往前走。「她能在夢中與祖靈交流，祖靈曾警告她黑暗將至，並在我們六神無主的時候向她指點迷津。」

雷霆心跳加速。「你的意思是礫心能和祖靈交流？」

「我不曉得。」灰翅手忙腳亂地爬上最後一塊陡峭的高崗，在崗頂暫歇。星光在他身後閃爍，他爬得氣喘吁吁。「只是覺得他很特別。」

雷霆追上他。「莫非他也是尖石巫師？」

灰翅聳聳肩。「我只知道他做的夢意義重大。」他俯視坑地，它好似一個傷口，在高地邊裂開。

遠處的森林窸窣作響，雷霆不禁攤平耳朵。

「在龜尾被撞死之前，」灰翅呢喃道。「他就夢見死亡。」

雷霆大吃一驚，毛髮倒豎。「你是說他能預知未來？」

「他沒預知死的會是龜尾。」灰翅目不轉睛地望著他。「這件事我只有跟你說，礫心還小，你別向其他貓提起。他只是隻小貓，別讓他承擔這些壓力。」

「那你現在告訴我，又是為什麼？」

「以防萬一。」

灰翅死盯著他不放，恐懼一如石塊落進雷霆的肚裡。

「要是我有什麼三長兩短，總得有貓明瞭內情。」

雷霆頓時口乾舌燥。「礫心是不是夢到這次的會談？」

灰翅向前躍進。「趕路吧。」他順著高影的足跡穿越草地。

雷霆只好也跟著衝，挫折得毛髮倒豎。「還有什麼要跟我說的嗎？」

灰翅杵在坑地頂部，高影正在那頭蒼翠的草地上踱步，他給雷霆使了個警告意味的眼色。

雷霆見狀只能吞下在他腦中打轉的疑問。他俯視坑地。四喬木沙沙作響，樹葉宛若月光下的湖水波光蕩漾。谷底的橡木間有塊巨石，它像是一隻拔地而起的大爪子。巨石頂有個黑色剪影，他從輪廓認出那是清天的寬肩，看見父親擺出自信滿滿的姿勢，雷霆一度感覺他瞥見了從前的清天——那隻年輕的高山貓。

希望這樣和他談判起來會輕鬆一點。

高影挪動腳的重心。「他並不是單槍匹馬。」

雷霆張開嘴，讓夜裡的涼爽微風籠罩他的舌頭。雜亂的貓味聞得他身子一僵，毛髮倒豎。「他把領土上的每隻貓都帶來了。」

「每隻貓？」灰翅驀然轉頭。

落羽、快水、葉青、花瓣。營區老友的氣味，雷霆都認得。還有些他不認得的新味道，清天是不是又向惡棍貓招兵買馬了？

高影俯視坑地。「除了清天，我沒看到別隻貓啊。」

雷霆努力讓呼吸保持平穩。「他們躲起來了。」

「這是陷阱嗎?」高影瞇起眼。

「灰翅!」清天從底下嚎叫。「我知道你來了,還帶了雷霆和高影。怎麼不大方現身呢?你來就是為了找我談的,不是嗎?那就開啟對話吧。」

灰翅邁步向前,但雷霆仍躊躇不已。他感覺喘不過氣,**但願礫心的預知夢是錯的。**

第十八章

「別把頭背的毛豎起。」灰翅一面嘀咕一面往下坡走。

「你在幹麼？」雷霆盯著他的背影，腳爪死命扒著草地。

「我們寡不敵眾。」

「他不會進攻的。」灰翅回眸望。

「如果他沒那意思，幹麼把全營區的貓都帶來？」**礫心的預警又怎麼說？**雷霆不敢相信灰翅竟然這麼魯莽。

高影跟在他身後。「傷害我們對他有什麼好處？」

雷霆目送她離去。「清天傷害貓只是為了展現他有這個能力。」

「我不相信，」灰翅止步，與雷霆四目相交。「你到底要不要來？」

雷霆深呼吸，**我不是懦夫**。他勉強自己別怒髮衝冠，然後跟著隊友走。腳底下的青草因露水而溼滑，森林貓的麝香味瀰漫整個坑地。他們抵達谷底時，他視線往旁邊飄，有東西在斜坡的陰影中移動。他看見那些身影如在蘆葦間悠游的魚，在蕨類植物中悄然竄動。然而，月光照耀下的林間空地卻空空如也。

真像是清天的作風。我敢說是他叫他們躲起來的，因為他深知看不見的仇敵更可怕。「你們這群懦夫，有種出來面對。」他低聲咕噥。

「閉嘴！」高影尖聲喝斥。

灰翅走到在林間空地盡頭矗立的巨石下，他在石頭周圍滑了幾下，過了一會兒爬上頂端，與清天面對面。

雷霆縮起爪子，他感覺頓失庇護，渾身不自在。

「上來啊！」清天對底下呼喚。

有什麼事不對勁，雷霆背脊發涼。

「上去吧。」高影走向巨石。

雷霆跟著走去，他安慰自己：起碼到上面就能遠離那群張牙舞爪的貓。

「萬一他們發動攻勢怎麼辦？」他對蜷伏著準備躍起的高影輕聲發問。

「只好祈禱不會發生這種事了。」她縱身一躍，落在石塊攔腰處一個狹窄的下腳處，再跳上頂部。

雷霆嘆了一口氣，事情幾乎都沒照計畫走。「希望妳是對的。」他一面嘀咕，一面跟著躍進。

石頂很平滑，依舊留著日照的餘溫。灰翅坐在離清天一尾遠之處，清天倚著臀部蹲坐，張大爪子梳理胸毛。

高影緩步繞著清天轉，視線從未離開過他。她瞇起眼，停下腳步。「你怎麼把全陣營的貓都帶來了？」

清天不慌不忙地抬起頭，迎上她的目光，動作利索地把爪子在自個兒面前收齊。

「那灰翅又為什麼帶你們來？」

雷霆怒髮衝冠。「因為我們信不過你。」他咆哮道。

灰翅將雷霆往後推，高影也在他身旁坐下。「清天，謝謝你來。」他平和地說。

清天昂起下巴。「早該會面了。」他的嗓音響徹坑地。

雷霆掃視陰影重重的斜坡，巡查風吹草動。看清天擺出對每隻貓致詞的架勢，彷彿他是萬眾的領袖，他豎起頸背的毛。「少裝了，這又不是你的主意。」

「雷霆，別吵。」灰翅輕吼一聲。

「對啊。雷霆，別吵。」清天的雙眸在月光中閃爍著輕蔑。

「輪不到你來訓我！」雷霆回瞪他。

「我忘了，」清天圓滑地說。「你始終是灰翅的班底。」

「才不是呢！」彷彿有利爪劃過雷霆的心。「我曾經努力去當你期望中的兒子。」

「有這回事？」清天冷冰冰地望著他，月光晶亮地照著他的毛皮。

「你想把我養成跟你一樣冷血的貓！」雷霆將口鼻部探向父親。「但要我冷血，下輩子吧！」

「雷霆！」灰翅激動地斷聲喝斥。

高影穿到雷霆面前，將他往後推，灰翅則移動腳的重心。

「我為雷霆的言行道歉，」灰翅說。「他年輕氣盛。」

聽到灰翅謙恭有禮的口吻，雷霆勉為其難按捺怒火，**你竟然為我道歉！**

灰翅繼續往下說。「你我之間的沉默如溫暖獵物已化膿潰爛，對談能夠澄清誤會，或許我們也能回到剛下山抵達平地的初衷。」

清天耳朵抽動，但不發一語。

「過往的點點滴滴你還記得嗎？」灰翅乘勝追擊。「第一次擁抱溫暖，第一次填飽肚子，第一次踏上柔軟的草地，而非腳踩寒雪和岩石，那是怎樣的滋味？我們為歷經千辛萬苦的長途跋涉而自豪。我們萬眾齊心，絕對不再過窩在洞穴裡忍飢受凍的生活。」他將口鼻伸向清天。「這些想必你都記得吧？」

清天把腦袋歪到一邊。「我記得在途中喪命的那些貓，你忘了亮川嗎？」他的雙眸如寒冰般發光。「還有，抵達之後，惡棍貓其實並不歡迎我們踏上他們的土地，我們得用血汗去爭取。」

「這不是事實！」灰翅抗議。「風兒跟金雀花又怎麼說？」他鼻子掃向在林間空地邊緣移動的暗影。「蕁麻跟杉毬果又怎麼說？這些惡棍貓全是你的盟友了！」

「就像阿狐？」清天口氣輕蔑地說。

灰翅退縮的同時，雷霆反而湊上前。他聽過灰翅害死那隻公貓的事。「阿狐之所以會死，都是為了捍衛你劃立的邊界！」他吼道。

「安靜！」高影對他耳畔輕聲說。「雷霆，你要控制自己，現在不是跟你父親翻舊帳的時候。」

他注視她深色的眼眸，怒意在他胃裡翻攪。她說得對，他們此行的目的是為森林與高地帶來和平。

她昂首走向前，讓月光照亮她的口鼻。「繁星已俯瞰這塊土地無數個季節，我腳下的巨石也已在此矗立無數個月。」

雷霆從眼角察覺好些動靜，底下的眾貓正偷偷步出陰影。落羽的白色毛皮在發光，他認出她身邊的瘦小身軀是快水，蕁麻和杉毬果毛髮蓬起地匆匆靠近，花瓣、葉青和阿蛇也你推我擠地靠近。而雷霆發現有團宛若影子的晦暗黑毛跟在其他貓後面，那是寒鴉哭嗎？

他們如獵手一般安靜地聚在巨石下，眼眸閃著好奇的光。蝙蝠在他們頭頂振翅而飛，好似幽靈燕子俯衝亂竄。眾貓視而不見，揚起目光仰望高影。

她面向他們。「這塊巨石不是為了讓我歇息才拔地而起，這些樹木也不是為了給你們遮風蔽雨才生長的。」她口鼻部指向高地。「這片青草不是為了讓我們踏得舒適柔軟才覆蓋高地，兔子也不是為了讓我們有地方住才挖地道。」她突然將視線移向清天。「森林也不是為了摧毀你的家園而燃燒。」

雷霆發現他打了個寒顫，她提醒了清天，當遇到熊熊烈焰要吞噬營區時，他有多麼脆弱。當下他需要他們的幫助，沒有他們伸出援手，他絕對過不了這關。

高影不肯罷休。「這塊土地不屬於我們，我們只會在此地暫居幾個月，然後就化為春泥。而土地千秋萬世，不是給我們爪分或如獵物般分食的，我們應該以崇敬的心保護它。是它賦予我們食物、為我們提供庇護。」她將視線移回巨石下的眾貓。「這點我們能不能達成共識？」

快水偷瞄落羽一眼，葉青著迷地瞪圓眼睛，杉毬果轉換腳的重心。

他們是不是在考慮高影的請求？

雷霆望向清天。他父親睜大雙眼，他在轉瞬間變年輕了，耳朵豎直、鬍鬚微顫，高影是不是已說服他兩方陣營能和平共享這片土地？

灰翅跨步向前，將口鼻伸向哥哥的同時，希望也在雷霆的毛皮下翻湧。

「抓到了！」底下傳來一聲勝利的嚎叫。

雷霆旋即轉身，心頭一怔，因為他看見寒鴉哭躍起，拍擊空中的一隻蝙蝠。這隻黑色公貓撲到牠身上開始啃咬，喉嚨傳來低沉的示警聲。

「你膽子真大！」花瓣轉身面向他，嘶聲叫道。「這是森林的獵物。」

「這塊土地不屬於任何一隻貓。」寒鴉哭嘴裡掛著蝙蝠肉，抬頭看她。他啪地一聲含進嘴裡，再飢腸轆轆地吞下肚。

花瓣躍進，將蝙蝠勾走。「牠是我們的！清天不准你吃我們的獵物！」

「不好了！」灰翅驚恐地瞪圓眼。

雷霆眨眨眼，他們只差一步就能達成協議了，千萬不能現在開打呀，不要為爭奪食物而打！

清天在巨石邊上咆哮。「住手！」

花瓣和寒鴉哭先是一愣，接著各自退後，蝙蝠躺在他倆中間的血泊中。

清天的視線掃向寒鴉哭。「他在這裡幹麼？」

花瓣昂首望著領袖。「不能讓他獨自跟白樺和赤楊留在營區啊。」

寒鴉哭怒吼。「妳覺得我會傷害小貓嗎？」

葉青露出尖牙。「永遠不要相信餓肚子的貓。」

「我肚子餓是誰的錯？」寒鴉哭責難地瞪清天一眼。「打從我踏入森林，你就沒讓我吃過東西。」

什麼？雷霆義憤填膺。他想像森林營區的食物堆成山，多了吃不完只能任其腐爛。他們居然一點都沒分給寒鴉哭吃？「你讓他挨餓？可是……你保證不會再任讓任何一隻貓挨餓的啊。」

清天面向他。「你還有臉說！你做了那麼多要不得的事，早就沒資格發言了！」他眼中迸發傷痛的火焰。「你是忘恩負義的叛徒，先是離開灰翅，後來又離開我！」

雷霆內心感到畏怯，**叛徒？灰翅也是這樣想我的嗎？**「你說過這都是命。」他氣若游絲地說。

清天瞇起眼。「你的命與我無關。」他衝過灰翅身邊，把口鼻戳向雷霆的臉。「你背叛灰翅，也背叛了我！」他把頭縮回去，利齒在閃爍。「弟弟，我說的對不對呀？」他死命瞪著灰翅。

「離開高地不算是背叛，」灰翅提出異議。「他認為他在做正確的事。」

清天哼了一聲鼻息。「他不值得信任。」他的視線又掃回雷霆身上。

雷霆腳爪顫抖地往後退，他知道自己後來開始鄙視清天……卻不曉得他的父親竟然憎惡他。

「我知道你在高地搞什麼鬼，」清天譴責雷霆，又往他那頭靠。「你一直在訓練貓打仗——」

「我沒有！」雷霆為自己辯駁。「我一直想辦法勸他們不要打！」

清天哪裡聽得進去。「有貓見過你教他們怎麼把狩獵蹲伏改成格鬥招數！不過，別忘了，無論你多努力要證明自己，你對哪隻貓來說都不具意義，再也不會有貓相信你了！」

這時黑暗突然籠罩坑地，雷霆猛一抬頭望。他的目光掃過高聳的橡木，蒐尋月亮，但烏雲已將月亮吞噬，遮蓋繁星。

清天壓低音量輕聲說。「你最好不存在。」他的氣息攪動雷霆的耳毛。

雷霆看見父親冷酷無情的目光，不禁倒抽一口氣，嚇得脈搏狂顫。

清天轉頭俯視巨石下的眾貓。「進攻！」他以後腿直立，爪子插進高影的毛皮，將她拽下岩石邊。

她落在森林貓之間，眾貓見獵心喜地嚎叫。

「高影！」雷霆很是驚恐，因為他正目睹森林貓向她發動攻勢，利爪在月光下亂舞閃爍。

寒鴉哭投入纏繞的一片毛海，左彎右拐地來到高影身邊。他們以後腿直立，背靠背地亂擊進攻者。

花瓣嘶地一聲撲向高影，阿蛇壓低身子進攻，咬她腳爪。蕁麻猛一揮拳，擊中高影的臉頰。高影搖搖欲墜，害寒鴉哭也失去平衡。他身子向前傾，杉毬果見狀，一把抓住他的頸背，拽到地面。

「我們不能冷眼旁觀啊。」灰翅驚慌的話傳進他耳裡。

「把他們弄上來，這樣比較容易自我防禦。」雷霆嘶聲回話。

「然後呢？」灰翅的目光閃著恐懼。

我怎麼知道？雷霆呆若木雞地俯視森林貓，只見高影和寒鴉哭在巨石下消失。清天用擠的經過他身邊。「就是這樣，」他嘶聲說。「留在上面看你們的朋友送死。」他從巨石往下跳。

「動作快！」雷霆連跑帶滑地追去，灰翅砰然落在他身旁。他們互換眼色，接著雷霆便投身殺入戰場。他抓著花瓣，爪子狠狠插進她的毛皮，把她往後拖。她放聲嚎叫，轉過頭齜牙咧嘴。她往他口鼻部的方向咬，雷霆把頭一低，感覺有股強勁的力道在拉扯他的鬍鬚，因為她的大嘴在離他臉頰毫釐遠的地方啪嗒關上。他往前閃，鑽到蕁麻肚子底下，往上一頂，使這隻公貓四腳離地，胡亂展開四肢。

「雷霆！」寒鴉哭驚呼，公貓的目光燃起希望。

「上巨石！」雷霆下令。

高影猛一回頭，迎上雷霆的雙眸。

「小心！」雷霆看見杉毬果撲向他，不禁心頭一怔。

高影旋即轉身，伸出利爪迎擊。她朝他口鼻部猛耙，然後用全身的力量壓向他，公貓只能步履蹣跚地撞向快水和葉青。

雷霆突然感覺脅腹一陣灼燒，回頭只見阿蛇正用利爪深耙。他怒火中燒，拖著身子掙脫，張嘴往這隻惡棍貓的喉頭一咬。阿蛇閃開了，雷霆又躍向他，牙齒緊拽他的頸背，使勁甩他。

這時有爪子鉤住他的肩膀，把他往後拽。

「你真心認為可以避免這場戰爭？」清天在他耳畔嘶聲問。

「這不是戰爭！」雷霆被清天用張開的利爪壓在地上，痛得哼哼叫。「這是屠殺。」他拚命揮動四肢的同時，發現灰翅正把寒鴉哭從杉毬果的圍困中拽開，將他推向巨石。

「踩岩石突起處跳到最上頭！」灰翅發號施令後再回去救高影。

被清天制伏的雷霆不斷蠕動身軀。「我們沒那麼容易投降！」他動如脫兔，將後腳收進父親肚子底下，把他往後踹。清天詫異地瞪眼，踉蹌地後退，跌到阿蛇身上。

雷霆躍起，高影從他身邊疾馳而過。

灰翅緊跟在後。「來吧。」他頓了一下，用鼻子將雷霆推向巨石。

雷霆拔腿就跑，跟著躍上岩石突起處的高影。她攀上巨石頂部後沒多久，他也手忙腳亂地達陣。寒鴉哭正在石頂發抖，接著灰翅在他旁邊落地。

「現在怎麼辦？」高影瞪大眼。

岩石突起處傳來一陣嘶聲。雷霆往下看，發現阿蛇已爬到半途。惡棍貓縱身一躍，但雷霆眼明手快地狂轟猛揍，將對方打回地上，四肢攤展。阿蛇手忙腳亂地站起來，惡狠狠地瞪著巨石頂部。森林貓在他周圍聚攏，喉嚨發出隆隆低吼。

「我們被困住了！」寒鴉哭對灰翅眨眼。

「他們不可能把我們困在這裡一輩子。」灰翅說之以理。

清天步向林間空地，昂首呼喊。「灰翅，你在打什麼算盤呀？」他趾高氣揚地咆哮。「要讓我們看你在上頭餓肚子？還是像個男子漢下來再跟我們比劃？」

雷霆抬頭瞄向離他們頭頂一尾遠，在空中搖曳的橡木樹枝。「我們需要外援。」他說。

寒鴉哭順著他的視線望去。「你覺得小鳥會下來教我們怎麼飛走嗎？」

「如果我能回營區，就能調更多貓過來。」雷霆咕噥道。

「不可能闖得過去。」高影指向底下的眾貓。

灰翅瞇起眼。「你是不是想爬樹逃離這裡？」

雷霆與他四目相交。「假使我能搆著這棵樹，沿著樹枝爬，」他腦袋指向往斜坡蔓生的一根大樹枝，高地在它後方。「說不定可以回營區找援軍。」

「太危險了，」高影眼色暗了下來。「他們會想辦法攔住你的。」

「由我們來聲東擊西。」灰翅向他保證。

雷霆俯瞰在底下繞圈的眾貓。「待在上面，」他警告盟友。「一定要撐到我帶援軍回來。」

「他們會來嗎？」寒鴉哭焦慮地望著他。

雷霆挺直身子。「你覺得橡毛、閃電尾和鷹衝會拋下你們？」

寒鴉哭抬起尾巴。「不可能！」

「小心點。」高影提醒他，眼裡閃爍恐懼。

雷霆低下頭。「我盡量。」

灰翅走到巨石邊緣，對底下的森林貓叫嚷。「看看你們的首領，」他吼道。清天位於林間空地中央，雙眸閃爍微光。「你們以他為榮嗎？你們替他打仗，他卻袖手旁觀。」

「好大的膽子！」清天怒甩尾巴。

正當每隻貓將視線掃向清天的同時，雷霆躍上枝頭，前腳勾住樹枝，後腳在半空中拚命狂攪。他六神無主，非得在被森林貓發現之前搞定。樹枝承受他的體重搖搖晃晃，葉片也如細雨灑落他周圍。他晃動臀部，其中一隻後腳夾住突起的嫩枝，他悶吼一聲，將身子用力拽起，喘著氣讓整個身子攀上樹枝。

他從樹葉間觀望。

清天步向他旗下的貓。「幹麼聽他講的話？他下山純粹為了跟隨同胞兄弟，他是天生的跟屁蟲，我是天生的領袖。」

雷霆發出咆哮，**傲慢的狐狸腦袋！**

他沿著古老的樹枝悄然移動，腳底下的樹皮粗糙不平。愈接近樹幹，樹枝就愈粗，他在樹枝與樹幹的交會處歇息，當在距離一尾長的遠方看見另一根突出的樹枝，頓時如釋重負。他縱身一躍，像走過河石橋般沿著粗樹幹周圍的樹枝走。在不知不覺中，他已在一根探向斜坡的樹枝上保持平衡。他心頭狂顫，沿著樹枝走，希望葉子能遮蔽他的蹤跡。快到盡頭時，他的腳掌已能覆蓋樹枝的側面——因為樹枝愈長愈細。他伸出利爪，插進粗厚的樹皮，但承載他體重的樹枝仍舊搖搖晃晃。他匍匐著連走帶滑，往下一望，只見斜坡就在幾尾遠的下方。現在可以冒險往下跳了嗎？他往急速變細的枝頭又走了幾步，豈料樹枝向下一沉，嚇得他胸口一繃。**我太重了！**樹枝啪嗒一聲斷了，他只能朝地面疾速墜落。他笨拙地扭轉身子，按捺驚惶的嚎叫，側身砰然墜地。

我有沒有受傷？他氣喘吁吁地攤在地上檢查傷勢，恐懼在心頭震顫。**沒掛彩**，只有隱約感覺到落地的衝擊力，他顫抖著吸口氣。

「雷霆呢？」林間空地傳來清天驚覺的叫聲。

「不見了！」

「他去哪兒了？」

他低頭偷瞄林間空地，森林貓全都豎起耳朵，掃視坑地。

雷霆趕忙躍起，奔向上坡。

「他往高地跑了！」蕁麻的叫聲劃破夜空。

雷霆更是沒命的跑，越過坡頂，然後在高地狂奔。坑地傳來憤怒的嚎叫，草叢間的他持續風馳電掣的奔跑。他回眸一望，看到兩個身影出現在坑地邊緣，月亮照亮他們光滑的毛皮，**是阿蛇和花瓣**。兩隻貓一見到他立刻目露凶光，他們背後也冒出更多隻貓。

雷霆亂了頭緒，連忙逃之夭夭，他聽見身後的貓連連嚎叫地窮追不捨，一轉頭望，那場面嚇得他倒抽一大口氣。

阿蛇離他愈來愈近，這隻結實瘦小的惡棍貓在草叢間健步如飛，從這裡到營區，雷霆絕對跑不贏他。

要是被他們抓到，其他夥伴就完蛋了！他環視高地，發現草叢中有個凹陷。地道？**我可以鑽隧道啊！**

小時候灰翅曾帶他見識高地下的迷宮，教他如何分辨隧道的好壞。森林貓敢跟他進入伸手不見五指的黑暗嗎？

希望他們不敢。雷霆胸口發燙，毛髮豎直，在凹陷處旁打滑止步，隨後鑽入隧道。

泥土刮擦他的身子兩側，腳底的土壤一踩即碎。他手忙腳亂地往裡鑽，氣味難聞到他皺起鼻頭。身後的月光漸趨黯淡，隧道也愈加潮溼。**這條路通到哪裡？**他的毛皮拂過滑不溜丟的爛泥牆。**繼續走就對了！**他甚至不知道這條隧道通往何處。**你要救救灰翅和其他夥伴啊！**

怎麼會發生這種事？他們都達成協議了，如今卻開戰在即。**他怎麼能夠背叛我？**雷霆毛皮下怒火中燒，他咆哮著穿過黑暗。**清天，我要你付出代價，血債血償！**

第十九章

絕對不要循汙濁的空氣走。

這句話將他拉回童年，那時灰翅剛開始教他高地地底的隧道常識。

後方傳來的嚎叫聲在他身後的隧道迴盪。

「你們高地貓根本不是貓！是害蟲！」

「你這個鼠腦袋，出來較量啊！」

阿蛇和花瓣朝黑暗的隧道叫囂，至少他們沒跟上來。

雷霆加快步伐，無視於隧道中散發霉味的冰冷氣息，以及好不了的腳痛。他說什麼都得回營區，沒回頭路可走了。

腳底下的地面突然急劇傾斜，害他心頭一怔。**除非你能原路折返，否則不要走傾斜的下坡。**

「灰翅，抱歉了。」雷霆低聲咕噥。現在沒辦法聽老貓的建議了。

「我們守著入口。」阿蛇的吼聲在後頭的隧道迴響。「他一出來，我們就上前抓他！」

雷霆嚥下一口口水，祈禱他走的路方向沒錯，**這條路肯定通往營區**，他進隧道後都還沒轉過彎呢。坡度急劇傾斜，害他前腳打滑，**要是繼續往地底深處走呢？不，不會的**，他自我安慰，**一定有出口**。他平復心情之際，斜坡趨緩，同時也變得寬闊。他心中燃起希望，腳步放慢，小跑而行。現在隧道比烏鴉飛行的路線還要筆直，**走下去肯定會**

到營區，他剛開始幻想從坑地旁鑽出來，周遭的氣味就走樣了。

雷霆停下腳步，溼氣包覆他的舌頭，雷霆在黑暗中喪失視覺，只能用口鼻往前探。他的鼻頭碰到泥土，死路一條？不會的，溼氣一定是從別處而來。背後只有汙濁的空氣呀！他一隻前爪往前伸，結果拍到稀薄的空氣，另一隻前爪也一樣。他搞糊塗了，皺起眉頭。明明他的鼻子碰到土壤，爪子卻伸進空無一物的空間。這條隧道肯定一分為二！**該往哪條岔路走呢？**雷霆心搏狂顫，兩條路都嗅了一嗅。

其中一條隧道聞起來乾燥且有霉味，另一條潮溼但空氣新鮮。**是露水味嗎？**假使聞到露水，就一定有青草藍天和空氣。雷霆踏進有溼氣的隧道，他的腳爪啪嗒啪嗒地踏過爛泥，每走一步就閃現嶄新的希望，小徑肯定很快就要通往上坡了。

他感到鬍鬚快要擦到其中一側的土牆，隧道變彎了。會不會離營區愈來愈遠？他順著彎道走，焦急到胃絞痛。**我是不是選錯路了？**彎道變窄了，雷霆放慢步伐。**是不是該往回走？**他沒了把握，腳步也有如千斤重。灰翅這條命就靠我了，此時隧道又往回繞了。**這下要去哪兒？**雷霆分不清東南西北，只好硬著頭皮繼續走。

他可以想像灰翅、寒鴉哭和高影困在巨石上。要是清天旗下的貓發動攻勢呢？假如多派幾隻貓一起攀上岩石突起處，或許就能把高地貓逼到絕境，強占他們的避難所。雷霆呼吸加速，以跑代走，但一感覺周圍的隧道開始變窄，他又止步不前。在短短幾步路內，土牆緊貼他的脊椎，接著是他的脅腹，最後得硬把身子拽過狹小的裂口，過程中肚子擦過泥地也拖了土壤穿行。

早該選另一條路的，恐懼悄悄爬上心頭，可是他的口鼻部依舊籠罩著潮溼而新鮮的氣息。這條隧道肯定通往高地，他只要一到戶外，就能找到回營區的路。他勉強拖著身子前行，空間漸廣，他也鬆了一口氣，感覺背上一塊大石被拾起。

他連忙起身，馬不停蹄地往前衝，張著嘴只願聞到一絲熟悉的氣息。他有沒有來過這條隧道啊？

灰翅的話言猶在耳。**對寒鴉哭而言，這些隧道就像在石楠間奔跑的野兔，他瞭若指掌。你也要多研究，也許哪天你得鑽進去尋求庇護呢？**

要是他沒花那麼多時間待在森林陪清天就好了，他一度心酸哽咽。**如果我早點研究路線，現在說不定已經回營區了。**

他感覺前方豁然開朗，鬍鬚抽動幾下，在黑暗中往前衝。眼前綻放光明，他心情也隨之一振。可是隧道並沒有往上坡走呀，他怎麼可能接近地面？他奔向光源，但一靠近才發現那是月光滲入地底深處的一條裂縫。瀰漫黎明前露珠氣息的青草味將他籠罩，他失望地繃著臉，睜大眼想看清前方。

一陣緩步聲以及毛髮拂掠泥土的聲音把他嚇得繃緊神經，熟悉的臭味隨之撲鼻而來，令雷霆胃部緊縮。

獾！

他往後退。是不是誤闖獾窩了？隧道遠處的陰影中，傳來沉重的腳步聲。無聲的月光從裂縫流洩而入，雷霆見著熠熠閃爍的一雙眼，嚇得豎直毛髮，他認出獾臉上的白色線條。

隆隆吼聲向他傳來。

「對不起，」他輕聲說。「我不是有意要——」

獾撲向前，腳爪刮過土壤。雷霆按捺恐懼，掉頭就跑。隨著隧道愈變愈窄，他往前衝，伸出前爪硬把自己拖出去。他感覺尾巴有股熱氣，又聽到啪嗒合上嘴巴的聲音。他拖著身子前進的同時，背後還跟著憤怒的咆哮。

他心臟抵著土地怦怦直跳，聽見沉重的步伐擦過土壤。獾的體型太大，鑽不進來。雷霆亮出利爪，硬是挺過隧道最窄的區段，上氣不接下氣地爬到另一頭。

他止步豎起耳朵，像隻獵物般渾身顫抖，聽獾哼了幾聲鼻息，然後笨重地離去。雷霆的思緒開始飛轉，花瓣和阿蛇守在入口，這條路又被獾堵住，這下就只有一條路可走了。

他跑回岔路，奔向另一條隧道。**拜託，這條路一定要通往營區啊！**他衝破黑暗，對汙濁的空氣置之不理，每次做好準備要迎頭撞上死胡同，就會豎起毛髮。不過，隧道卻像蕨類植物般在他面前開展。雖然它迂迴曲折，但雷霆有預感這條路一定通往坑地。當腳底的地面開始傾斜，他也聞到一股刺鼻的夜空氣息，前方肯定有塊空地。他不斷奔跑，最後看見月亮，然後他向月光奔去，衝出隧道，上了青草地。

涼爽的微風吹皺他一身毛，他深吸了一口空氣進胸腔，終於放下心中的大石。抬起頭，雲開見明月，月兒亮潔，圓如玉盤。他環顧四方，尋找熟悉的標記。山丘側邊點綴著石楠、金雀花和青草，所以在月光下有如龜殼花紋的毛皮。然而，雷霆仍能認出那片藏不住凹地的暗影，那裡正是營區的所在地。坑地！他向那頭奔去，越過一條青草地再鑽進石楠。他循著兔子小徑左彎右拐，最後衝到石楠的彼端，認出營區的石楠外牆，教他欣喜若狂。

他狂奔而去，躍進裂口，在林間空地止步打滑。

營區夥伴的目光全都轉向他，在月光下閃爍微光。

「雷霆！」

閃電尾警覺地躍起，但雷霆選擇直搗灰翅的窩，他非找礫心說話不可。

他在窩邊止步，梟眼、麻雀毛和礫心正依偎著雨掃花，睜著骨碌碌的圓眼望著他。

雷霆直視礫心。「你夢到什麼？」他質問道。

雨掃花從小貓身後躍起，嘶聲叫道：「雷霆，你在幹麼？你嚇壞他們了！」

麻雀毛掃視雷霆背後的陰影。「灰翅呢？」

「他還在坑地，」雷霆隨口回她一句，目光仍鎖緊礫心不放。「你夢到什麼？」他嚴厲地複述問題。

梟眼跳起來以肉身擋在弟弟面前。「不要煩他！」

「不要緊，」礫心用鼻子把梟眼輕輕拱到旁邊，再從窩裡跳出來，與雷霆四目相交。「灰翅跟你說了？」

「雷霆！」碎冰的叫聲響徹營地，冰霜的白毛在雷霆的餘光發亮，他背後傳來拖著腳走過草地的聲音。

「怎麼只有你回來？」金雀毛不安地發問。

雷霆面向他。「灰翅、高影和寒鴉哭有麻煩了。」他搜尋營區夥伴的焦慮眼神，他們為捍衛朋友出征做好準備了嗎？「我是回來找援軍的。」

「援軍？」金雀毛呢喃道。

雲點從金雀花叢下溜出來。「什麼樣的麻煩？」

碎冰一聲咆哮。「我早就知道清天這個傢伙信不過了。」

「他是個狐狸腦袋。」冰霜忿忿不平地說。

雷霆轉身面向礫心。「我一定要知道你夢到什麼。」他趁高地貓在身後竊竊私語的時候壓低音量說。

礫心神情凝重地望著他。「我看見巨石底下開戰了。」他低聲說。

「戰爭怎麼結束的？」雷霆對胸口悸動的恐慌置之不理。

礫心對他眨眨眼。「我不曉得，」小貓的眼神蒙上困惑。「看不出來。」

雷霆挫折地甩一下尾巴。

「很抱歉。」礫心說。

「不是你的錯。」雷霆轉身離去，沒時間擔心了——他必須採取行動。他躍上平面岩石，踩在光滑的石塊上感覺怪怪的，這是高影的位置，不是他的，但高影不在營區。

他俯視高地貓。「清天背叛大夥了！」

碎冰攤平耳朵。「早就跟你說——」

雷霆打斷他的話。「他把陣營裡的貓全帶來了，成員多到數不清，還有我從沒見過的惡棍貓和獨行貓。高影、灰翅和寒鴉哭被困在坑地的巨石上，我不曉得他們還能抵擋清天的貓多久，現在我要趕去幫忙，有誰要加入？」

金雀毛昂首走向前。「我！」

「還有我！」碎冰也往朋友身邊一站。

「我加入！」閃電尾一甩尾。

「也算我一份！」冰霜的藍眼閃耀似冰。「假如要跟清天打，我也要參加！」

橡毛走到他旁邊。「我們全都上吧！」她嚎叫道。

雷霆搖搖頭。「總得有誰留下來陪風奔和小貓。」風奔的長草窩裡傳來咪咪叫，他瞇起眼，看誰自願留守營區。

雨掃花無言地迎上他的目光，鋸峰踏出陰影，面目猙獰，一副吃了秤砣鐵了心的樣子。斑皮走到雲點身旁，毫不畏縮地望著雷霆。

雷霆滿腹驕傲、情緒高昂——每隻貓都願意為朋友挺身而出。「你們真勇敢，」他吼道。「與你們並肩作戰是我的榮耀。不過，總得有誰留守家園。」萬一最後大夥戰死沙場呢？他想像梟眼、礫心和麻雀毛試著安慰苦等貓兒回家的風奔和她的孩子，光靠風奔外出狩獵，沒辦法養活他們大家。「鋸峰，」他望著這隻瘸腿貓。「你留守對我們比較有幫助。」

鋸峰固執地回瞪他。「可是我想上戰場！」

雷霆充耳不聞，面向斑皮。「風奔和小貓比灰翅和高影更需要妳。」

斑皮豎起頸背的毛。「可是——」

雲點從她身邊擠上前。「斑皮想去，就該讓她去。她的身手比我敏捷，想必是名優秀的戰士，我留守家園陪風奔和小貓好了。」

斑皮感激地瞄朋友一眼。「你確定？」

雲點點了個頭。「我留在這兒比較有用。」

「鋸峰？」雷霆將視線移回這隻公貓身上。

鋸峰的雙眸仍舊怒火難息。「我要跟你們一起去！這場仗不只關乎你們，也是屬於我的戰役。」他一瘸一拐地走向前，雷霆可見他的肩膀肌肉起伏。後腿的殘缺使他前腿更為強壯，問題是他行動緩慢，只要一踏進坑地，清天旗下的貓就會把他碎屍萬段。

「鋸峰，我知道你身強體壯，」雷霆對他說。「也很勇敢，但這場仗會拚到你死我活，而清天只要見到任何弱點肯定會猛攻。」鋸峰被戳中要害，目光轉為銳利，教雷霆看了很是自責。「你的強項是守護小貓，風奔要餵飽小貓，自然需要食物，你狩獵的本領比戰爭強，家裡需要你。」

鋸峰凝視他好一會兒，然後把頭一垂。「好吧。」

雷霆銘感五內。「謝謝。」

「跟清天說我願意和你並肩作戰，戰死也在所不辭，」鋸峰吼道。「但絕不會舉起一隻爪子幫他。」

「好的。」雷霆內心激昂地做出保證。

麻雀毛焦慮地繞著雨掃花轉。「妳也要跟雷霆去嗎？」

雨掃花神情肅穆地凝視小母貓的雙眼。「我得去幫灰翅的忙。」

麻雀毛怕得把耳朵攤平。「萬一妳沒回來呢？」**跟龜尾一樣**。

雷霆躍下岩石，走向她。「灰翅需要我們。」他輕柔地對她說。

麻雀毛目不轉眼地望著他。「你會把他帶回家吧？」

雷霆點點頭。「一定會。」他哽咽地差點說不出話來，他也曾經承諾要帶龜尾回家，這次他一定要信守諾言。

「我也想去。」梟眼掃了一下他蓬鬆的尾巴。

「你還太小。」雷霆用口鼻部碰這隻小公貓的頭。

梟眼繃著一張臉。「可是我知道怎麼打架啊。」

「快點啦！」碎冰在石楠裂口來回踱步，他旁邊的橡毛則用腳猛磨地面。

夜空起了一陣風，將雲朵吹向圓月。雷霆離開小貓，走過碎冰身邊，感覺風兒吹起他的毛髮。他一踏上營區外柔軟的草地，便跑了起來。

「我也要去！」

風奔的吆喝使他停下腳步，他一轉身，驚愕地發現那隻貓后衝出營區。

金雀毛在雷霆身旁止步打滑，盯著他的伴侶。「那小貓怎麼辦？」碎冰、鷹衝、閃電尾和橡毛疾馳而過，奔向石楠。後頭跟著雨掃花和斑皮，冰霜也緊追在後。

風奔立場堅定。「我們的小貓很堅強，」她咆哮著往營區回眸一望。「況且還有鋸峰和雲點照顧他們。」

金雀毛攤平耳朵。

風奔的叫聲透露堅定意志。「想攔我的話就免了。我要我的孩子在安全的地方長大，但是只要清天以為他能呼風喚雨、為所欲為，高地就永無寧日！」

雷霆注視著貓后。「我們陣營裡的孤兒已經夠多了。」他嚴肅地對她說。「他們不會變成孤兒的。」金雀毛昂起下巴，迎上風奔目光的眼眸閃爍淚光。「她今天不會死的，我不會讓這種事發生。」

風奔凝視她的伴侶，眼裡淚光閃閃。「謝謝。」她呢喃道。

雷霆豎直耳朵，高地上的腳步聲愈走愈遠，鷹衝和閃電尾已率領其他貓踏上征途了。「走吧。」他鑽進石楠，金雀毛和風奔跟在後面，他周圍的灌木叢也跟著搖晃。

等他衝出石楠彼端，只見陣營裡的夥伴已爬上通往坑地的斜坡，他們的毛皮在草地上宛若影子般移動。他快馬加鞭跟上隊友，假如想要打勝仗，他們就必須並肩面對清天和他旗下的惡棍貓，同心協力地奮戰。身邊的金雀毛的步伐和他節奏一致，前面的風奔身軀柔軟，在草地上靈活地行動。

前方的鷹衝已率先抵達坡頂，閃電尾、雨掃花和碎冰在她身旁停下腳步，他們按兵不動，在月光下等候。橡毛和斑皮手忙腳亂地停下來，在他們的營區夥伴周圍踱步，冰霜則在邊上凝望，雷霆靠近的時候發現那隻白毛公貓怒髮衝冠。

他心頭一怔，拉長了耳朵想聽坑地傳來一點聲音，可是卻萬籟俱寂，已經打完了嗎？他硬是吞下恐懼，萬一他走到坡頂，結果發現高影、灰翅和寒鴉哭的屍體——被他們從高處拽到林間空地大屠殺？

他手忙腳亂地走最後幾步路，接著放慢腳步，迂迴穿過閃電尾和鷹衝身旁，屏息俯瞰坑地。**他們怎麼不見了？**雲朵遮蔽了月亮，雷霆脅腹不停起伏，睜大眼想望穿蕨類植物。他把眼睛瞇起來，認出了在橡木樹枝下方的巨石輪廓，那頂端有三個宛若石頭的身影，**他們還活著！**

「雷霆，歡迎回來。」谷底響起清天的嚎叫。

雷霆不敢動彈，他的父親正在林間空地中間盯著他。

「我聞到你散發的恐懼氣息。」清天譏諷，陣陣輕笑聲從他身後聚集的貓傳出來。

「我才不怕你咧！」雷霆的尾巴氣得紛亂。

「是嗎？」清天走到坡底。「那你幹麼帶那麼多貓來？」

「我們是來這裡救灰翅和其他隊友的。」

清天揚起尾巴。「那就下來救啊。」

第二十章

雷霆瞄了一眼營區夥伴。「準備好了嗎？」

鷹衝嚴肅地迎上他目光。「清天旗下有幾隻貓？」

「比我們多。」雷霆對她說。

閃電尾挺起肩膀。「我們得把灰翅、高影和寒鴉哭給救回來。」

碎冰怒瞪坑地。「我們要讓清天知道他不能對我們頤指氣使。」

他的營區夥伴喉嚨發出隆隆吼聲。

冰霜齜牙咧嘴。「先叫他吃我幾道爪子。」

雷霆深吸一口氣，恐懼使他悶悶不樂。清天的爪牙己蓄勢待發，**我們也準備好要一較高下了。**

「進攻！」他衝向下坡，在蕨類植物間狂奔。恐懼化為能量，讓他踏在開闊空地的腳掌嘶嘶作響。

貓毛蜂擁而上，空氣中瀰漫著惡棍貓的腐肉臭味。清天難道連替他打仗的是誰都不挑？當高地貓與森林貓對決，尖叫聲四起，劃破了夜空。

雷霆的餘光閃過一團纏結的褐色毛髮，阿蛇躍向他，但他頭一低，鑽到這隻公貓的肚子底下，這虎斑貓以後腿直立，雷霆便以前爪揮擊。他朝這隻虎斑貓的臉頰耙，利爪劃破了阿蛇的毛，戳進他的肉。

「這場仗你們贏不了的！」阿蛇斷聲說。「你們寡不敵眾——況且我們為打戰訓練許久。」

「起碼我們知道為誰而戰！」雷霆瞄向巨石，看見灰翅跳下來參戰才如釋重負。他不偏不倚地落在荊棘背上，那母惡棍貓放聲嚎叫，雙眼點燃怒火。寒鴉哭砰地一聲落在她旁邊的地上，高影則溜進胡亂盤繞的毛海中。

雷霆的口鼻閃過一道痛楚，阿蛇狠刺他一下，如今地面灑滿鮮血。他壓低身子閃躲，朝阿蛇的前爪咬了一口，但對方大口箝住他脖子，痛得他倒抽一口氣。他心頭一怔，感覺阿蛇一不做二不休咬下去，千頭萬緒的他試著掙扎脫逃，免得阿蛇把他當獵物一樣，壓碎他的脊椎。

「放開他！」閃電尾喝斥，這麼驚天一吼，阿蛇居然不見了。雷霆一躍而起，發現閃電尾正把阿蛇往後拽，爪子插進他的脅腹，阿蛇後腳騰空，一個勁兒地往半空踹。閃電尾哼了一聲把阿蛇抬開，阿蛇跌跌撞撞地往後退，隱沒在盤繞的毛海中。

「你沒事吧？」閃電尾往雷霆身旁一蹲。

雷霆挺直身子，甩開毛髮，頸背的毛被自己的血給沾溼。「沒事。」他吼道。

「他們招招致命！」閃電尾瞪大雙眸。

「那我們也要攻其要害。」雷霆掃視戰場，怒意在毛皮下搏動。斑皮以後腿直立，迎接長毛惡棍貓凌厲的攻勢。碎冰被一隻褐白斑點交雜的母貓壓著，不停掙扎。風奔伸出後腳利爪，扯掉快水脊椎的毛。灰翅退到巨石底下的陰影，荊棘眼睛瞇成縫，對他猛揮亂砍。灰翅出旋風拳回擊，把這隻母貓打得搖搖欲墜，口鼻湧出鮮血。

他把荊棘趕回她營區夥伴那一頭，結果花瓣上來了。這隻黃色小母貓的雙眼點燃怒火，經過荊棘身邊向前狂奔。「這隻交給我！」她嘶嘶叫，揮拳重擊灰翅的耳朵。

他畏縮不前。

「這一拳用來告慰我弟，你這毒蛇心腸的凶手！」花瓣跳到灰翅背上，一邊咬他尾巴，一邊出後爪踹他腦袋。「你無權殺害阿狐！」

這時荊棘也撲過來咬灰翅的前爪。他失足倒地，花瓣緊抓他的背。荊棘又衝上來張開利爪耙灰翅側身，在他身上留下長長一條猩紅傷口。

雷霆奔向前，用肩膀將中途比拚過招的貓兒推開。「灰翅！」他驚慌失措，脈搏在耳裡狂顫。他伸出爪子，插進荊棘濃密的灰毛。他鉤破荊棘的皮肉，先將她往後拽，再扔到一旁。她笨拙地落在碎冰腳邊，嚇得睜大眼。碎冰低頭瞄她一眼，接著以後腿直立，用前爪重擊她毫無遮蔽的脅腹。

雷霆往後退，讓灰翅伸後腿站立。花瓣宛若芒刺果實，緊黏他的背不放。他轉身咬她後腿，箝住她的腿骨，痛得她放聲尖叫，鬆手砰然墜地。

雷霆躍進，跑來灰翅身邊，他們背對巨石，面向交戰的眾貓。

「謝了。」灰翅喘著氣說，鮮血從他的身側往下淌，被扯裂的耳尖鬆垂著。

雷霆可以感覺自己的毛髮沾血纏結，群貓尖嘯廝殺，空氣裡瀰漫著濃濃的血腥味。

「這場戰還沒打完呢。」

「灰翅死了這場戰才算打完！」花瓣在他倆面前直立，利爪在半明半暗中閃爍。一隻虎斑惡棍貓溜到她旁邊，怒視他們。花瓣撲向灰翅的同時，他也舉起前爪。雷霆以後腿直立，迎擊那隻躍向他的虎斑貓。他與灰翅一同以旋風拳招呼進攻者，把他們打得節節敗退。灰翅以一記勾拳打得花瓣暈頭轉向，她倒向金雀毛，金雀毛見狀轉身又是一拳。

雷霆伸出抖個不停的後腿踹虎斑貓，他氣喘如牛，肌肉灼痛，最後失去平衡頹倒在地。虎斑貓重壓在他的肩膀，爪子插進阿蛇留下的傷口，教雷霆痛不欲生。灰翅將虎斑貓使勁拽開，雷霆掙扎著頹倒。

他喘著氣，眼睜睜地看灰翅和虎斑貓在地上扭打，後腿亂扒這隻惡棍貓的肚子。他們後頭是雨掃花，她隻身迎戰兩隻公貓，張嘴咬完左邊再咬右邊，同時被逼得步步退後，遠離她的營區夥伴，退到林間空地邊境。

戰場遠處傳來一聲淒厲的叫聲轉移他的注意力，他認得那痛苦的尖叫。

是風奔！

葉青把她壓在地上，嘴脣往後翻，準備狠咬她的脊椎。

「不可以！」金雀毛驚天一吼，鬆開花瓣，往風奔那頭衝。他撲向葉青，撞倒他的力道大到讓這隻公貓側身墜地的聲音，蓋過群貓憤怒與痛苦的嚎叫。風奔在金雀毛身旁一躍而起，伴侶攜手同心趕走葉青，雙眸慌到發亮的葉青彎身溜走，逃進戰場中央，他黑白相間的毛隱沒在營區夥伴中。

雷霆思緒旋繞。這下怎麼收尾？他耳朵攤平，阻絕尖叫聲的同時，感覺有利爪耙進側身，讓他左搖右晃，喘不過氣。**是杉毬果**。他認得這隻公貓褐白斑點交雜的毛皮。他轉身自衛，迎上杉毬果的目光。「不能再這樣打下去了！」

「這是清天的領土！」杉毬果弓起背。「我們只是為捍衛領土而戰。」

「坑地不屬於任何陣營！」雷霆詫異地眨眼。曾有一批貓求他阻止清天擴張版圖，杉毬果正是其中一隻，如今他卻為清天尚未到手的土地大打出手！「以前你還要我阻止他的！」

「時局變了。」杉毬果爪子一伸，劃過雷霆耳朵。

雷霆低頭閃躲，感覺耳尖被劃破。清天到底對這些貓灌輸什麼觀念，教他們出手如此毒辣？

爪子鉤破他的頸背，他努力站穩腳步，不讓杉毬果把他往旁邊拽。他眼前閃過一團黑毛，高影衝進他倆之間，硬是把杉毬果撞開。看見高影躍向他，公貓嚇得瞪大眼。雷霆嚇傻了，呆望高影怒髮衝冠地將杉毬果撲倒，利爪亂舞，撕裂他的肚子。這隻母貓氣得渾身發抖，殺紅了眼。

杉毬果痛得尖叫，然後倒地不起。

高影跳開，目不轉睛地瞪著公貓，鮮血從他失去生命跡象的軀體汩汩流出，染紅了大地。

雷霆的嘴如泥土般乾渴，他曾對閃電尾說他們要拚個你死我活，這個意念在他內心注入勇氣。這就是勇氣帶來的下場嗎？他盯著杉毬果的屍體，這隻惡棍貓再也嘗不到獵物的味道，再也感受不到陽光灑在背上和風兒拂過毛髮的滋味。「妳把他殺了。」

「那又怎樣？」高影的目光掃視正在激戰的眾貓。「清天旗下的貓毫無憐憫之心，不跟他拚就只能等死。」

雨掃花仰臥在地，因為有隻虎斑貓把她肩膀壓在地上，另一隻龜殼花紋貓則往她脅腹耙。雷霆準備躍起，但橡毛早搶先一步奔向她的營區夥伴，她衝向那隻虎斑貓，將他擊倒。雨掃花也順勢躍起，怒火中燒嘶聲叫，朝龜殼花紋貓揮擊。

閃電尾尖叫著在林間空地打滾，露珠以獾形握將他擒拿，把他的腦袋往後拽，露出咽喉。他後腳朝閃電尾毛皮上的腫塊猛踹，閃電尾一聲慘叫，在露珠的擒拿下扭動身體，反應快如蛇，咆哮著往惡棍貓的肩膀咬。

露珠驚叫鬆手之際，冰霜的嚎叫響徹空地。

雷霆身子一轉，只見這隻白色公貓被抵在一棵橡木樹幹上，阿蛇用爪子掃過冰霜口鼻，濺得樹皮都是鮮血。

冰霜迅速低頭，嘶嘶叫地撲向阿蛇的後腿。他從身子底下拽阿蛇的腿，一雙藍眼在幽暗中閃爍。他用前爪抓對方的毛皮，把他按到地上。阿蛇試圖翻身滾開，但冰霜作勢使出鎖喉功。

雷霆眨眨眼。**放他走！**打打殺殺一點道理也沒有，真有必要互相殘殺嗎？這是為了什麼？一聲尖叫使他抽離思緒。

阿蛇把冰霜揍到側身倒地，他一個勁兒地揮動爪子，亂劃白毛公貓的咽喉。鮮血在毛髮上蔓延，冰霜的頸背在月光下殷紅一片。他發出呻吟，身體抽搐，隨後癱軟不動。

雷霆的心如石頭重重沉入胸口，高影說得沒錯。不跟他拚命就只能等死。

「鼠腦袋！」落羽嘴唇往後翻，目露忿恨的光，開始追橡毛。她以迅雷不及掩耳的速度經過雷霆身邊，躍向那隻年輕的貓，把她拖到側身落地。

恐懼掏空雷霆的胃，他不能再眼睜睜地看另一隻族貓受死。「放開她！」他撲向落羽，爪子插入她的毛皮，把她從橡毛身上拖走，但她身子一轉，探出口鼻想咬他喉嚨。不過雷霆動作更快，把她摔得趴在地上，再伸後爪往她脊椎上耙。

清天淺灰色的毛在一尾遠的距離倏然奔向雨掃花，吸引了他的目光。清天好似俯衝的飛鷹突襲她，她被打得頭暈目眩。

雷霆身子一僵，緊抓落羽不放。他雙眼盯著清天，對她的咆哮充耳不聞，任她在自己身子底下蠕動。

「這樣值得嗎？」他聽見清天對雨掃花斷聲問話。

她手忙腳亂地起身面向他。「什麼意思？」

清天恐嚇意味地癱平耳朵。「妳有沒有做好準備，單單為了阻止我劃立邊界而受死？」

雨掃花嘴唇外翻。「如果我們坐視不管，你會不斷竊取土地。」

「竊取土地？」清天氣得話語都在顫抖。「我只是要確保族貓永不挨餓。」

雨掃花掃視坑地蒼翠繁茂的斜坡。「在這裡定居誰會挨餓？吃的那麼多，想要更多純粹只是貪婪！」

「妳好大的膽子！」清天咆哮一聲躍向她，雙爪鎖住她的喉頭。她像隻獵物被清天猛甩，只能拚了命地揮舞手爪，對稀薄的空氣狂抓，最後一動也不動地懸在半空。

清天將她鬆開，冷冰冰地凝視她失去生命跡象的身體。「妳永遠都不會懂的，我不是貪婪，只是強大。」

雷霆周圍的整座森林似乎都靜了下來，他只能聽見在耳裡狂顫的怒火。他放落羽走了，她手忙腳亂地從他身子底下爬出來，一邊嘶嘶叫一邊退開。他陷入雜亂紛擾的思緒中，幾乎聽不見她發出的聲音。

清天很高興他又殺了一隻貓。**我不是貪婪。只是強大**。他拒鋸峰於千里之外，又將冰霜掃地出門，因為這兩隻貓在他眼裡太弱了。**你錯了！**冰霜為了保護營區夥伴，付出了他的性命，鋸峰正守護著小貓，而雷霆很清楚，只要能保住小貓，鋸峰就算戰死也在所不辭。

雷霆喉嚨發出隆隆吼聲，清天自始至終只帶來苦難。曾經愛過他的貓都被他逼走了，雷霆胃在灼燒，高視闊步地走向父親。

「你殺了她！」有團深色毛皮從雷霆的身邊閃過，原來是灰翅要奔向清天。「你殺死雨掃花！」他朝哥哥的口鼻狠狠一耙。

清天蹣跚地後退，甩了甩腦袋，再轉身面對同胞兄弟，他的雙眸冷若寒星。「我不動手，也有別的貓會殺她。」

灰翅聲嘶力竭地咆哮，向他蹤身一躍。

清天彎身低頭滾到一邊，但灰翅早就料到了，彷彿這是個他再熟悉不過的招數。他在落地時轉向，利爪往哥哥的臉頰耙。清天嘶嘶叫，毫不退縮地迎擊。他脊柱的毛豎成一座山脊，甩一下尾，耳朵攤平就往前衝。

灰翅試圖跳開躲過攻勢，但清天滑進他身子底下，趁機抓住他的一條後腿。

雷霆覺得自己像在觀賞一場排練數個月的格鬥賽，**他們從小就一塊兒打著玩**。他瞇起眼，他們比任何貓更熟悉彼此的招數，但此時此刻他們並非玩樂，而是要對方的命。

清天從灰翅身子下輕掃他的後腳，灰翅哼地一聲側身落地。

清天一度將他撲倒，張大爪子把他臉頰壓在地上。「你為什麼老是要跟我唱反調？」他質問道。「我愛怎麼劃立邊界，你管那麼多幹麼！結果把我拖下水打這場混戰。」他壓得更用力了，口水從脣邊淌下。

「你背叛了曾經是你至親的貓，」灰翅嗓音模糊，咕噥著說。「曾經和你一同翻山越嶺而來的貓。這就是你想要的嗎？」清天再使勁壓，儘管灰翅痛得話一出口只剩呻吟，仍繼續往下說。「我們離鄉背井下山，就是為了這個？為了互相廝殺？」他努力喘氣，撐起肩膀。清天一個踉蹌而重心不穩，灰翅便手忙腳亂地爬起來。

「幸好風暴死了，」灰翅嘶聲叫。「否則她說什麼都不願見到這一幕！」

清天目光黯沉。「不准提她名字！」他尖叫著撲向灰翅。

雷霆想衝向前，但尾巴不知被誰的爪子抓住了。他猛一轉身，只見落羽死命瞪著他，眼底閃著凶光。「我們之間還沒完呢。」她嘶吼著撲向他。

她攻擊的力道把雷霆嚇得蹣跚退行，他失足墜落時思緒飛轉。「那是灰翅！」他砰地一聲背部落地，感覺有爪子在耙他胸膛。「妳和他一塊下山的——不能眼睜睜看他被清天害死啊！」

落羽的口鼻和他只有一根鬍鬚之遙，他看見她瞇起眼，又感覺她呼出熱氣，同時利爪深深劃過他的肚子。

他感覺被她劃破的部位溢出鮮血，於是疼痛化為驚恐。**她把我肚子劃破了！**正當恐懼升至咽喉之際，一雙藍眼在旁邊閃現，一團黑毛拂過他的臉龐，寒鴉哭的濃烈體味撲鼻而來。

這隻黑色公貓把落羽撞得高聲嚎叫，呈大字型癱在地上。

雷霆上氣不接下氣，在慌亂中起身，這才發現眼前站在葉青。

惡棍貓對他嗥叫，寒鴉哭和落羽則邊吼邊往旁邊翻滾。「我要把你幹掉。」他嘶聲叫道。

雷霆耳裡的憤怒狂嘯變得更響亮了。落羽和寒鴉哭一如灰翅和清天，是打同個娘胎出來的手足！不能再戰了！他向葉青出擊。「別擋路！」

葉青攔住他，手爪往雷霆肩上啪嗒一拍。雷霆一聲咆哮，把葉青甩開，奔向灰翅。這時利爪鉤進他的脅腹。

「放手啦，葉青！」他對再次出擊的公貓吼叫。

「你做夢！」

雷霆轉身出招，葉青倒抽一口氣，因為利爪耙過喉頭，他頓時皮開肉綻，鮮血如泉水般從傷口湧出，在地上傾注一池波光閃閃的血水。

葉青嚇兩眼呆滯無神，目不轉睛地望著他，隨後趴倒在地。

雷霆嚇傻了，**我做了什麼？**他本來想阻止殺戮的。「斑皮！救救他！」他絕望地呼喊營區夥伴，她是療傷專家。

玳瑁色貓抬起頭，她的口鼻部沾染血漬。有隻氣喘吁吁的惡棍貓正在她腳邊虛弱地抓耙她。她努力脫身，用跑的繞過交戰的眾貓，然後蹲在葉青身邊聞他傷口。「沒事的，傷口的血止得了。」她將葉青推成側臥，雙手壓他頸部。

「不要！」

雷霆如釋重負地打了個哆嗦，準備回頭去救灰翅。

落羽驚懼的叫聲引起他注意，他往旁邊一瞄，只見寒鴉哭朝姊姊的脊椎用力一咬。她一陣痙攣，伸出四肢，然後頹然趴倒在地。那獵物般的死狀雷霆認得。他盯著寒鴉哭，公貓的黑毛早已被溜滑的血漬浸溼。他左搖右晃，眼神呆滯，接著了無生氣地倒在姊姊的屍體上。

悲慟教雷霆撕心裂肺，身子搖搖欲墜。**他們自相殘殺！**

「清天！住手！」橡毛驚慌的嚎叫將他從絕望中抽離。

清天正站在灰翅面前。「投降吧！」

灰翅倒在地上喘不過氣，他抬頭望著同胞手足，脅腹劇烈起伏。「辦不到！」他虛弱地朝哥哥口鼻揮拳，卻還是笨拙地打歪了。

「投降！」清天威嚇地咆哮，他舉起一隻手爪。

雷霆嚇得動彈不得。

灰翅使勁撐起身子，四條腿抖個不停。「把我殺了，」他扯開粗嘎的嗓門說。「殺了我，靠回憶過活，然後告訴星群你贏了。」

清天緊盯他不放。「弟弟，別逼我下手。」他嗓音在顫抖。「我只求每隻貓都能平安，有邊界確保我們安全，讓大家不愁吃喝。」

灰翅蹣跚地靠近他。「你要大家對你唯命是從，」他喘著氣說。「從前這樣，以後也是。你對權力的欲望永無止盡，只要能掌權，就算殺害手足也在所不惜。」

清天手一垂，別過頭去。「我辦不到……」他掃視林間空地上散亂的橫屍。還活著的貓打起架來使不上力，每出一拳身子就愈站不穩。

「住手！」清天吼道。「戰爭結束了。」

第二十一章

你真懦弱。有個聲音在清天心中響起，阻絕其他一切聲浪。**你不配當群貓之首，連大開殺戒都做不到。**

「清天？」花瓣凝望著他。

清天呆呆地回望她。「回去就是了。」他咆哮道。

阿蛇歪著腦袋，困惑朦朧了他的眼眸。「打完了？」

「誰贏了？」蕁麻步向首領。

清天對他嘶嘶叫。「誰都不是贏家！」

蕁麻沒把握地偷瞄花瓣。「那現在呢？」

她聳聳肩。「大概回營區囉。」她轉身走向斜坡。

清天幾乎沒聽見她說的話，只是一味盯著在遍野橫屍中謹慎穿行的雷霆。

「尖石巫師會怎麼說？」這隻年輕的公貓眼神空洞地望著戰亡的貓，當他視線落在黏著血漬的橘色毛皮，不由得身子一僵。「鷹衝？」他停下來用口鼻部輕輕推她。「妳不會死的……妳怎麼會死呢？」

閃電尾衝到雷霆身邊，橡毛則杵在後頭，眼底寫滿哀痛。

「鷹衝？」閃電尾蹲在母親身旁，身子兩側不停顫抖。

清天別過目光。「他們跟小貓一樣幼稚。」他嘀咕道。

「他們本來就是小貓。」

灰翅的嗓音從他旁邊傳來，他弟弟搖搖欲墜地走到他身邊，目不轉睛地望著雷霆和閃電尾。「她的小貓。」

「雷霆是風暴生的。」清天糾正他。

「但把他拉拔長大的是鷹衝。」灰翅呢喃道。

清天內心糾結，**我把兒子害成這樣**。他將這個念頭拋諸腦後，怒不可遏地瞪著阿蛇，這隻惡棍貓正在杉毬果的屍體旁逗留。「還杵在那裡幹麼?都說了叫你們滾，」他勃然大怒地吼起來。「全部給我回營區！」

阿蛇用一隻爪子撐起杉毬果。「那死者呢？」

「他們哪兒也不去。」清天含糊地說。

阿蛇穿越林間空地，用鼻子把斑皮從葉青身邊拱開。「我們會照顧自己。」

斑皮退開，讓阿蛇扶葉青起身，他用肩膀扛起葉青的重量，協助他一瘸一拐地走向斜坡。

斑皮在他們身後呼喊。「在傷口上鋪蜘蛛網止血。」

快水警戒地注視她，然後跟著阿蛇走了。蕁麻、荊棘和露珠跟在她身後，其餘惡棍貓殿後。他們的尾巴曳過乾燥的土地，在身後留下拖行血漬。

「灰翅?你還好嗎?」

清天身子一僵，心跳加速，因為這時碎冰朝他們這頭走來，他赫然發現這裡只剩他隻身面對高地貓。

灰翅抬起頭，胸口震顫地使勁呼吸，氣若乾草咯咯作響。「我不會有事的，」他咆哮道。「只是需要休息。」

「我去幫你採點款冬。」斑皮匆匆穿過林間空地，爬上斜坡。

「跟她去吧，」灰翅對碎冰說，他目光飄向閃電尾。清天發現有幾簇因流血而纏結的毛髮懸在這隻年輕公貓身上。「回坑地找雲點替你療傷。」

閃電尾點點頭，從鷹衝身旁離開，橡毛望著他，渾身發抖。他緩緩經過屍體邊，用鼻子輕碰她臉頰。「走吧。」他輕輕領她上斜坡。

高影穿過林間空地，在灰翅面前駐足。「我不會放你自己跟他獨處。」她瞪了清天一眼。

她眼中的恨意令他畏縮。

雷霆從鷹衝的屍體前揚起目光，他的雙眼在黑暗中淚光閃閃。「在她下葬之前，我說什麼都不走。」他吼道。

灰翅頭一垂。

風奔踏步向前。「我也是。」她掃視遍野橫屍。

金雀毛站在她旁邊。「那我也不走了。」

清天陰鬱地望著他。「留下來幹麼？」

結果是風奔搶著答。「同陣營的夥伴屍骨未寒，我們要坐下來陪他們，」她咆哮道。「這是我們該做的。」

清天嚥下口水，打這場仗本是為了證明他能自作主張劃立邊界，為了旗下的貓生存所需，他要多少領土就可以拿多少。可是到頭來，除了得知高地貓和森林貓一樣肯奮戰到底，至死方休，其他什麼也證明不了。他看雷霆將下巴靠著鷹衝的脅腹，接著注意到落羽的屍首，寒鴉哭倒在她身上。他小時候就認識這些貓了，他和他們一同下山，難道千辛萬苦來這裡只是為了送死？

一片葉子飄下，落在雨掃花的身上。**妳是被我殺死的？**清天試著回憶戰爭的場景，思緒變得模糊。憤怒在他全身上下狂抽猛震，彷彿打鬥的不是他自己，而是另一隻貓。後來他與灰翅正面交鋒，**他只能任我擺布，但我卻下不了手。**

清天身子搖晃，茫然地頭昏腦脹。

坑地頂部附近的蕨類窸窣作響，他猛然揚起目光，斑皮這麼快就回來了？一團毛穿過穿過蕨類，葉片跟著輕漾。清天瞇起眼，瞥了灰翅一眼。「誰來了？」

灰翅麻木地抬起頭，他抽動鼻子。「河波。」

烏雲依舊蔽月，陰影籠罩坑地，但這隻長毛公貓踏進林間空地時，清天還是認出他的一身銀毛。「你來這裡幹麼？」他嗓音粗啞地問，他們之間的恩怨與惡棍貓無關。

河波掃視一地的屍首。「我看你們打完這場仗。」

雷霆凝視這隻惡棍貓。「那你怎麼不來幫忙？」

「我該幫誰呢？」河波屈身聞杉毬果的屍體，雙眸泛起淚光。「這不是屬於我的戰爭。」他轉身面向清天，目光轉為銳利。「你為什麼要下山？有什麼是你非要不可的嗎？你率眾來之前，我們逍遙地打獵、睡覺、曬太陽。雖然會為獵物你爭我奪，但絕對不會相互廝殺。」他眨眨眼。「你為這裡帶來死亡。」

清天固執地直視他，努力忽視在毛皮下灼燒的羞愧之心。「這又不是我的錯，」他打死不認錯。「我只想確保每隻貓都有足夠的食物。」

河波瞄底下杉毬果的屍首一眼。「這下食物綽綽有餘了。」他乾巴巴地說。

貓毛輕拂清天旁邊的地面，灰翅蹲了下來，他氣息嘶啞，講話時聲音也變粗了。「我們做得太過火了。」

高影一聲咆哮。「假如清天沒開始劃立邊界，大夥兒說什麼都不會開戰。」

河波垂著頭。「木已成舟了。」

「接下來呢？」風奔昂起下顎。「如果能讓高地成為小貓能安心居住的地方，要我再上戰場也在所不惜。」

金雀毛看著他，耳朵抽搐。「雖然妳驍勇善戰，但高地不值得妳拚命，我們可以帶小貓搬到別的地方住。」

「不行。」風奔怒視她的伴侶。「高地已經是我們的家了。」

清天瞇起眼。「森林是我家，」他凶惡地說。「我只是為了捍衛家園而開戰。」

風奔旋即轉頭瞪他。「你開戰也是為了爭奪我們的土地，你太貪婪了。」

「不，」灰翅眨眨眼。「清天從不貪婪。住山上的時候，他把自己的食物給了翩鳥。沒有貓會改變這麼大的。」

清天詫異地望著灰翅。

灰翅也回望他。「我們為什麼不能和平共處？」

他一開口便起風了，撥雲見月，星光灑滿林間空地，也將戰亡的貓屍照得銀亮。

清天身子一僵，因為他發現斜坡上另有動靜。**這回又是誰？**他睜大眼想望穿蕨類植物，結果竟看見一雙眼。

他一口氣卡在咽喉，喘不過來。

有隻貓走進坑地，她凝視著他，柔情似水的目光如此熟悉，他若是回望就會心碎。

不可能！

她步入林間空地，月光下的銀毛柔滑光亮。

她死了啊。

清天脊柱的毛髮立起。「風暴？是妳嗎？」

第二十二章

風暴？灰翅盯著哥哥。**怎麼可能是風暴？**我親眼看見她沒氣的呀。他心跳加速，順著清天的視線望去。

真的是風暴。她站在遍野橫屍後方，一身銀毛像是交織了點點繁星般閃爍微光。

他勉強站起來，胸口繃到連呼吸都痛。

「這是怎麼回事？」

雷霆猛然躍起，發出驚恐哀號，嚇得灰翅連忙轉頭。這隻年輕的公貓正目不轉睛地盯著鷹衝癱軟的屍體，只見有個散發銀光的形體從她身體冒出來，飄到他的身邊。

「鷹衝？」雷霆瞠目結舌。「妳還……活著？」

她嗚嗚叫了幾聲。「你搞錯了，親愛的雷霆。但是別傷心，我永遠不會真的離開。」祂說話的同時，更多熠熠發光的靈魂從其他支離破碎的屍體升起。

灰翅嚥下一口口水，恐懼在胃裡盤繞，害他喘不過氣。這是怎麼回事？他低頭瞄自己的腳，有點期待看見毛髮摻著星光，變得熠熠奪目。**我是不是要死了？**

灰翅對自己說，雷霆不是快死了，清天和風奔也沒有要斷氣——他能從他們豎直的毛髮判定這點。他們身邊的金雀毛嚇得後退，河波則直搖頭，像是力圖釐清頭緒。

高影踱步向前，把口鼻部往外伸並抽動鼻子。「雨掃花？」

「高影，妳好。」褐色的虎斑貓一邊步離祂的肉身，一邊眨著晶亮的雙眸，面對祂的營區夥伴。祂的喉頭不見傷口，毛皮也沒因流血而纏結。

貓靈身上沒帶著致命傷口，祂們的毛皮光亮豐盈。冰霜的白毛甚至比生前更加耀眼亮潔。杉毬果、落羽和寒鴉哭凝視自己周圍，像是想要搞懂身在何方，又遭遇什麼事。

「落羽。」寒鴉哭盯著姊姊，一雙圓眼難過地淚光閃閃。「對不起。」

祂走向前，與他互碰口鼻。「我原諒你，也請你原諒我……」

雷霆在滿地屍首間小心穿行，視線不停掃視眾貓靈。他走到灰翅旁邊，全身顫抖地緊貼著他。「這是怎麼回事？」

「不曉得。」灰翅低聲說，仍無法將視線從這些貓靈身上轉移。

「尖石巫師會知道。」清天輕聲說。

「可是尖石巫師又不在這兒。」灰翅按捺恐慌，這沒道理啊，他發現有愈來愈多貓出現在斜坡上，嚇得身子都僵了。

亮川！

蔭苔、阿狐和月影跟在祂身後走進林間空地，他們離開山區後死去的每隻貓現在都來了。他思緒飛轉，最後靈光乍現，倒抽一口氣。「礫心的夢！」

雷霆在他旁邊挪動身子。「他知道貓靈會現身？」

「他知道有事會發生，」灰翅呢喃道。「只是沒辦法將它化為言語表達。肯定是這件事沒錯。」他說話的同時，有個熟悉的身影從巨石底下現形。一隻玳瑁色的貓穿越林間空地向他走來，他的心如鳥兒般躍起。「龜尾！」

有隻小貓在她前方蹦蹦跳跳。

「小燼？」他低著頭迎接這隻在他面前止步打滑的小公貓。

「灰翅，你好。」小貓環視坑地。「風奔呢？」

「我在這兒！」這隻步履輕盈的母貓早就躍過林間空地，她手忙腳亂地停下來，目不轉眼地望著她的孩子。「你居然沒事！」

小貓樂得嗚嗚叫。「我有龜尾啊。」

風奔也開心地叫了幾聲，猛聞小燼星光閃爍的毛皮。

龜尾昂起下顎，祂凝視灰翅的雙眸綻放歡樂的光。「你不跟我打招呼啊？」

灰翅一時詞窮，他難以相信祂看起來竟如此完好——身材豐腴、毛色光滑，玳瑁色的斑紋美麗更勝以往。祂真的來了，還是他在做夢？胸悶的毛病緩解，他深吸一大口氣。「我從沒想過會再見到祢。」

雷霆從他身邊擠向前。「龜尾，我很抱歉把祢留在兩腳獸的地盤，我們應該讓祢入土為安。」

龜尾頭一垂。「你們把我留在花瓣間，所以我的孩子沒看見我的悽慘死相，這已是我最大的心願。」祂轉身面向河波。「多謝你幫忙他們，如果沒有你，他們可能永遠都找不回麻雀毛、梟眼和礫心。」念到他們的名字，祂眷戀不已，眼眶泛淚，悵然若失。

這教灰翅看了心痛——他無法想像祂有多想念小貓。

河波點了個頭。「雷霆還是會找到他們的，」他低語道。「只是會花多點時間而已。」

龜尾環視活著的貓。「在你們心目中，河波只是隻惡棍貓，其實他不只如此，他有顆古老的靈魂。早在高山貓抵達前，他的足跡就已踏遍這塊土地。他見過的生命遠比你們想像的多——至於那些還沒見識的，他也有能力想像。」祂回頭面向河波。「你可曾想像我們到來？」

河波搖搖頭。「這種事誰也想像不到。」

清天走上前。「你們是場夢！一定是。」他對灰翅眨眨眼。「不可能是真的。」

龜尾瞇起雙眼。「清天，你這個蠢蛋，」祂嘶聲叫道。「從什麼時候起你忘記自己的出身背景？」祂回眸瞥向雨掃花。「從什麼時候起你覺得殺害和你一起長大的貓也無妨？」

清天垂著尾巴往後退。「我只是想保護族貓。」

龜尾齜牙咧嘴。「殺戮只會帶來更多殺戮，你要從錯誤中記取教訓。」祂輕輕甩尾。「借過，我有話要對灰翅說。」

清天退下，雷霆跟著離開。風奔領小燼走到林間空地邊，金雀毛興沖沖地迎接祂。

灰翅看龜尾走近，緊張地挪動腳爪重心。他探出口鼻，搜尋祂溫暖的體溫和帶麝香的獵物氣味。無奈祂周圍微光閃爍的空氣冰冷又無味，焦慮在他胃裡翻攪。「可不可以留下來？」他問道。「小貓們一定很想見祢。」

「灰翅，你沒笨到相信死者能留在陽間吧？」祂對他輕聲說。

「可是沒有祢，我怎麼繼續過日子？」淚水模糊了視線，但他卻不敢眨眼，深怕祂轉瞬即逝。

龜尾反對地抽動耳朵。「別鼠腦袋了！你當然可以繼續過日子，小貓們需要你照顧，陣營夥伴也需要你領導。」

「可是祢現在不就來了嗎？難道不能留下來？」他湊上前，急著要碰觸祂臉頰柔軟的毛，但鼻子就這麼硬生生地穿透祂身體，彷彿祂不存在。他把口鼻往回抽，驚愕撼動全身。**這太殘忍了！明明近在眼前卻觸摸不到！**「其實祢不來比較好。」他悲痛地說。

龜尾瞇起眼。「灰翅，我一直相信你不是自私的貓，希望你用事實證明我是對的。你難道沒看出我此行的目的不光是為你？我們來這裡，是為了向全貓族傳遞一項訊息，如果你們想在此存活，非得懂這項道理不可。」

「什麼道理？」灰翅豎起耳朵。

但龜尾往後退，祂身後的貓靈聚在一起，反照星光熠熠。

風暴踱步向前，目光緊鎖清天。

清天向祂靠近。

「不能碰祂。」灰翅提醒他，他不希望哥哥體驗他受過的苦，他務必要認清這些貓已經死了的事實。

「我也不想碰，」清天扯開嗓門回話。「我只想知道祂要跟大家說什麼。」他昂首面對風暴。「祢帶來什麼訊息？」

灰翅回望龜尾，腹部的毛在顫抖，不確定自己是否真的想聽貓靈要說的話……

第二十三章

清天強迫自己的腳別再發抖，當他直視風暴的雙眸，愛意反倒令他內心深處隱隱作痛。他怎麼沒留住祂？祂也凝視著他，月光下，祂的臉閃爍微光，眼神堅定。

「這是你一手計劃的嗎？」祂將尾巴甩向橫屍，目光依舊緊鎖清天不放。

清天瞄向她身後，那些屍體一動也不動地橫臥著，鮮血在月光下閃耀。他口乾舌燥，在腦中搜索詞彙。難道祂認為他本來就存心殺個你死我活？

「我——我只是想做正確的決定。」他囁嚅道。

「卻沒料到最後會死傷慘重？」風暴質問他。

「我跟著直覺走。」他開始感覺暈眩了。

風暴瞇起眼。「跟著直覺走？」祂吼聲裡的奚落好似利爪穿心。

「我得保護我旗下的貓呀。」

「你旗下的貓？」

「我是他們的首領，有責任照顧他們。」

風暴把頭歪向一邊。「那你保護他們了嗎？」

清天盡量不再多看陣營夥伴的屍首一眼，但他們了無生氣的軀體卻像獵物的香味吸引他的目光。他不寒而慄，自責地胃絞痛。「沒有。」

「清天，你太貪婪了，」風暴低聲埋怨。「你想要權力一把抓，叫大家都聽你的。」

「沒這回事！」清天抗議。「我得下困難的決定，這需要勇氣。」

風暴不發一語。只是望著他。

「請祢一定要懂。」清天哀號道。

風暴緩緩轉身，注視雨掃花殘破的屍首，她的口鼻部周圍是一片血泊。「殺她是勇氣的表現？」

清天絕望地凝視雷霆和灰翅，他們只是默默回望，至於雨掃花的靈魂則用指責的眼神看著他，是不是沒有貓會替他說話？「我不想看見有貓挨餓，要是再看見有貓像鷸鳥那樣慘死，我會心碎。」

「所以驅使你的是恐懼。」風暴的嗓音釋然，祂轉身面向他，眼神突然變得柔和。「死亡是種強大的天性，只有最堅強的貓才抵抗得了。不過現在你知道沒必要害怕了，死亡不是終點。」

清天望著祂，胸口升起希望，真的嗎？他正準備開口求祂解釋，便聽到啪噠噠地腳步聲踏往林間空地。

雲點忙不迭地在邊境止步，嘴裡啣著一疊綠葉。他把綠葉吐在地上，望向橫屍遍野的彼端，目光鎖定灰翅。「斑皮說你需要款冬。」他茫然地說，當視線移回血跡斑斑的屍體，接著轉向毛皮閃爍星光的貓靈，不禁瞪大雙眼。「這是怎麼回事？」

風暴瞥了他一眼。「我們是來傳遞訊息的。」

雲點目不轉睛地望著祂，不可置信到雙眼朦朧。「訊息？」他嗓音沙啞地覆述。

風暴面向雷霆。「親愛的兒子，你長大之後的表現令我與有榮焉。你知道我們此行的目的嗎？」

雷霆困惑地瞇起眼。「告訴我們死亡不是終點。」

「不是。」風暴翻了個白眼。「這你一定早就知道了吧，你聽過尖石巫師的故事，知道她學會如何與祖靈溝通，難道你認為那些比她更早辭世的貓，全是她幻想出來的嗎？」

「那你們所為何來？」雷霆問祂。

「還記不記得我說過的話？」風暴溫柔地問他。

雷霆皺起眉頭，像在試圖回憶。「我知道什麼時候該撥亂反正。」

風暴嘉許地嗚嗚叫。「現在正是時候。」

「現在？」雷霆揚起口鼻部。「我該怎麼做？」

「還猜不到嗎？」風暴瞄了一眼橫屍。「死了這麼多貓，你還不知道？」

「高影！」

另一隻貓靈踏步向前，嚇得清天僵直身子。高影向祂探出口鼻，聞了一聞。「蔭苔！」她語氣裡洋溢著喜悅，迎接這隻年長的貓。

蔭苔回望她。「我是不是白死了？」

「什麼意思？」高影蹙眉問祂。

「我以為去世之後，由妳接棒領導眾貓。」公貓靈泛星光的眼神黯淡下來。「但是妳把他們帶到哪兒去？帶到這步田地？」

高影豎起頸背的毛，往後退。「我別無選擇啊！」

蔭苔用下巴指向杉毬果的屍體。「所以非殺他不可？」

「他正準備要殺雷霆欸！」

「妳怎麼知道？」蔭苔質問她。「妳又有什麼資格決定生命的貴賤？」

高影怒視祂。「我別無選擇。」她義憤填膺地覆述。

「每隻貓都有選擇，」蔭苔反駁她。「只會悶著頭往前走，從不詢問這條路通往何方的貓，跟她捕的獵物一樣蠢。」

杉毬果的靈魂閃閃發光地靠近，在金雀毛面前駐足。「我們本著惡棍貓的風格狩獵，」祂愉悅地說。「你還記不記得？」

「當然記得。」金雀毛昂起下顎。

杉毬果對風奔點了個頭。「妳動作總是比我們兩個快。」

小燼仍在她腳邊。「妳動作很快唷？」他睜著那雙圓眼抬頭望。

「快如風。」風奔得意地對他說。

「不過你們現在可好了，」杉毬果說。「成為團體的一分子。」

「是啊。」風奔迎上祂的目光。「有了盟友更加強大，我們的小貓也更安全。」

風暴突然叫了一聲。「我們要傳遞的訊息，你們到底猜到了沒？」風奔茫然地回望祂，祂則將視線轉向河波。「你呢？你知道嗎？」

河波坐下，尾巴盤繞在腳上。「大概猜到了。」他輕聲說。

清天仔細端詳他，挫折到彷彿針扎毛皮。他們悟不了的，他怎麼會懂？他只不過是隻惡棍貓啊！

「我們必須化干戈為玉帛，」河波說。「戰爭已讓我們四分五裂，而且——」

清天將口鼻戳向他。「你算哪根蔥啊？竟敢來這裡假裝是我們的一分子？這件事與你無關，你不屬於雙方陣營！」

風暴猛然轉頭瞪他。

清天一愣，祂眼中燃燒的怒火把他嚇傻了。

「不要再吵了！」祂開罵。「拜託你這輩子就這麼一次不要說誰屬於、誰又不屬於哪個陣營。這又不是你決定的。」祂怒髮衝冠。「你覺得我為什麼會離開森林？」祂視線掃向灰翅。「你們下山來這裡定居，帶來的卻只有死亡。現在是你們改過自新的機會，你們每隻貓！」

清天轉換腳的重心，內疚使他無地自容。她說得對，假如他們待在山上，就得挨餓，但是今天喪命的惡棍貓卻還會活著，風暴也還會活著。他思緒飛轉之際，影子掃過林間空地。清天抬頭看，在橡木窸窣作響的枝葉中，他看見一片浮雲掠過月亮，旁邊有道亮光閃動。

流星！

它劃過漆黑的夜空。

希望在清天的毛皮上綻放，他偷瞄灰翅一眼。他弟弟的雙眸發光，緊盯流星不放。

「這是個徵兆。」雲點揚起尾巴，凝視流星閃爍的軌跡。

「同一片星辰點亮每隻貓的生命。」風暴說。

杉毬果歪著腦袋。「同一輪明月照亮每隻貓的家。」

蔭苔深情地注視高影。「我們此行的目的只為了告訴你們一件事，」他嗚嗚叫道。「不團結就只有滅亡。」

「別讓這些死者白白犧牲，」風暴補充道。「切莫重蹈覆轍。」

清天凝視祂的雙瞳深處，恍然大悟地心痛。「我們要團結一致，」他做出承諾。「從今天起，萬眾齊心。」

雷霆旋即轉身，凝視父親。「要怎麼做？灰翅再也不能住在樹下，你又痛恨高地。這根本不可能嘛。」

「你們會找到辦法的。」風暴走向斜坡。靠近斜坡時，祂微光閃爍的毛皮開始黯淡。

杉毬果的靈魂返回軀殼，像是回家似地蜷著身子倒臥。

雨掃花對高影點了一下頭。「不團結就只有滅亡。」祂輕聲說。

貓靈開始一隻隻地散場。

小燼快步跟著龜尾走了，風奔眼底寫滿哀傷，淚光閃閃地目送祂離去。

「灰翅，再見了。」龜尾深情款款地轉頭道別，伴著身後的小燼隱沒在蕨類植物中。

清天痛徹心扉，他能看穿風暴逐漸消失的身軀，望見祂前方的蕨類。「不要走……」祂回眸一望，眼眸的色調轉淡。「下次滿月時分，記得返回四喬木，」祂對他說。「做好準備。」

清天嚥下口水，**做好什麼準備？**

一陣微風好似輕霧徐拂坑地，貓靈們隨之消失。

清天深吸一口氣，血味再次浸濡他的舌頭，他對著宛若石塊橫臥林間空地的屍首眨眨眼。風勢轉強，吹亂他的毛髮，他聞到雨水味，不禁皺起鼻頭。那片蔽月烏雲愈積愈厚，從高地那頭席捲而來。

第一滴雨落在他的身上時，他望著灰翅在屍首間迂迴穿行。高影垂著尾巴跟在後頭，哀戚的目光在戰亡的營區夥伴身上游移。

清天失了方寸，頓覺萬針扎腳。「我們剛剛到底看到什麼？」他高聲問。

灰翅轉身注視他。「我……我不曉得。」

雨水開始稀里嘩啦地落在地上。

河波步向巨石，在石蔭下找好位置，攤平耳朵抵抗狂風。「山區的亡靈也會在活貓間走動嗎？」

高影搖搖頭。「尖石巫師是與我們的祖靈交流，但我們從沒見過。」

「或許你們從沒見祂們的必要。」河波咕噥道。

「因為以前死傷從沒這麼慘重。」雷霆步伐沉重地走到鷹衝的屍體旁，用鼻子輕推，把祂弄得像是縮著身子睡覺。他輕輕抬起祂的尾巴，垂放在祂口鼻上，然後坐在祂旁邊，儘管滂沱大雨令他全身溼透，他仍側身與祂緊挨。

「現在該怎麼辦？」清天在傾盆大雨中呼喚。

「不知道。」風奔指向鮮血被雨水從皮毛上沖走的屍體。「無論我們做出什麼決定，至少已經有了希望，有信心可以開創一個更美好的未來。」

「我們行的，」高影抖開一身溼透的毛。「但是得先埋葬死者。」

國家圖書館出版品預編目資料

貓戰士五部曲．三，最初戰役／艾琳．杭特（Erin Hunter）著；
謝雅文譯．-- 初版．-- 臺中市；晨星，2017.01
面；　公分．--（貓戰士；42）
譯自：The First Battle
ISBN 978-986-443-211-0（平裝）

874.59　　105021803

貓戰士五部曲部族誕生之III

最初戰役 *The First Battle*

作者	艾琳．杭特（Erin Hunter）
譯者	謝雅文
責任編輯	陳品蓉
文字編輯	謝宜真
校對	沈慈雅、許仁豪、陳品蓉、蔡雅莉、謝宜真
封面插圖	約翰．韋伯（Johannes Wiebel）
封面設計	柳佳璋
美術編輯	張蘊方
創辦人	陳銘民
發行所	晨星出版有限公司 407台中市西屯區工業區30路1號1樓 TEL：04-23595820　FAX：04-23550581 行政院新聞局局版台業字第2500號
法律顧問	陳思成律師
初版	西元2017年01月01日
再版	西元2023年04月15日（七刷）
讀者訂購專線	TEL：（02）23672044 /（04）23595819#212
讀者傳真專線	FAX：（02）23635741 /（04）23595493
讀者專用信箱	service@morningstar.com.tw
網路書店	https://www.morningstar.com.tw
郵政劃撥	15060393（知己圖書股份有限公司）
印刷	上好印刷股份有限公司

定價250元

（缺頁或破損的書，請寄回更換）

ISBN 978-986-443-211-0

□ 我已經是會員，卡號 ______________________

□ 我不是會員，我要加入貓戰士會員

姓　名：__________________ 性　別：__________ 生　日：__________________

e-mail：____

地　址：□□□ ________ 縣／市 ________ 鄉／鎮／市／區 ________ 路／街

________ 段 ________ 巷 ________ 弄 ________ 號 ________ 樓／室

電　話：____

□ 我要收到貓戰士最新消息

貓戰士鐵製鉛筆盒抽獎活動

將兩個貓爪和一顆蘋果一起貼在本回函並寄回，就可以獲得晨星出版獨家設計「貓戰士鐵製鉛筆盒」乙個！

貓爪在貓戰士書籍的書腰上，本書也有喔！蘋果則是在晨星出版蘋果文庫的書籍書腰上！

哪些書有蘋果？科學怪人、簡愛、法布爾昆蟲記、成語四格漫畫...更多請洽少年晨星官方Line ID：@api6044d

點數黏貼處

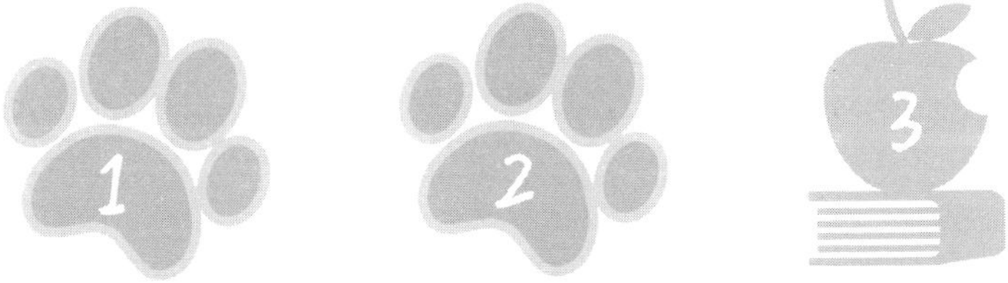

請填妥後對折裝訂，再貼妥郵票寄出

請黏貼
8 元郵票

407

台中市工業區30路1號

晨星出版有限公司

TEL：（04）23595820　FAX：（04）23550581
e-mail：service@morningstar.com.tw
http://www.morningstar.com.tw

請沿虛線摺下裝訂，謝謝！

加入貓戰士俱樂部

【貓戰士會員優惠】

憑卡號在晨星出版社購書可享優惠、擁有限定商品、還能獲得最新消息等會員福利。

【三方法擇一，加入貓戰士會員】

1. 填妥本張回函，並寄回此回函。
2. 拍照本回函資料，加入官方Line@，再以Line傳送。
3. 掃描後方「線上填寫」QR Code，立即填寫會員資料。

Line ID：api6044d

「線上填寫」QR Code

★寄回回函後，因郵寄與處理時間，需2～3週。